JAY PARINI

BORGES AND ME

AN ENCOUNTER

博尔赫斯与我

一场邂逅

[美国]杰伊·帕里尼 著

普照 译

译林出版社

图书在版编目（CIP）数据

博尔赫斯与我：一场邂逅 /（美）杰伊·帕里尼（Jay Parini）著；普照译．—南京：译林出版社，2022.11

书名原文：Borges and Me: An Encounter

ISBN 978-7-5447-9304-9

Ⅰ.①博… Ⅱ.①杰… ②普… Ⅲ.①自传体小说－美国－现代 Ⅳ.①I712.45

中国版本图书馆CIP数据核字（2022）第163793号

著作权合同登记号 图字：10-2020-439 号

博尔赫斯与我：一场邂逅 ［美］杰伊·帕里尼／著 普 照／译

策　　划　黄　洁
责任编辑　潘梦琦
装帧设计　尚燕平
校　　对　戴小娥
责任印制　单　莉

原文出版　Doubleday, 2020
出版发行　译林出版社
地　　址　南京市湖南路 1 号 A 楼
邮　　箱　yilin@yilin.com
网　　址　www.yilin.com
市场热线　025-86633278
排　　版　南京展望文化发展有限公司
印　　刷　徐州绪权印刷有限公司
开　　本　850 毫米 ×1168 毫米 1/32
印　　张　12
插　　页　4
版　　次　2022 年 11 月第 1 版
印　　次　2022 年 11 月第 1 次印刷
书　　号　ISBN 978-7-5447-9304-9
定　　价　68.00 元

献给德文，我四十多年的同行伴侣

所谓现实生活，常常是人所不能主导的生活。

奥斯卡·王尔德

1

那是一九八六年，六月的一个清晨，佛蒙特州我的农舍，我从床边起身，太阳才刚刚从绿山山脉[1]上冒出头来：这是一天中梦寐以求的时刻，我蓄势待发，思考着面前的工作——在如此情境下，一部关于托尔斯泰晚年的小说在我神志清醒的头脑中闪烁起微光。我的妻子和孩子们还在睡梦中，我情难自禁，深情地看着他们。我怎能抗拒得了这些可爱的小男孩，尽管身为孩子必然如此，且像履行天职一般，他们有时会把我逼疯？我又怎能抗拒得了一位欢快活泼、深情款款的妻子，她似乎并不介意我偶尔犯蠢，虽然对此她有时会露出悔恨的微笑，有时则报以朗声大笑？这种慷慨让我自觉并非应得——或许也确实是这样。

怀着一种感激甚或惊讶的心情，我下楼来到乡村风格的厨房，给自己沏了一杯浓浓的爱尔兰式早餐茶，然后走进房子另一头的书房。

在那张至今仍保留在书房里的污迹斑斑的搁板桌旁落座之前，就像我经常做的，我打开收音机收听头条新闻，调到了英国广播公司的频道。这台短波收音机是我的老朋友和导师阿拉斯泰尔·里德最近送我的，是给我三十八岁生日的礼物。当播音员读出当天的头条新闻时，我惊呆了——豪尔赫·路易斯·博尔赫斯，伟大的阿根廷作家，“将事实与虚构融合在一种无与伦比的叙事序列中，挑战一切边界，开启了拉丁美洲‘文学大爆炸’”，在日内瓦去世，享年八十六岁。“他是一个身怀许多故事的人。”播音员说，“作为作家，他探索了人类经验中最独特的空间，他热爱迷宫和镜子，是一位永远无法被定义的多变作家。”

此刻，记忆开始浮出水面。多年前读研究生时，我在苏格兰见到了博尔赫斯，和他一起走了一趟从圣安德鲁斯到苏格兰高地的往返之旅。我们的相遇只为期大约一周，但它促使我发生了改变，改变了我的观点，在正确的时间让我收获了觉悟。我唯一确定的是，遇见博尔赫斯之后，我在这个世界上的存在方式便再也不同于以往。

站在窗前，我望着楼下的花园，那里长着一丛丛虞美人，鲜红的脸颊向我绽开。它们注意到我刺痛的双眼了吗？我以为是的，便从窗前走开了。我不是个爱哭的人，但那天我哭了。我为自己，也为博尔赫斯而哭泣；我回想起我们相遇时，我还是个稚气未脱、过于严肃、容易害羞、经常害怕的小伙子，我试图将那个小伙子与我现在所是的这个男人进行比较，也仍然很好奇在约莫十五年前的苏格兰，我身上到底发生了什么。

一九七〇年，我刚从拉斐特学院毕业，（我希望只是短期地）搬回了宾夕法尼亚州斯克兰顿的父母家，我面临两种选择：待在家里，而我母亲会杀了我；去越南，在那里蛋蛋会被地雷炸掉。第三种选择，一开始不易想到，但最终格外明确：彻底离开美国，尽可能地远离美国。召唤我的地方，是苏格兰法夫郡东区的一个小镇。

圣安德鲁斯大学已经为我提供了一个我亟须的逃避之所，也给了我一种度假的感觉，因为我大三出国交换就是去的那里。在那可堪回忆的一年里，我轻松地交到了朋友，而且大大出乎意料的是，我和苏格兰还有英格兰的同学打成了一片，也和几位来自欧洲大陆的同学成了朋友。我去上的课常常很有吸引力——一种我并不熟悉的华丽的修辞表演——我学到了很多，尤其是从一群古怪但博学的老师那儿，他们给了我一丝不苟的一对一辅导。（其中一位老师在他破烂不堪的公寓里辅导学生，他的妻子戴着口罩给我们端茶，因为她“对细菌很敏感”。）

最重要的是，在苏格兰，我开始写作了，在日记中记录下日常生活。我暗自“剽窃”了罗伯特·洛威尔的说法，希望日记能散发出“精准的优雅”的光芒。没有什么细节是看似无关紧要而不必记录的，在日记里我经常引用读过的文字，或者记下我在茶馆或酒吧里听到的谈话片段。我也开始试着写诗。不出意料，它们都是模仿之作，没什么可在意的，但这意味着我自己令人激动的转变。因为没有其他明显的才能或经验，我决定以写作为业。

虽然只是略知一二（顶多算半瓶子水，而且不是大瓶子），但我自以为对文学还有所了解。即便如此，我还是怀着紧迫感开始阅读了。与其说是读，不如说是我囫囵吞下了那些书：《瓦尔登湖》《草叶集》《了不起的盖茨比》《天使，望故乡》。我选中了黑塞、伍尔夫、凯鲁亚克、劳伦斯、麦卡勒斯、纳博科夫、贝克特等人。在图书馆里，我热切地翻阅页面巨大、会发出脆响的《纽约书评》，被戈尔·维达尔、琼·狄迪恩、诺曼·梅勒和苏珊·桑塔格等人写的颇具煽动性的文章所吸引。我参加作家读书会，其中一些人（艾伦·金斯堡、詹姆斯·迪基、保罗·古德曼）很有名。我非常确信，文学可以让我接触到斯克兰顿以外的广阔世界。

我的目标是去圣安德鲁斯大学读研究生，尽管我知道，说服父母这么做有意义要颇费一番口舌。我是母亲的头生子，从我第一次呼吸开始，她对我就生出了强烈的占有欲。（我妹妹多莉比我晚两年出生，委婉点儿讲，即便身为女孩，她和母亲的相处也称不上轻松。）母亲经常说，我“发育迟缓”，是指我会被陌生人吓到，而且对任何人或事都兴趣缺缺。婴儿时，只要有不熟悉的人走进房间，我就会尖叫。只有母亲能安抚我，她也助长了我的这种依赖。我怀疑，这让人窒息的溺爱并非有意为之，但结果并无不同。不消说，要我和她分开可不容易。成年似乎是一个渺远而不真实的王国。

我第一次离家去苏格兰时，母亲几乎要神经崩溃了。“你要去哪儿？”她问，“苏格兰？你疯了吗？没人想去苏格兰！”那是一九六八年，我第一次出发的前一晚，在纽约一家酒店，她情绪混乱，一头扑倒在床上。她痛哭的动静搞得睡在隔壁的我一夜没能合眼。第二天早上，在码头和我道别时，她几乎说不出话来，面色疲惫不堪。我乘一艘摇摇欲坠的意大利客轮去了英国，她告诉我“这艘船不稳，很可能会沉掉”。所以，在从纽约到南安普敦的八天航程里，我都在那艘廉价客轮的铺位上静静哭泣，这也就不足为奇了。我现在明白了，离开对我而言就是“断奶”。我正尽我所能，试图摆脱过去的生活。我很容易想象到母亲在斯克兰顿夜复一夜哭着入睡的场景，但我给自己打气，我知道，前路上的一切我都必须去经受，无论会有多么痛苦。

我父亲和蔼可亲，但也经常会杞人忧天。他是意大利移民的儿子，不怎么会讲英语，除了手工制作的意大利面和自家种的蔬菜，他没法给五个儿子提供什么帮助。（我奶奶在她的后门廊上射杀兔子，再把它们做成肉酱。）和他那一代在童年时经历了“大萧条”的孩子一样，我父亲也被一种普遍的负罪感深深折磨着。他内心的人行道上撒满了香蕉皮。他在高中毕业前就被迫离开学校，但凭着一点儿运气和勇气，他进入了保险行业，向本地家庭售卖保单，（我担心）他自己都从没完全搞懂这些保单在说什么。在斯克兰顿，他成日穿着西装，搭配笔挺的白衬衫和彩色丝绸领带，昂首挺胸。离家前，他会带着夸张的热情擦亮鞋子。他“成功了”。然而，他仍然对未来——尤其是我的未来——深感忧虑。

我也忧虑，家庭医生给了我一瓶镇静剂（老式的巴比妥酸盐，可以迷昏一匹马），让我在出发去读研之前“保持神经稳定”。“别那么焦虑，”埃文斯医生对我说，“紧张对你没好处。如果整夜不睡，你就没法得到足够的睡眠。把药吃掉，别再忧心了。”

那我到底在担心什么呢？几乎所有的事，我想。同龄人们兴高采烈地在性、毒品和摇滚乐的潮头上冲浪，对我来说，这浪潮更像是一片可能让我溺水的大海。我是处男，我怕自己会永远保持处男身。最重要的是，我害怕越南，我为一场基于对自由或主导世界的幻想——或者更可能是超乎我想象的一些事——而发动的战争深感愤怒。

大学一年级时，我就反战。一九六七年和一九七〇年春天，我参与了朝华盛顿去的游行。和多数大学生一样，我知道我自认为知道的事情：在东南亚发动的战争是不道德的、愚蠢的、残忍的。霍华德·津恩[2]、诺姆·乔姆斯基以及其他人的反战著作成了我永恒的精神图书馆的一部分。更糟的是，尽管在抽签中抽到了大数字，征兵委员会最近还是对我很感兴趣，把我毕业后的状态从2-S（学生暂缓服役）改为1-A（适合服役）。我从来没法安心地接受这个幸运签，总是担心会出现坏事，因为我所在的拉克万纳县的征兵委员会名声不大好，犹如一张吞噬年轻人的贪婪大嘴。我高中时的几个朋友被弄进了部队，其中一个很快就死在了非军事区附近的一处偏远营地里。

我至今还会做噩梦，梦到那天早上在斯克兰顿的军械库，我和几十个人一丝不挂地站成排，军医在我身上捅来捅去。“你把这玩意儿叫作‘鸡鸡’？”当我试图捂住自己皱缩的阴茎时，一名中士大声喊道，这惹得周围的人朝着我一阵狂笑。我在十年级物理课上认识的一个瘦到皮包骨的家伙也在，他发寒昏倒在地，口吐白沫，像胎儿那样环抱着膝盖。“第一个送他去，”一个征兵人员说，“他会把那些东亚佬吓个半死。”

和我一样，母亲坚决不希望我参战。虽然我成功通过了军队体检，但她确信我不适合服役。“想想你的过敏症。你小时候整晚都要咳嗽。还有气喘！你弄得可怜的妹妹整夜睡不着觉。你咳得太厉害了，尤其春天开花的时候，会弄得营房里的士兵们都睡不好觉。即便不管你的健康问题，他们在越南也有足够多的麻烦事要处理了。”为了阻止我参军，她想尽办法。就像她在我大学四年级时寄来的一封信中写的:“你的叔叔朱利人脉很广，他认识一个医生，可以证明你呼吸有困难。当你用力时，想想你的胸口是什么感觉！还有你那没有足弓的脚。不坐车你走不了几英里路。什么样的军队想要这样的士兵？顺便说一句，别那么热衷于政治。为什么你们之前非得参加华盛顿大游行，不止一次，还去了两次？你不是嬉皮士。你并不像你以为的那样了解这些事。”

一九七〇年夏天，有很多个晚上我都在和亲友们议论战争，尤其是和比利·乔尔达诺（我在此这样称呼他），他是我相识多年的伙伴，初中时我们一起加入了棒球队，秋季放学后我们结伴去玩橄榄球，有时我们还一起到波科诺斯去露营。他不是“聪明孩子”，就像他们说的——在学习方面毫无所长。但我喜欢他饱满的精神和充沛的活力，还有他绝不会显露在考试中的狂野而具有颠覆性的智慧。在西斯克兰顿高中的自助餐厅里，我特意找他说话，总是想办法和他一起玩。

“这是我们的时代。”那年七月，在自愿入伍的前一天，他这样说。他这么做是“为了避免被强制征派”——这一举动十分不合逻辑，而且还可能弄巧成拙。当然，除非你是真的想去越南。“我爸爸参加过反抗希特勒和东条英机的战争，”他对我说，“他从不后悔。他认为我应该去。”

“他认为我应该去吗？”

“你他妈想做什么就做什么。”

入伍仪式前，比利最后一次来我家，那时近距离打量他，我实在心有不忍：经历了那个夏天，他从前纯洁又光滑的脸变粗糙了，长满皱纹。不知怎的，他还断了一颗门牙，这让他微笑时会散发出“威胁”的意味。他任胡须不均匀地生长——从他面颊和下巴上的一丛丛胡楂就可以看出来。他那又长又油腻的头发拂过肩膀，脖子上的毛也该剃了。他身上散发着啤酒和香烟的气味，体重长了一些，说话的口气有些勉强，仿佛历史本身就蹲在他肩上，聆听着。我看着他说话，他青少年时期不同阶段的形象开始浮现在我的脑海里。我看到他和我并肩坐在一条独木舟里，我们在某个偏僻的池塘里钓鱼。或者，他在高中体育馆里跳舞搞怪——跳上桌子，随着《芭芭拉·安》[3]的歌词猥琐地摇头晃脑。我高中时一直希望能在棒球队里做投球手，而比利是一位相当有天赋的接球手，一次又一次，他会迫使我朝凯泽谷沙地棒球场上方逐渐缩小、粉橙相间的暮色投出坏球。夜幕降临，我们会一起坐在星空下的铁轨上，谈论生命的本性和奇异。

“我不知道世上是否真有上帝，”有一回，比利对我说，“但女人的阴部是实实在在的。死之前，我想尽可能多和女人上床。我真的想，啊，亲爱的主。”我不知道该不该相信他，但我觉得他的故事真是引人入胜。我喜欢比利，部分就是出于他大胆的生活方式。他敢于冒险，也鼓励我——虽然不怎么有成效——多冒险。他会说：“如果你不冒点儿险，杰，那他妈有什么意义？还他妈有一点儿意义吗？”

母亲也忙不迭地问：“那有什么意义？”不过她质疑的是我重返苏格兰——一个超乎意料之地——的计划，还有我想要离开她的念头。她认为我应该去读法学院或者找份工作。直到今天，我时不时还会做噩梦，梦到我在斯克兰顿开了一家律师事务所。事务所开在北华盛顿大道法院大楼附近一栋毫无个性的建筑的顶层。母亲坐在金属质地的前台旁，通过电话或面对面地，朝潜在的客户大吼大叫。这也是她的幻想：她想坐在那张台子前，掌控其他人和她儿子之间的全部联系，她儿子是一条被关在杰伊·帕里尼律所大门里的龙。所有未经她允许就胆敢进入这神圣空间的人都不会有好果子吃。

但我打算以文学为业，正如一天早晨，和父亲吃早餐时我宣称的那样。

“文学是一种职业？”他悲哀地问。

尽管我自己也受困于同样的问题，但我佯装无事。我真能写好吗——尤其是，如果我想要写诗？我告诉自己，写写新闻报道之类的总可以吧。我可以给报纸写教条刻板的书评，或者搞点儿高谈阔论的作家或知识分子访谈，这类文章可以丰富报纸周日版增刊的内容，有时还可以进一步编辑成书。以笔谋生并非易事，我知道。你可以写惊悚小说或侦探小说，甚至恐怖故事，但我没怎么读过这类小说，幻想着通过写作类型小说取得成功，顶多也止于幻想。

有一件事，我倒是格外确定：我再也不会回到父母家中那种安全、简单、盲目的生活了——那种经历过一场杀死全世界六千万人的战争之后，他们在宾夕法尼亚州东北部为自己追求的生活。我得离开他们，离开斯克兰顿，离开所有那些令人窒息的冗长的聚餐和荒谬的谈话，离开“正常”生活里致命的沉沉暮气。

在拉斐特学院的最后一年，我写信给圣安德鲁斯大学英语系主任亚历克·福尔克纳教授，请求他接收我为博士生。如果真有幸被录取了，我对博士学习到底需要什么却还一无所知；我也不知道完成课程要花多长时间，因为课程大纲上的描述有点儿难懂。看起来，最重要的是“在校至少九个学期后”，每人必须提交“一篇具有相当篇幅的原创论文”。论文将“在大学的监督下进行”。尽管不知道具体该怎么做，但这件事我似乎能做得来。

上一次在苏格兰读书的时候，我在爱丁堡的一家旧书店里发现了乔治·麦凯·布朗[4]的诗集《面包与鱼》。走在这座美丽城市的街道上，他屈折变化得有些奇特的辛辣声音——我真是前所未闻——在我的脑海里如钟磬般响起。我背下了六七首他的诗，也试着像他那样写作。很快，我又发现了《保留的时间》，他写的一部薄薄的小说集，小说都设定在苏格兰北海岸外一座偏远的岛屿——奥克尼岛上。他文字诗意的摇摆，他深入刻画与世隔绝的普通人情感生活的手法，这些都打动了我。小说的主人公有维京海盗，也有孤独的佃农和渔民，这些人物和我以前见过的人物大相径庭，却以简洁、自然的语言被呈现于书中。我有点儿好奇的是，自己有一天会不会把相似的写法运用在书写我的斯克兰顿小世界上。

在递交给福尔克纳教授的申请书中，我提到了关于乔治·麦凯·布朗的论文，头头是道地谈了一番他正在展开的诗人和小说家的创作生涯，尽管我对他本人只能说稍有了解，对他的全部作品则几乎一无所知。让我满足和惊讶的是，不过几周，福尔克纳就用他的小手写了回信，信头上用的是黑色的印度墨水。“学校已经接受了你的博士研究生入学申请，我认为这是一个不错的论文构想。无论如何，我们会再讨论这件事。我很高兴接收你就读我的博士项目。从边远之地来，祝你一路好运。”

我把信拿给父母看，我们围坐在厨房餐桌旁就此展开讨论。“我们住在‘边远之地’？”父亲假笑着表示疑惑。母亲可没法泰然处之。“你不能这样对我。”她说。我试图向她解释，我不是要“对她”怎样，我是“为我”做打算。上帝保佑父亲——他建议我“试一试，大概也不会有什么坏处”。毕业时，拉斐特学院给我颁发了一笔奖学金，这笔钱相当于我在圣安德鲁斯大学前两年的学费，而且我知道若我有需要，父亲也会在经济上施以援手。他不大确定“大学的文学学习”是什么意思，但从军的选择——去越南——对他毫无神话式的吸引力；他从没参过军，因为他有疝气和扁平足，（我觉得）他做的打算是，我要是离开几年，战争就会过去，我就可以回到斯克兰顿，恢复“正常的”生活了。

无论如何，我坚持要去苏格兰，因为我知道父母不会拦着我。不然就得去越南，这个选项我之前说过了。“至少，你在苏格兰是安全的，”我母亲不情愿地说，“尽管苏格兰姑娘名声不好，男人还公然穿裙子。”

就这样，带着焦虑、恐惧和希望，我回到了苏格兰。正如梭罗的《瓦尔登湖》里我最喜欢的一句话说的 :“谨慎地生活，只面对生活的基本事实，看看能否学到生活要教给我的，以免在临死时，才发现自己从未真正活过。”承认这一点很尴尬，但我的确把这句过于出名的话写在了我第一本日记的篇首，那个日记本是九月下旬，我二十二岁生日时在圣安德鲁斯的教堂和南街街角的一家小文具店里买的。

1 绿山山脉（Green Mountains），美国佛蒙特州的一处山地，阿巴拉契亚山脉的一部分，自北向南绵延400公里，为佛蒙特州最知名的山脉，地势高耸，风景优美。——译者注（本书注释除特别说明，均为译者所加，下文不再一一标明）

2 霍华德·津恩（Howard Zinn，1922—2010），美国左翼历史学家、政治学者、社会评论家、剧作家。

3 《芭芭拉·安》（*Barbara Ann*），一首美国经典流行歌曲，最初由摄政王乐队（The Regents）于1961年录制并发行。1965年，海滩男孩乐队（The Beach Boys）翻唱了这首歌，收录于专辑《女孩别说》（*Girl Don't Tell Me*），一炮而红。——编注

4 乔治·麦凯·布朗（George Mackay Brown，1921—1996），英国诗人、作家。除了年轻时前往爱丁堡求学，他一生中极少离开自己的家乡，苏格兰的风景胜地奥克尼岛。他的作品以书写奥克尼的自然、历史和生活为主。——编注

2

一九七〇年秋天，我到达圣安德鲁斯大学，开启第二段求学生涯。那时，圣安德鲁斯似乎是一个与世隔绝的所在。在苏格兰，第二次世界大战的影响并未完全消散，即使是二十五年之后，在学生宿舍和学生公寓暖气不足的房间里，在午餐和晚餐寡淡的清汤里，在那些拄着拐杖走在街上的老兵干瘪的脸上，或是在昏暗的酒馆里徘徊于啤酒旁的眼神茫然的老兵们脸上，依旧存续着一种俭朴的生活方式。在世界上遥远的地方经历了最可怕的战争，他们身体和精神上的创伤永远不会愈合了。我有一位和蔼的导师，塞德里克·科利尔，他总是不厌其烦地谈论意大利战役，回忆蒙蒂领导的第八集团军在西西里对德国军队的糟糕进攻。他说:“在埃特纳火山的岩石丘陵地带，他们狠狠挫败了我们。什么?”

这个表达惊讶的“什么?”——他说话时最后冒出来的这句总会让我大吃一惊。他仿佛还在回味自己因为英国在那遥远山地吃下的败仗而生出的困惑和羞愧。

如果说圣安德鲁斯有一种受到压抑的疯狂，那么这个地方的美丽也给我以灵感。长长的海滩是这个城市的特色。一边是东沙滩，一处遍布渔船的小水湾，这些渔船经历过更加富足的时代。被盐腐蚀的船只散发着腐烂的渔网和旧渔线的气味，盛放着关于出海打鱼的过往的回忆。几条挂满藤壶的小艇被拖到沙滩上等待夏天到来，船壳上的油漆正在剥落。我很少到这片分外贫瘠的海岸线来，此地散发着一种异域风情。西沙滩则是另一回事。那片明媚、宽阔的海滩在西面环绕着泰伊河的一处入海口。退潮后的沙滩晶莹剔透，为跑步者开辟了一条绝佳路线，他们会小心翼翼地穿过海草和贝壳、白骨似的浮木以及鱼蟹的残骸。当海鸥从天空俯冲而下时，名为“吱吱”的牡蛎捕手以橙色的喙和细长的腿涉入海浪。空气微微震颤，清晨或傍晚的河水仿如一面金色盾牌。

在第一段求学时光里，我适应了一种生活模式，比如，早早地沿着西沙滩跑步。我觉得这是宇宙中最美丽的海滩，在这里我可以与深层的精神现实联系在一起。上帝就在那里，在沙滩和翻滚的浪花里，在蓝绿色的海湾里。跑步后，我花很长时间洗澡（我喜欢在浴缸里看书），和同学们在附近的咖啡馆里喝咖啡，然后在南街的大学图书馆度过漫长的一天——我在议会大厅的楼上发现了一处清冷的房间，里面似乎总是我一个人。我在角落里的一张桌子旁坐下，开始写关于麦凯·布朗的论文。

在我们最初的通信中，福尔克纳教授同意指导这个项目。但在随后的一封信中，他的措辞令人紧张："你到圣安德鲁斯后，我们应该慎重考虑主题的选择。布朗或许不适合作为研究对象。作为作家，他不算有名，而且似乎还在世。"事实上，福尔克纳重新考虑了我的论文主题，这让我很担忧。在之后见面时，情况则更糟了，他有所保留的态度越发明显。"我不确定这么写是否可行，"他说，"美国人来是来了，但他们并不懂这里。"问题是，我没有退路。如果我的论文没有进展，那会怎么样？我马上就可以想到自己被打发回去，被困在斯克兰顿或西贡——有时我看不出这两头有何区别。

另一方面，要认真面对亚历克·福尔克纳并不容易。

他年近古稀，开始显出老相，战时曾服役于皇家海军，后来把很多时间花在思考莎士比亚与大海的关系上。福尔克纳认为，这位吟游诗人对船上的礼仪表现出了相当程度的熟悉，所以在他著名的“失落年月”里，他肯定是加入了海军。在一九六四年的“杰作”《莎士比亚与海》中，福尔克纳详细阐述了这并无太大可能的情景。如福尔克纳所言：“即使是在伊丽莎白时代和詹姆斯一世时代，二十世纪的海军军官也能轻易识别出一个由情报报告、舰队命令、信号、战略、演习和皇家海军仪式组成的熟悉的世界。”以《奥赛罗》为证据，他提到，当地平线上出现第二艘船时，剧中总会响起一声古老的呼喊：“帆！帆！”

福尔克纳教授告诉我，非常不幸的是，来自“偏远内陆一所二流大学”的“所谓美国学者”最近提出，几乎可以肯定，在“失落年月”里，莎士比亚是在伦敦的律师学院从事法律工作；否则，他永远没法如此轻松地书写这些事，也不会如此依赖侵权法和法学的隐喻，就像在第四十六号十四行诗中，说话人的心和眼之间的诉讼，包括辩护和最后的判决，为诗歌营造了清晰的结构和语境。福尔克纳给我看了这本书，说他的对手是个“骗子”。

有一次，一个空气潮湿的夜晚，我在司考街遇到了福尔克纳。从这条常年刮风的街道可以俯瞰城堡屋近旁的那道海湾，而城堡屋即是英语学院的所在地。用一只手把他那顶特大号的软呢帽整整好，面庞苍白清瘦的他若有所思地对我说：“孩子，在海上，今晚可要难熬了。一个难熬的夜晚。”十年后，他受痴呆症折磨，在圣安德鲁斯几英里外的斯特拉瑟登精神病院结束了生命，我不会为此感到惊讶：在那里，他靠着记忆，耗费时日写出莎士比亚的十四行诗，深信这些诗是他自己所作，为这般生花妙笔而惊叹不已。

这一切疯狂的人和事并未让我烦恼，只要这不会妨碍到我对乔治·麦凯·布朗的探索。我决定继续探索，因为我知道福尔克纳的犹豫可能对我有利。他不会反对我的，我说服自己相信这一点。

当时，研究生在圣安德鲁斯的住宿选择很有限，空房十分紧张的迪恩斯楼是给研究生住的唯一一栋学生宿舍，而我在那里一间空房都没找到。最后，我搬进了一栋房子顶层的几个房间里，房东是一位名叫托尼·阿什的年轻英语讲师。他与他妻子苏珊成了我的密友和知己，简直就像我的另一对父母（五十年后的每个星期，我都会和托尼通电话，他现在已经八十多岁了）。但重回圣安德鲁斯的头一年，有段时间我住在希望街上，在一栋乔治亚式排屋里租了一间潮湿的地下室公寓。希望街是老城区最优雅的十八世纪历史街道之一（而“新城区”的大部分房屋都是战后建造的）。我的房东是年长的罗斯小姐，一个身材矮小的女人，长着紫色的鹰钩鼻，披着一头灰发；她穿厚厚的羊毛裙，能挡雨，也许还能防弹。为了能住在这个阴暗的房间里，我每星期付给她七英镑。供暖费也由我自己承担，费用由壁炉格栅里的一支先令计量表来测定。这处电子“火焰”是三组双杠格栅，你若站得太近，它会灼伤你的小腿，但平常的时候，它只会把更多的光而不是热量辐射到客厅里，客厅的一角有一张窄桌，能供我独自用餐，或者最多再招待一个人（夜晚或清晨，我经常在这张桌子上写作）。小厨房里有一个金属水槽、一只电炉、一台烤面包机和一台小冰箱。在门边的一只窄小的碗柜里，我储存了金枪鱼罐头、西红柿汤、豆子以及维他麦[1]。水槽边的面包板上，总是放着一条从附近的“费舍尔和唐纳森”面包房买来的硬皮黑面包，过个三四天就会吃干净。

此外，我还需要什么呢？

罗斯小姐是一个严肃的女人，据她说，她平常去的教堂很“低端”。那是一座具有深厚加尔文主义渊源的新教教堂。她认为作为意大利裔美国人，我必然是虔诚的罗马天主教徒，所以她想都没想过要劝说我皈依她的教派。（事实上，为了和母亲结婚，我父亲变成了新教徒，并在中年时被任命为浸礼会神父。对他来说，信仰会突然降临，让他全神贯注。早餐时，我早已习惯看到他手拿一本翻开的斯科菲尔德版本的钦定版《圣经》，旁边放着英式松饼和葡萄果冻。他在页边空白处不停地记笔记，还背得出整章的内容。）我偶尔上楼去喝茶，她姐姐，另一位罗斯小姐，也经常加入我们。另一位罗斯小姐住在附近，在贝尔街她们旧家的房子里。我的女房东称我为“年轻的美国人”，并为有外国研究生住在她的公寓里而感到自豪。“别坏了眼睛！”她总说，这句话和我母亲频繁就阅读的危害对我发出的告诫相呼应。“我看到你房间里的书一堆一堆的，上面印的字可真小！”

一开始，她浓重的口音给我造成了障碍，但很快，我就可以回应她的话了。“你肯[2]吗？”如果我看起来很困惑，她会这么问我。“是的，”我会说，“我肯。”

在圣安德鲁斯攻读英语研究型学位的过程并无限期，这令人抓狂。我从同学那里得知的消息让我沮丧：从学术丛林到博士学位这个终点，可能需要长达十年的时间，而有时，我真会感觉已自我放逐到这不可思议的地方有十年之久了。我已经感觉到，攻读博士学位所必需的那种专注的工作，可能非我的耐心所能承受。更复杂的是，我不知道如果没有大学的支援，我能否负担得起两年以后再待下去的费用，尽管父亲很乐意定期给我寄支票，“帮我渡过难关”，用他的话说。但他在信的结尾往往会写道：“我认为你应该申请宾夕法尼亚州的法学院。好律师在斯克兰顿有发展空间。你妈妈也同意我的想法。”

她当然同意了。

在圣安德鲁斯生活了仅仅一个月后，我又收到一封斯克兰顿的来信，这封信令我格外恐惧：一道征兵委员会的通知。我仔细研究了那封（由母亲转寄的）信——甚至闻了闻纸张——犹豫了一会儿，把它原封不动地放在了我卧室梳妆台最上面的抽屉里。征兵委员会的其他信件接踵而至，我用橡皮筋把它们捆起来藏在内衣下面。信不断地寄来，把我吓坏了。他们坚持要我去报到吗？如果我没有现身呢？他们能到苏格兰来逮捕我吗？回到美国我会面临法律上的风险吗？我决定永远不拆开那些信。永远不。

为了彻底解放自己，一天晚上，我把最后一瓶镇静剂冲进了厕所。那旋涡般的水流中有一种解脱，一种净化。我要在没有药片帮助的情况下自己活下去，我要独自面对焦虑。（我确信，在我床边时钟的每一次响亮的嘀嗒声之间，永恒绵延展开，这实际上增加了我的恐惧，这种恐惧在整个白天伴随着我，让我的难眠之夜更加漫长。）

一天早上，在司考街，我偶遇大学时的家庭教师，一位五十岁的女士，安妮·赖特小姐，我很喜欢她那种活泼劲儿。她就是简·布罗迪小姐[3]（就像玛吉·史密斯在电影中扮演的那样）转世复生。她以哽塞的声音，从紧咬的牙关中挤出难以忍受的虚假的欢快，说："啊，帕里尼先生！多可爱的名字啊！我记得你的名字！你是意大利人吗？"

"你好啊，赖特小姐。"

"你怎么在这里？"

"哪里？"

"苏格兰！"

我解释说，我以研究生的身份回到了圣安德鲁斯，要一直待在这里，直到在英语学院拿到博士学位。

"哦，天哪，"她说，"我从你的声音里听到了决心——那通常可不是什么好事。来喝茶吧。我们可得聊会儿。"

她是要让我现在就去，我如她所愿。

赖特小姐是汉密尔顿楼的管理员，这栋大学女子宿舍，在十九世纪的最后十年建成时，曾被称为"大饭店"。雄伟的红砖立面俯瞰着老球场[4]和古代皇家俱乐部——世界上最古老和最负盛名的高尔夫俱乐部。她在顶层有一套宽敞的公寓，可以看到圣安德鲁斯湾和西沙滩的迷人景色。在晴朗的日子里，你可以看到不远处安格斯郡紫罗兰色的山丘，高地随之向西北部延伸而去。

她为我端上来伯爵茶和几块巴顿堡蛋糕。这是一种特别的海绵蛋糕，由黄粉色方块组成，上面覆盖着杏仁糖。

“聊聊吧，杰伊。或者叫你帕里尼先生？”

“叫我杰伊就好。”

“很好！杰伊是什么名字的缩写吗？”

“不。就是杰伊。”

“这样的话，”她说，“那的确就是杰伊。”

我又吃了一块蛋糕。

“如果我没记错，你的英国历史不太好。”她说，仿佛在自言自语，这说的是我在一九六八年秋季学期上的辅导课。

“英国的国王和王后，”我说，“我从没搞清楚过。”

“美国人是搞不清楚的。”她添上茶，“太多的乔治，还有爱德华！詹姆斯后面数字一变，大家就彻底糊涂了。”她随便吃了一小块蛋糕，慢慢地嚼着，然后舔舔自己修长的手指。她脖子上的青筋像钢索一样暴起。“你自己真心想做的是什么？请原谅我的好奇心。我太不礼貌了。”

“研究生学位，我说过了。”

“我知道，但为什么呢？一个人做事一定要有理由。不然就像风车击打空气。”

“我想写作。”

“真的？”

“诗歌，是的。我写诗。”

“啊，诗歌。那你一定要见见阿拉斯泰尔。”

“谁？”

“阿拉斯泰尔·里德。战后，他在这里做过学生。一位老朋友。有些吊儿郎当，不过不用介意。”她抑制不住地涌起一种奇怪的神情，仿佛想起了一件她希望自己并未想起的事情。“阿拉斯泰尔参加了太平洋战争，”她停顿了一下，“我一直不喜欢日本人。你呢？”

“我从没见过日本人，”我严肃地说，“我对他们真的没有什么不好的感觉。”

“真是外交官啊！好样的。”

“阿拉斯泰尔是诗人吗？”

“百分之百。他几个月前刚从俄亥俄州或艾奥瓦州或别的什么地方回来。和他儿子一起。他们有一所很棒的房子，皮尔莫尔小屋。在西沙滩，就在高尔夫球场上。要我介绍你认识他吗?”

没等我回答，她就拿起电话打给了他，阿拉斯泰尔也马上接了起来，好像刚才正在等她似的。

“我这里有个年轻人，阿拉斯泰尔，以前的学生。一个美国来的意大利人。帕里尼先生。非常严肃，也许太严肃了。但不重要。他想写诗，我告诉他我会把你引见给他。”

她向我使了个眼色，等着对方回话。

“谢谢你，亲爱的阿拉斯泰尔，”她最后说，“我来安排。”她用胜利的目光注视着我。“明天中午。你在十字钥匙酒吧会见到阿拉斯泰尔。不过要小心。他可好酒了。”

1　维他麦（Weetabix），英国谷物类食品品牌。

2　肯（ken），在苏格兰语中的意思是“知道”，也可以表示“知道我的意思吗？”。

3　简·布罗迪小姐（Miss Jean Brodie），缪丽尔·斯帕克的小说《简·布罗迪小姐的青春》中的虚构角色。在1969年的同名改编电影中，由玛吉·史密斯扮演简·布罗迪小姐。

4　老球场（Old Course），即圣安德鲁斯老球场，世界上现存最古老的高尔夫球场，近代高尔夫的故乡，更是全世界高尔夫爱好者心中的圣地。

3

我的胃缩紧了。那天推开十字钥匙酒吧的旋转门时，我不知道阿拉斯泰尔会怎么待我，但我有预感——潜意识察觉到了这些——我的生活将会发生意想不到的转折。我朝酒吧走去，作为聚会场所，这里曾广受几代学生和学校员工的欢迎，但现如今，极目所见只有寥寥几个顾客。一个身穿脏雨衣的白胡子家伙正坐在角落里抽烟，面前放着一品脱[1]啤酒；城里每家酒吧似乎都会有这样的人，一个经历了海外战争而失魂落魄的老兵。另一张桌子上坐着两个女孩，她们都是学生，穿着猩红的学士服，喝的是半品脱酒杯的——这被认为是淑女的点酒方式——香迪啤酒，一种掺了柠檬汁的啤酒。酒吧里唯一看起来有点儿来头的人物，是一个四十岁出头的男人，红褐色头发，饱经风霜的面庞英俊得有点儿惊人，散发着明显的凯尔特人的光芒。他颧骨高耸，皮肤下可见虬结的青筋。他边抽着烟，边躬身喝着品脱杯装的酒。

当我站到他旁边时，他把目光转向我这边。

“杰伊?”

“里德先生?”

“叫我阿拉斯泰尔。”他伸出一只戴着肥大连指手套的手，轻易包住了我的手。“你喜欢健力士黑啤吗？它对你有好处。”

“有淡点儿的吗?”

他脸上闪过一丝不赞成的神情。他的情感词汇表里没有“淡点儿”。

品脱杯装的淡啤酒端了上来。魁梧的酒保知道阿拉斯泰尔的名字和口味，他还在吧台上放下一只短饮杯。阿拉斯泰尔两口喝干短饮杯里的威士忌，用手背擦了擦嘴。这个男人身上有些可怕的东西，一种盘绕着的毒蛇似的能量。

“战争刚结束时，我还是学生，从那时候开始，乔克就站在这吧台后面了。”阿拉斯泰尔说。

“那时候是什么光景?”

他脸上掠过一丝痛苦的神情。“那是一段奇怪的时光,回来,坠入这梦幻般的世界。穿上猩红色的长袍,假装听那些愚蠢的课,一切都那么不真实。那时候,他们十点就锁宿舍门。我们都不习惯。所以我们就翻过墙头,从开着的窗户钻进楼去。我差点儿被开除,但我嘲笑他们。我们都这么做。目睹了之前的一切,我们没法把这些事当真。我现在还是不把这里当回事。不要相信你眼见和耳闻的事,我对儿子说。”他喝了一大口酒。“记住,这里不是大学,这里就是电影布景。别被骗了。演讲者,甚至学生,都是演员。他们在这里是为了吸引游客。”

他的坦率吓了我一跳,但我已经很想再多了解了解这个男人了。出于一些讲不清的原因,我想要得到他的认可。我想要一个他那样的父亲:一个胆大妄为、叛逆不恭、天生有权威感的男人。我也想*成为*那样的男人。

阿拉斯泰尔接着说下去。“你没回应。不相信我?好好想想。这里是什么地方?一群鱼龙混杂的陌生人。他们来这里就是喝酒、做爱。”

我隐隐觉得,如果想和他做朋友,我最好不要显得无力回应。“也许也为了读书和思考?”

“你真严肃啊，是不是？赖特小姐提醒过我。当然，在你这么大时，我也还挺严肃的。”他说，“这不算坏事。再说一次，我曾经站在太平洋中一艘驱逐舰的舰桥上。头顶上就是神风特攻队。”

“我没法想象。”

他目不转睛地盯着我，仿佛要看透我的心。我觉得，他一定在想我为什么没去越南。我应该为自己没参战而感到羞耻吗？也许他是赞成拒绝参战的，但我不确定。越南战争在人群中引发了奇怪的反应，尤其是退伍军人，他们依然生活在幻觉中，以为我们发动这场战争是为了维护“自由”。我知道我的叔叔们，就是在一九四三年第一次攻打萨勒诺海滩时登陆并幸存下来的那三位，他们觉得我的反战情绪即便算不上是彻底的叛国，也至少是令人厌恶的了。（母亲总是对他们三人在那场可怕的战役中全数幸存一事深表怀疑。“他们是知道了什么别人不知道的情况吗？”）

阿拉斯泰尔又点了一小杯威士忌，乔克端了上来。“那时候，神风特攻队可不是闹着玩儿的，”他一边大口喝酒，一边继续说道，“它们会让你做身临其境的噩梦。就在昨晚，我还看到一架飞机向我冲来。我想躲开，但有什么办法？它没撞上我的船，却撞上了另一艘，我眼睁睁地看着那艘船四分五裂，沉了下去。”他的目光越过我，望向天空。“就是这样。好多年了，我都没怎么想过这个。但现在我想起来了。”

“你把这些事写成文字了吗？”我知道，他那一代的许多作家，比如詹姆斯·琼斯、诺曼·梅勒或约瑟夫·海勒，都把战争作为他们小说的一个重要主题。实际上，我担心自己回避越南，也就意味着彻底错过了一些东西。作为作家，我这一代人面对的主要矛盾，我永远都没法触碰了。

“战争并非我的主题。”阿拉斯泰尔说。

“那么，你的主题是什么？”

“天啊，你的问题比贾斯普[2]还多。”

“贾斯普？”

“我儿子。你会见到他的。大家最后都会见到他的。”

“我只是好奇，”我冒险说，“你的主题是什么？”

阿拉斯泰尔呷了一口啤酒，寻思着。“我还在找。有时，它眨眼间就闪现出来。有时，嗯，并不常见。”他张开一只大手，似乎在用他另一只手的食指摸索着这只手上的生命线。“你找到主题了吗？”

“我也在找。”

“在哪里找？”

这个问题有点儿讽刺的意味，阿拉斯泰尔的自信在某种程度上削弱了我的自信。他话不多，却生出权威感，散发天生的严厉，流露校长式的目光，这些都是我不熟悉的。我的父亲总是回避权威，不愿发表意见，也从不质疑那些有权势的人。我也觉得要我表明立场是尴尬的，甚至是痛苦的，即便是反战——我在这方面的行动可要比一般人更有力。相比之下，阿拉斯泰尔似乎很喜欢自己的立场。

“你给《纽约客》写稿子，”我说，“赖特小姐说过。”这一点引起了我的注意。眼前是一个拥有人脉和平台的家伙。

“我是这份杂志的特约撰稿人，”他说，“这可是世界上最好的工作。不用到办公室报到。除了编辑肖恩先生，我不用向任何人报到。我写任何引起我注意的东西。稿费支票也不会被退回。”他有片刻恍神了，似乎在回想他迄今为止的人生。尽管他自信满满，我还是想知道，他是不是也心怀忧虑；我想知道，说到底，他是不是和我并没有多大不同。他脸上的皱纹或多或少也是自己挣得的。“我从没工作过，”他说，“没正式工作过。”

“你是教授？”

“安妮·赖特真是健谈。风趣的老家伙，是不是？一个字也不要信。”

“你在哈佛教书？”

“她是这么说的？对英国人来说，美国只有一所大学，它把其他大学都包括在内。不，我在萨拉·劳伦斯。一所小小的女子学院。我教拉丁语和希腊语。”

“我大学时读过一些古典作品。”

“Arma virumque cano.”

为武器和那人，我歌唱。他直接跳到维吉尔《埃涅阿斯纪》这首战争之歌的开头，我并不惊讶。我想，阿拉斯泰尔在内心里是一个战士，有鉴于此，他站在我面前，就好像是对我的生活的驳斥。

“你似乎不想去越南。”阿拉斯泰尔说，他仿佛读懂了我的心思。

“我最好的朋友在越南。我决定不去。这就是为什么我人在这里。”

“你在逃避兵役。”

“或多或少吧。”

“好样的。这是一场遭人恨的战争。”也许他是想表明他无意批评我。

我看上去一定有些不安。不管怎样，他有些同情我，就换了话题，问我本科是在哪里读的。我告诉他是在拉斐特，他对那地方有所了解，还说那里的英语系主任比尔·瓦特是他的熟人。

他和远在宾夕法尼亚的我从前的老师是熟人，这是怎么回事？这可能吗？我感觉他的影响力遍布诸多领域，甚至辐射到我的地盘。他一定是那种狼吞虎咽地汲取经验而后继续前行的人。一次又一次地。尽管对他还了解不多，但我断定阿拉斯泰尔对待生活的方式就是狼吞虎咽，甚至一口吞掉。

“萨拉·劳伦斯学院是一个有趣的地方，”阿拉斯泰尔说，恢复了那种我之后会不断回味的独白式讲话方式，“哈罗德·泰勒，可能是世界历史上最年轻的校长。他不要申请表格，就雇用了我。更棒的是，他让我教任何我喜欢的东西。没有规定的课程要求。”

“约瑟夫·坎贝尔在那里教书。”

“神话学者。”他似乎挺赞赏我对坎贝尔和他学术背景的了解，由此我意识到，我也可以参与这场游戏。如果愿意，我也可以成为其中的一员。我可以建立联系，培养关系。或者，这就只是说说人名？

“《千面英雄》是我最爱的书之一。”我说。

“还原论，可能是。但乔[3]的方向是对的。世界上只有一个故事：英雄之旅。它有很多形式。”他端详着自己的啤酒，仿佛杯底有什么重要的东西。“你现在在旅途的某处，在起始阶段的某处。”

“这本书我读了两遍。”我说。

“一遍就好。”阿拉斯泰尔说，“就一个故事，只有一个故事。你知道那首诗吗？”

我摇了摇头，自觉遭到了冷遇。

阿拉斯泰尔没有察觉或者说并不在意我的感受，接着说下去。“《冬至日给胡安》，罗伯特·格雷夫斯[4]。”他说，“你知道格雷夫斯吗？”

“知道得不多。”这种说辞让我觉得自己是个骗子。我对格雷夫斯到底了解多少？这个名字为本地书店里的诸多平装书增光添彩。就在几周前，我站在那里，手里拿着一本《希腊神话》。作为英国文化领域里常常出现的那种博学的文学中间人，我总觉得格雷夫斯不合规范。阿拉斯泰尔也是这类人中的一个吗？

“仔细读他的诗，特别是诗。令人惊异的诗：简洁，具有音乐性，层次丰富。他写小说来养活自己：《我，克劳狄乌斯》《耶稣王》。”他补充道，“他曾说，他这是通过喂养表演犬来养活自己的猫。”

我猜阿拉斯泰尔并不需要别人答话。他滔滔不绝，在自己的思维中探索，为思维确定焦点和形式。我只是碰巧站在他旁边，听他说话。但我觉得他很有吸引力——一个比我见过的任何人都更有活力的人。他的思想和语言都噼啪作响。他认识很多人，很多有趣的人。通过谈话，他把他所知道的东西表达或呈现出来。我有很多可以向他学习的，我也希望他有兴趣了解我。

“战后，我写信给格雷夫斯，”阿拉斯泰尔说，仿佛开始讲述一个短篇小说，“他和妻子、情人们以及孩子们住在马略卡岛一座可俯瞰大海的石头别墅里。”他吸了一口烟，几乎把烟雾吞了下去，然后连连咳嗽起来，“每天，他都会爬下岩石小道，去海里游泳。完美的生活。”

“搞得我都嫉妒了。”

阿拉斯泰尔点了点头，我看得出来，他对我的移情能力表示赞赏。“你写诗？”他问，“赖特小姐走漏了风声。”

“写得不怎么样。还算不上诗。”

“答案正确，”他说，“我们都生活在一个‘还算不上’的世界里。在给格雷夫斯的信里，我说我正在努力写诗，我要去西班牙。他是否介意看一看我的诗？这么做并不妥当。但这么做也很好。一个有自尊的年轻人合该不妥当。”

“他回信了吗?”

“我提到，我在圣安德鲁斯读过古典作品。他回信说，他正着手给企鹅出版社翻译苏维托尼乌斯[5]的作品。《罗马十二帝王传》，一部伟大的小说。”

“那不是历史吗?”

“历史是小说的一种形式——你必须塑造事实，发现其间的排列方式。创造一个令人满意的故事。”他举起品脱杯，喝光了剩下的酒，“格雷夫斯让我做他的秘书。我要把拉丁文粗略地翻译成英文，做的是苦差事。他会在我翻译出来的文本上加以修改。他说，我可以住在他花园中的一间小茅屋里。我怎能拒绝这个提议呢?”他的目光再次越过我，盯着房间高处的一个角落。“格雷夫斯在一战中受了重伤。他心神崩溃了，因此对他来说，这地方很理想。宁静的石灰岩山谷，松树，迷迭香。海边的村落。”

“一个安定心神的好地方。”我想到自己的神经衰弱，还有为缓解它们而做的尝试。

“嗯，刚开始，我的心神也安定了下来，”阿拉斯泰尔说，“但格雷夫斯很快就毁了我的平静。说来话长……”他的停顿意味深长。

“他是个好老师吧，我猜?”我说。

“从格雷夫斯那儿，我学会了写作——用他的话说，我坐在他身边，让他‘纠正’我。还记得第一周，他给了我几页稿子让我翻译。我紧张地翻译了几小时，弄出一个我认为完美的英语版本。晚饭前，我把稿纸放在他桌上，站到他身旁。他飞快地扫了一眼稿子，说：‘坐下！’我拉过来一把椅子，然后看着他用自来水笔画掉一些句子，或者圈起来示意把它们挪到别处。他画掉形容词，找出更好的名词——那些不需要修饰词的名词。我的副词也一样，它们被更好的动词吸纳了。如果你还需要形容词或副词，那你仍然有待找到正确的名词或动词。格雷夫斯这样说。我学到了这一点。但学习是痛苦的，那过程就好像撕裂一个很容易就能适应、让人感觉舒服的东西。所有被动语态都不见了。‘主动语态总是更好！’他用那种该死的公立学校腔调吼我。基础但有用的建议。你必须学会如何削减文本，然后再逐步加强它。想象和修订。你要把玫瑰修剪到根。然后它就会开花了。”他停顿了一下，“你是园丁吗？”

“不是。”

“那太糟了，”他说，“你必须成为园丁。”

他劝我做园丁，这听上去太奇怪了！然而，我知道他是对的，我错失了以园丁式的触觉接触现实世界的机会。如果我想成为一名诗人，我需要学习如何手摸、眼看和鼻嗅。

在那一刻，我确信我将成为阿拉斯泰尔的徒弟，我将尽己所能向他学习。

“你在哪里长大?”我问。我现在不在乎自己的提问会不会惹恼他了。我要了解这个人。

“我父亲是加洛韦的神父，我母亲是医生。他们在家工作，在庄园的两头。所以我也在家工作。我从没做过真正的‘工作’。我没法给别的任何人工作。是个自私的混蛋，我儿子说。或许我所需不多吧。或说想要的太多。求而不得会制造不快乐。我旅行时只带一两只包。一只是我的，一只是贾斯珀的。他九岁还是十岁。或许快十一岁了？我记不清了。”

我知道的已经够多了，不用问到贾斯珀的母亲了。明显不便谈到她。但她是否也像我母亲一样，以不在场的方式在场？我感觉到阿拉斯泰尔周身有一层隐私的外壳，不管它有多隐蔽，我意识到，如果我伸手去碰他，他就会退缩。他不想让我探得太深，而我很明智，忍住了这种冲动。

他说："在国外待了这么长时间，现在又回到苏格兰，这感觉很奇怪。我们去年还在俄亥俄州。一份临时的教书差事。我之前在的时候就不喜欢苏格兰，大部分时间都待在其他地方。几年前，我在马略卡岛买了一座小农场。”

“是为了离格雷夫斯近点儿?”

他没答话。再次开口说话时，他声音都变了，尽管他的短篇小说在此暂告结束。“在他身旁和他一起工作了几年之后，我爱上了他的一位女神。他有一些年轻女人——助手、情妇之类的。格雷夫斯太太虽不赞成，但也不反对。其中一个女孩，黑眼睛，修剪过的头发扫过前额，她马上就打动了我。我在他眼皮底下和她开始了一段恋情。他假装没察觉，我也不明说。我们以为我们不会被发现。然而，有一回，他正卷起袖子砍柴。我站在一边，但紧接着他就把斧头朝我扔来！不到一英尺就碰到我的头了。斧子嵌在了墙上。令人印象深刻的是，他知道怎样扔斧头。但天啊！我明白他是来真的。几天后，在夜幕的掩护下，我带着那个女孩登上了一艘渔船。自那天离开之后，我就再也没见过格雷夫斯了。”

这故事是真的吗?这难以想象，仿佛是虚构出来的。但他讲得那么确定，我不得不违背意愿，相信他讲的。

这就是讲故事的精髓?难道非得用一种确定的方式和想象的权威来讲述一个故事?

“你的沉默有点儿要命。”他说。

“我很遗憾。”

“别遗憾。说点儿什么。”

我意识到，和这个男人太接近可能会有危险。他不会顾虑他人，说话直来直去。对于我这样在生活中已惯于迂回和不确定的年轻人而言，这种状况让我惊恐。我可能不得不抛下畏缩去对镜自照。我可能得如实说出自己想说的，甚或想清楚我想说的究竟是什么。

“你看起来正在思考，”阿拉斯泰尔说，“像个要尿裤子的孩子。”

是时候鼓起勇气，去触碰那个尽人皆知的棘手话题了。“我在想，你可不可以看看我的作品？”我问。

“当然可以。找一天下午，带一首诗来。就下午茶时间吧，很合适。我们喝杯茶，我来批改你的作品。”他拿出笔，把地址写在一张小纸片上。

走到室外的人行道上后，我感到一种喜悦：隐而不见的门窗全都打开了。我终于遇到了一个能给我指明前进方向的人。当然，他在我的生活中究竟会扮演什么角色，目前还不得而知。但直觉告诉我，这已经是一次不错的会面了；以一种难以言明的方式，我的生活将发生改变。

几分钟后，我还在努力理清楚和阿拉斯泰尔·里德初次相遇的情形，在市场街中段，我听到反复的呐喊声：“嗬，嗬，胡志明！嗬，嗬，胡志明！”[6]

一群抗议的学生举着标语牌慢慢向我的方向行进过来。大手帕和喇叭裤随处可见，这让我想起了自己在华盛顿抗议的日子。我想立刻加入进去，但退缩了。我来到苏格兰，是为了避开那股潮流，至少是在肉眼可见的地方。征兵委员会寄来的信都安全地藏在抽屉里，我想把我的情感也保存在那里面。信一封都没拆。

在我面前，十字钥匙酒吧门外的喷泉边，稀稀落落围了一圈英国老兵。让我吃惊的是，福尔克纳教授也在其中。他戴着一顶拿破仑式帽子，瘦小的身躯披挂着他在皇家海军服役时穿的制服，现在已明显不合身了。他腰带上挂着一把仪式佩剑，胸前缀着一排勋章。但他看起来神思恍惚，相较于周围的战友和身上的制服，他就像个矮人。他们中的大多数人都曾随福尔克纳并肩抗击轴心国，尽管有两三个参加过一战的老者也加入了他们的行列，其中一个（坐在轮椅上）戴着贝雷帽。

教授对上了我的目光，嘴角掠过一丝淡淡的微笑。然后，抗议者来了，与老兵们正面相遇。福尔克纳的右手本能地伸向剑柄。

这次抗议活动的领导者是我见过的一个女人。她身材修长高挑，一头夹带淡草莓色的金发紧紧束成一条马尾辫。穿着亮红色运动鞋和白色袜子，向人群呐喊着指示前进方向，她散发出自信的光芒；面对面站在衰朽的老兵们面前时，她指挥人群把抗议的口号换为一首歌。“我们不会动摇。”[7]抗议者们唱道，尽管看起来，不为所动的更像是老兵们。的确，我看到福尔克纳教授的嘴唇在动。就像一棵栽在水边的树，他低声唱道：“我们不会动摇。”

1 1美制湿量品脱约等于473毫升。

2 贾斯普（Jasp），贾斯珀（Jasper）的昵称。

3 乔（Joe），约瑟夫（Joseph）的简称。

4 罗伯特·格雷夫斯（Robert Graves，1895—1985），英国诗人、小说家、评论家。生于伦敦，曾在第一次世界大战中服役，后毕业于牛津大学。1961年到1966年间，任牛津大学诗歌教授。一生著作甚丰，其中，《希腊神话：完整定本》、历史小说《我，克劳狄乌斯》、文学批评著作《白色女神》均成为后世公认的经典之作。除了古典作品，书写个人经历的非虚构作品《向一切告别》也广为人知。

5 苏维托尼乌斯（Suetonius，69—122），罗马帝国早期的著名历史作家，所著的《罗马十二帝王传》记录了罗马早期的十二位皇帝在位期间所发生的事。

6 出自歌曲《胡志明之歌》（*The Ballad of Ho Chi Minh*，1954），英国歌手伊万·麦科尔创作并演唱。——编注

7 《我们不会动摇》（*We Shall Not Be Moved*）是一首黑人奴隶灵歌、赞美诗和抗议歌曲，起源可追溯至19世纪初的美国南方，描述了自己“像一棵栽在水边的树”，因对上帝的信仰而“不会动摇”。在世俗方面，它作为民权和工会运动的抗议歌曲而受到欢迎。

4

带着一首诗去拜访阿拉斯泰尔之前，我想到先去拜访一下诗歌协会。协会每周在市场街星星旅馆酒吧楼上的房间里聚会一次。来的人大都带了自己的诗分发传阅。偶尔有人会读一首自己最爱的古典或当代诗人写的诗。自从回到圣安德鲁斯，我就一直想参加这类讨论会，但拖到了现在。或许出于自大，我认为我比他们中的任何人都强——毕竟，他们大多是本科生。但我也有些害怕。记得从我读大三开始，他们中就有许多人说话口无遮拦了。但现在，想到阿拉斯泰尔会画掉我的副词和形容词的场面，我想我还是放下不情愿的想法为好。

贝拉·洛（我之后会这样称呼她）领导这个协会，以优雅而坚定的姿态管理一切。第一眼我就认出，她正是反战抗议活动的那位领导者，于是我脑子里的念头转动起来：也许是巧合啊，虽说镇子就这么大，人们对这种意外通常也见怪不怪了。她长着一双淡灰绿色的眼睛，似乎一眼就能把整个房间看个一清二楚。我喜欢她纤弱的手腕和细长的腿。她的声音低沉而鲜亮，很吸引我。笑的时候，头会歪向一侧。我注意到她微微隆起的嘴唇和美丽而修长的脖子。她散发魅力的方式非比寻常。甚至她偶尔的发抖和对我笨拙微笑的模样也深得我心。

红色运动鞋让她在人群中脱颖而出。在此之前，我从没在圣安德鲁斯见过红色运动鞋。

“你有诗要分享吗？”她问。

我带了打算给阿拉斯泰尔看的那首诗，但现在重要的是，它会不会打动贝拉。我有些紧张，就尽可能大声地读了出来：

鲜血浸透的丛林地面上
再无尸体，
那些因英勇、倦怠或仅仅是冷漠而在战斗中
倒下的人。

来自北方和南方的军队
向战火纷飞的世界挺进。
没有工厂。
只有死亡，
而死亡狡猾，贪婪，冷漠。
它吞噬所有来者，并以深红色
帷幕作为实物偿付。

无人回应，这促使贝拉——或许是出于好意——发表了评论。

“有一件事我不太明白，”她说，“死亡既狡猾，贪婪，还冷漠？这难道不矛盾吗？”

我脑袋像鸽子啄食一样点着表示同意，并开始为那行诗感到后悔。但对于我的诗，肯定还有更多可说的吧？

讨论会结束后，我坐在贝拉身旁，她正在翻阅一个文件夹。“那天我看见你在市场街上游行。”我说。

“是的，我们的反战团体。你应该加入。其他游行也要开始了。我在为一个伦敦来的演讲者工作，他是越战老兵。英国的反战运动现在获得了一些助力。”

我同意加入，并邀请她一起去楼下的酒吧。我们在紧靠橡木墙的一张桌子旁找到了座位，我照她要求给她端来了品脱杯装的啤酒。

“谢了。”她说。

“很高兴看到这些抗议。”

“如果能提升人们的观念，这些抗议还算有用。但你呢？他们怎么没把你送去越南?”

我告诉她:“我抽到了一个好签，但也遇上了一个疯狂的征兵委员会。他们不断寄信过来。我一封都没拆。”

“一种抗议。”

“无视征兵可不会毫无代价。”我说。

这触动了她。“那么是什么风把你吹到圣安德鲁斯来了？这地方似乎和你在美国的生活不怎么相干。”

“就是为了你说的这个，”我说，“我需要保持距离。”

为了自我开脱，我跟她聊起我那篇写乔治·麦凯·布朗的论文来，用福尔克纳担心布朗“还活着”这件事逗她开心。我顺便提到，我的专业是英语，但在拉斐特学院念大四时也学过希腊语——之前在圣安德鲁斯读书的那一年，我就开始学了。我最近参加了一个研讨班，讨论阿里斯托芬的喜剧，授课人是古典文学系的传奇人物K. J. 多佛教授。

贝拉从袖子里拿出一块白手帕，擤了擤鼻涕。“一个会读希腊文、拒绝了征兵委员会的美国人。上帝真是存在的。”

“你得跟我谈谈你自己。”我说。

“非得谈吗？”

“我是那种会问很多问题的人。”

“我不介意。”她告诉我，她念过贝奈登，肯特郡一所上等的女子学校，她母亲也是这所学校的。（这就解释了为什么身为苏格兰人，她说话却带着英国公学的口音，toast和taste押韵，house和nice押韵。）但她说，她不太想聊学生时代的事。“不怎么有趣。”据说他们家在珀斯有一间“乡村射猎小屋”，她建议我什么时候去一下。“爸爸总是在找人陪他打猎。”

“我父亲也是。”我说，但后面的玩笑话我没有再说。如果我想——我知道我想——追求这个女人，我就不要说。

我试着在脑海里拼凑起她的世界：读的是英格兰的私立学校，富有的父母，他们在苏格兰高地的丘陵地带有一间射猎小屋。这些背景以某种方式与她激进的政治立场和对诗歌——后来我发现还有现代艺术——的浓厚兴趣结合在一起。我在斯克兰顿还没见过像她这样的女孩，荒谬的是，我竟然挺享受听她讲英国寄宿学校的生活，讲那些稀奇古怪的传统。我想象着学生们洗冷水澡，被戴着学士帽的教师们厉声斥责，在傍晚逐渐暗淡的柔和的白垩色光线下，她们在绿茵茵的田野上嬉戏，远处村中的塔楼上，教堂大钟轻声鸣响。一首非常糟糕的诗，《生命的火炬》[1]，表露了亨利·纽博尔特爵士的旧帝国情怀，我在其中发现了一些值得钦佩的东西。有一句读起来像坚定的军事口号："打起精神！打起精神！打好比赛！"

我说到这首诗时，贝拉不快地皱起眉头说："我可受够了公学女生的说话口气[2]。"

她住在汉密尔顿楼，因为赖特小姐，我对那里非常熟悉。我请她来我的公寓喝咖啡。"啊，咖啡，"她说，"现在的问题是，我这学期一直在用功学习。这几年都没怎么好好念书，我得迎头赶上。"

"只工作不玩耍……"

"还有，"她瞥了一眼别处，"我有男朋友了。安格斯是个医科学生。"

"我真的很想找一天请你喝咖啡，"我决心不轻言放弃，"如果安格斯不介意。"

"我们也没有订婚或怎样。"她俯身向前，在我的额头上吻了一下。她这么做，我不知道是表示对我的轻蔑还是鼓励。“我不确定作为情侣，我们现在是什么状态，或者说，走到了哪一步，”她继续说道，“我们……昔日是一对。若即若离。”

昔日是一对？若即若离？

深夜回到公寓，我仍满心困惑，想起她嘴唇压在我额头上的那一刻。我喝了茶，开始写诗，想要讲述我们之间发生的事，或无事发生。也许这首诗就是第二天我要带给阿拉斯泰尔看的。

1　原文为拉丁语Vitaï Lampada，标题取自卢克莱修的一句话。

2　原文为jolly hockey sticks，用于模仿或表现与英国公学的女学生有关的上层或中上层阶级的说话方式，特别是表达她们说话时沸腾的热情或兴奋等（曲棍球是女子公立学校中最受欢迎的田径运动）。

5

这座低矮的石头房子坐落在一处白嘴鸦的栖息地中，不远处就是北海，但从屋前看不见海。我推开生锈的铁门，沿着小路走到前门，把自行车靠在花楸树树篱上。从头顶传来一百只白嘴鸦轻柔的轰鸣声，这些大型肉食鸟类翅膀乌黑，叫声在上方回荡。有许多猫，都警惕地盯着我。

“裤管夹[1]和其他东西。”阿拉斯泰尔打开门说。

一只鸡蛋嗖地从他肩上飞过，在我脚边的台阶上溅开来。

“贾斯普！”

他儿子突然出现在门口。他黑眼睛，黑头发，长相秀美。

为什么贾斯珀把鸡蛋从他父亲的肩头扔了过来，我不大明白；但很快我就看出，游戏是他们生活的一部分，而且贾斯珀是一个独特的孩子：好奇心满满，调皮捣蛋，聪明得可笑，俏皮，随时准备好迎接意外事件，而他的父亲也为他大量制造意外事件。当我们向厨房走去时，阿拉斯泰尔没有理会那个男孩，他似乎在我们周围晃来晃去。

厨房在屋后的一个大房间里，中间有一只巨大的阿加牌[2]煤炉。透过一扇被雨水淋得斑驳肮脏的窗户，我看到北海在静静地翻腾，银光闪烁。老球场位于房子和海湾之间。我注意到一位戴格子呢帽的老人正盯着落进坑里的球看。

“他已经在那儿待了一个星期了，”阿拉斯泰尔说，“如果下周还不走，我就叫人把他弄走。喝茶吗？”

这是一种浓茶，他称为“建筑工人茶”，苏格兰的木匠喜欢把茶袋子放在一锅水里煮沸后来喝，以提升茶味。它浓到不需要杯子就能自成茶炊。

按照指示，我在阿拉斯泰尔旁边坐下，他和贾斯珀在果酱罐、面包屑、烤面包架（有早餐剩下的冷面包片）、几盘黄油和奇怪的自制饼干的环抱中吃饭，这些饼干可能是毕加索制作的，其中一些有色情意味。

“贾斯珀之前很喜欢玩饼干，”阿拉斯泰尔说，“鸡鸡和蛋蛋，男孩的经典意象。”

“我很喜欢鸡鸡和蛋蛋。”我说，但刚说出口就后悔了。

“让我看看你有什么，”阿拉斯泰尔说，“我说的是你的诗。”

我把写给贝拉的那首粗俗的情诗在桌子上展开来。开头是这样的：

否则，在没有名字的风里，

只有你的名字向我歌唱。

音节是没有空气的空气中的风。

阿拉斯泰尔读着这几行字，倒抽了一口冷气。这是轻蔑的声音，还是——我真是敢想——钦佩的表示呢？他一边读一边用一只手捂住嘴。读完，他点燃了一支烟，沉思着。我都要听得到他脑子里小发动机的嗡嗡声了。

“并非没有魅力。”他说，我还没来得及回答，他就拿出笔开始画线了。首先消失的是“没有空气的空气”，接着是其他我辛苦想到的字句，都在他笔锋一挥间被杀死。他把整首诗的几个小节从一头换到另一头，我心中涌起一股淡淡的愤怒。是的，我是为自己的愚蠢而生气，但也为他对我的感受的漠不关心而生气。他显然不欣赏我对诗歌音乐的感受。这一点或许没什么。但他的傲慢让我失望。我告诉自己，评论家的首要职责是带着同情心阅读一个文本，并试图理解另一种观点。

阿拉斯泰尔说："记住'诗节'这个词的意思——很简单，就是房间。"[3]

"我知道那个词的意思。"

"诗是一座有众多房间的房子。你就是建筑师。你可以改变设计。"

我惊恐地看着他删掉最后一整节。"永远不要用智慧的调调给一首诗收尾，"他说，"一首诗永远不会让人满意，总是让人烦扰。让你的读者去想象结局吧。让智慧夹带一点儿运气到来。"他疑惑地看着我，"我惹你不高兴了吗？"

"你怎么会这么想？"

"好，"他说，"你不敏感。这是最重要的。诗人可不能对自己的草稿有感情。愿景和修订，我总是说。"

"那么，你怎么知道一首诗何时完成呢？"

"诗从未完成，只会被遗弃。发表是一种处理方式，"他说，"就像把它冲进马桶里。"他一边捏着鼻子，一边拉着一根想象中的绳子。"但诗很难失去，就像孩子一样。它们跟在你身后，催促你做出反应。它们期待的东西是你无法真正给予的。”

贾斯珀走了进来，一起来的还有一个和我年龄相仿的年轻人，留着黑色长发，头上包着亮黄色的扎染印花头巾。

“这是杰夫，”阿拉斯泰尔说，“杰夫·勒纳，来自俄亥俄州。他是我去年在安提阿的学生。他刚刚搬进客房。”

“他是我的保姆，”贾斯珀说，“当然，是没钱拿的。”

“把小宝宝托付给我真是太不应该了，”杰夫说，“我可会生吃小娃娃。”

“吃小宝宝可就不对了。”阿拉斯泰尔说。

我一下子就喜欢上杰夫了，他散发出一种玩世不恭的甜美的光芒。我们约定第二天在镇上碰面，一起喝咖啡。

“你会读书给我听吗？”贾斯珀用一种欢快的声音问我。

“去吧，”阿拉斯泰尔说，“我得去削土豆了。你的诗没希望了，就让它安息吧。”

“他的话你别太当真，”杰夫说，“我保证我会喜欢你的诗的。”

贾斯珀带我上了楼，来到房子后方他的小卧室里。在这期间，我感到四肢有一种震颤，一种轻松。阿拉斯泰尔用他的钩子钩住了我。他的生活，他的世界，迫使我凝视。

这就是我想要的。

“博尔赫斯要来了。”他说。

“那是谁?”

“豪尔赫·路易斯·博尔赫斯！那个阿根廷作家。你没读过他的书吗?”

“没有。”

“爸爸会跟你讲讲他的。他正在翻译博尔赫斯的书。”[4]

“那么和我说说你的事吧，贾斯珀，”我说，“你在读什么?”

“《鲁滨孙漂流记》。”

“对于小男孩来说，这书是不是太超前了?”

“我就是超前的。对于小男孩来说。”

“也许你不是小男孩?”

“那我是一个矮个子男人?”他说，“爸爸说你是个诗人。真的吗?”

“我想成为。”

“想成为诗人。我想成为水手。或修补匠。或一个间谍。”

“什么是修补匠?”

“吉卜赛人。旅行者。最初来自印度北部。但也分不同种类。”

“真的吗?”

“你为什么如此无知?”

“我不知道有修补匠。”我说。

“或者博尔赫斯。我不应该感到震惊。美国人总是无知的。”

“你这么认为?”

“爸爸是这么说的。而且我们去年住在俄亥俄州。所以我知道我在说什么。”他用他那双大眼睛盯着我，然后从他床边的小书架上拿出一卷鲁迪亚德·吉卜林的诗来。他翻开书，读了一节：

猫咪可以坐在火炉边唱，
猫咪可以爬上树，
或是玩愚蠢的旧软木塞和绳子
沉思自我，但我不可以。
不过我喜欢宾奇，我的狗，因为
它知道怎样表现良好。

“你是爱狗派还是爱猫派?”贾斯珀问，把诗抛在一边。

“我不确定。”

“阿拉斯泰尔是爱猫派。但猫都不可信任。它们有九条命。它们也不相信你说的话。它们爱得太多，不负责任，甚至有些危险。它们娶了太多的妻子。就像爸爸。”

这一大堆语句惊得我目瞪口呆。这真的只是一个小男孩吗？而且他真的直呼他父亲的名字？

“阿拉斯泰尔在读《鲁滨孙漂流记》给我听。我想过那样的生活。

“一个人在大海深处的小岛上，孤立无援？”

“人得重新开始啊。”

“这就是你想要的？”

“我们在苏格兰，就是为了重新开始。”

“为了什么呢？”

“为我们所选择的。”

突然，阿拉斯泰尔站在了门框下。他面庞发亮，宽阔，充满希望。他的眼睛里有爱。还有一种自我陶醉，这让我有点儿害怕。

“爱猫派来了。”贾斯珀说。

阿拉斯泰尔坐在了床沿上。“你真没礼貌。”

“我就是个怪咖儿子。告诉他嘛。”

阿拉斯泰尔毫不犹豫地背诵起他记忆中的一首诗来：

我儿子脑子有毛病。

我现在认识它们了。我听到了

它们的叫声，它们刺耳的

声音，它们的啾啾声，它们的咕咕声。

它们在他的眼睛后面盘旋，停在

一根树枝上，一本书上，一动不动地生长，

爪子蜷曲，翅膀卷起。

他的世界是鸟的世界。

1 裤管夹（bicycle clips），骑自行车的人夹在裤管处的一对夹子，以保持裤子紧实，防止被绞进链条里。

2 阿加牌（Aga），源自瑞典的烤炉和灶具品牌。

3 诗节，即stanza，有“房间”“空间”之意。——编注

4 阿拉斯泰尔·里德（Alastair Reid，1926—2014）是豪尔赫·路易斯·博尔赫斯、巴勃罗·聂鲁达等拉美文豪的英译者，这些已成经典的英译本给他带来了极高的声誉，甚至盖过了他自己的诗歌创作。——编注

6

到处都能看到贝拉，圣安德鲁斯就像个鱼缸。她经常和她“昔日的”男友安格斯手牵着手走在街道上。他长着一副粗糙但讨喜的面孔：一个姜黄色头发的年轻人，脸庞瘦削而棱角分明，胡子经常没刮，长长的胳膊肌肉发达，眼睛是蓝色的。有一回，我发现自己在南街杂货店的肉类柜台旁和他站在了一起；他发现我正盯着他看，便以疑惑的目光回盯了我一眼。

他引发了我的兴趣，只是因为他引发了贝拉的兴趣，他身上一定有她所喜欢的男人的特质。我假设，如果一对情人都没经验，而他们也不能像朋友一样相处，那么真正的浪漫关系就很难维系过几个感性的夜晚了。我对这件事的意味怀有一种崇高的，或许是理想化的感觉，想象着我将与任意一位未来的情人就政治、诗歌、小说和电影促膝长谈。我希望有人能像我一样，对生活中的奇特事物充满好奇心。事实上，我想要一切：对我的渴望的专一回应，深深的激情，还有一种超越感。

一天下午，我一时冲动，来到汉密尔顿楼，轻轻敲了敲二楼贝拉房间的门。

她应了门，一看是我，就把目光转向地板。

"我刚巧路过。"我熟门熟路地说。

"喝咖啡吗？"

那天下着雨，天气又冷，天色又黑，我的确想喝杯咖啡。她邀请我进了房间，我看得出她一直在学习：朴素的单人床上散落着书籍和手写的便条。

"你真用功。"我说。

"浪费时间罢了，在读考试不考的书。"

"这可不太妙。"

"那你怎么没来加入我们的反战小组？"她问，"明天晚上在十字钥匙酒吧后面有一场集会。我的一些朋友想见见你。"

去参加这些集会，本是我进一步接触贝拉的捷径，但我犹豫了，不仅是出于对女性的恐惧，还因为我仍想置身事外，不想承认我对战争的任何立场，不管这立场到底是什么，而且我也不想细思量我离开美国到底意味着什么。一天晚上，我做了个噩梦，梦见我在圣安德鲁斯的反战集会上发表演讲，我的叔叔们都来听我讲话了，他们三个曾在萨勒诺海滩上战斗过：吉诺、朱利和托尼坐在后排，皱着眉头，双手合十。之后，当我想和他们说话时，他们都一边摇头，一边走开了。难道我没有对他们的勇气，对他们愿为我未来的自由而甘冒一切风险表示尊敬吗？像他们那样把肉身置于危险中，这又意味着什么呢？

“也许你可以说说你的征兵遭遇，”贝拉说，“还有在美国，他们是如何倾向于征召那些缺乏社会资源的人，尤其是黑人和穷人？你会在一个独一无二的地方发言。这会吸引到大家的注意。我们中有些人下个月会去伦敦参加一场大型集会，在美国大使馆前。你应该和我们一起去。”

“恐怕我已经落后了。”

“什么落后了？”

“我的研究啊。福尔克纳一直对我的课题表示怀疑。他认为我不该选一个还在世的作家。”

“别理他。”

她说得容易，我想。

“他为自己的参战履历感到骄傲。”我说。

她从桌旁的书架上拿出一本《莎士比亚与海》。“这本书真是……太古怪了。”

她的梳妆台上，咖啡设备一应俱全，还有各种款式的杯子，这说明她乐于待客。对她来说，我只不过是一长串友好的、共饮咖啡的客人中的一个？到目前为止，如果就止步于此，那意味着我还没法就我们的“关系”迈出哪怕一步。她可能也想知道我为什么按兵不动，尽管她与安格斯的关系给了我一个不做明显表示的借口。

“你对自己的诗歌相当认真，”她说，“这么多来参加诗歌协会的人都……嗯，涉猎广泛。”

对她来说，涉猎广泛不是好事。

我告诉她我见了阿拉斯泰尔的情况，这个冒失的、雄辩的诗人有一个儿子，没有妻子。“他和贾斯珀每年都会搬家，似乎是的。我也想要这种生活。”

“经常搬家对孩子来说肯定不是好事。”

毫无预兆地，她谈起了她的父亲，一位商人和前学者，也谈起了她的母亲，她“最关心的是她的花园”。她说，她有一个手足，一个“从剑桥大学以三个最优成绩毕业，而后消失在外交部门”的哥哥。他比她大八岁，每个月都会从阿富汗给她写信。令人不解的是，他叫托勒密。“是以那位希腊天文学家的名字取的名，”她说，“不是亚历山大麾下的那位将军。”

“这一点我不会搞错的。”我说。

“我们叫他托利。”

“托利·洛，”我说，“妙啊。”

“为什么美国人总爱说‘妙啊’？这词太乏味了。”

“我们的日常互动本质上也是平淡无奇的。”

“平庸之辈引导平庸之辈。”她说。

“你写诗吗？”我问。令我震惊的是，我从没见过她的作品，她也从没在诗歌协会发表过作品，尽管显然，诗歌研讨会是由她主持的。

“是的，但很遗憾我不喜欢展示自己的作品。”她说，“未来哪天或许会吧。谁也没法猜得出未来如何，不是吗？”

我对安格斯很好奇，但她没有说起他，而且她的房间里也没有他的痕迹。甚至连角落里一只落单的袜子或窗台上随便一本医学教科书都看不到。她的桌子上没有安格斯和他的橄榄球队友们的照片。他们曾是恋人？昔日的恋人？我想知道，自己是不是有哪怕一丝机会踏进他的地盘，甚至取代他的位置。但我如何能开口问出这种话呢?

“我也许该继续学习了。”她说。

我领会了她的暗示，一口气喝干咖啡，离开了她的房间，内心既困惑，也充满了希望。她说，谁也没法猜得出未来如何。

7

“斯蒂文森是个苏格兰人，这不是没来由的。”阿拉斯泰尔说。

“谁?”

“你不是在问我罗伯特·路易斯·斯蒂文森是谁吧?”

这让我觉得有些危险。不消说，我把自己的感情搁在一边，只想融入阿拉斯泰尔一家，在这里，不时闪现的典故耀眼又丰富。我想靠近他的火焰，这火焰既危险又温暖。

他从阿加牌烤炉里取出一盘热姜饼，放在我的茶杯旁，然后递给我那本企鹅旧版的《化身博士》。

“你的自传?”我问。

“可真幽默。”他点燃一支香烟，好像在思考，“如果你想了解苏格兰人的生活，这本书是必读的。”

我翻书时，阿拉斯泰尔用法国卷烟纸卷了一根又肥又软的大麻烟卷，然后点上，一边吸着空气，让烟头变亮。他深深地吸了一口，再把烟卷递给我。那甜甜的霉味很诱人，虽然一开始咳得厉害，但我又试着浅吸了一口。喉咙火辣辣地疼起来，但我决心让自己拥抱新体验，让阳光照进来。

“我不喜欢苏格兰的地方，”阿拉斯泰尔用他那老调重弹的神气说，“就是人们把美德当作一种成就。还有美德的定义也很狭隘。在这个国家，我们总是在被人评判。就好像天空中有一个闪烁的记分牌。我能听到粉笔在我头顶上画过的声音。”

“你父亲是个牧师。”我说。

“是的，阴沉。但也很温柔。我的母亲很严格，困在忙碌的生活和行医里，还要管几个孩子和一座大房子。常见的磨难。”

“你结婚了？”

“问题，问题，”他说，“一次或两次。‘在这个世界上，除了改变，我们别无他求。’博尔赫斯的诗。你知道博尔赫斯吗？”

“没怎么听过。”

“这话在杰伊说来，就等于‘完全没听过’。一个文学处子。”

“苏格兰太冷了，不适合做爱。”我说。

这话引起了他的共鸣。“他们这里做爱甚至不脱衣服。我想过要定做一套特别的苏格兰睡衣。夫妇俩可以穿得很严实，但在前胸和裆部的位置开个小门，然后……嗯，连接。他们不必脱掉任何衣服，只要打开小门。一个通往涅槃的走廊。”

贾斯珀出现在门口，戴着黑色头盔，一双漂亮的大眼睛。“爸爸，那该死的睡衣是我的点子。”他说。

“我偷走了。”

“你总是偷我的点子。”

“你就是下一个托马斯·爱迪生，贾斯珀。”

“那么，钱归谁呢？我还是你？”

“我们共享一切，不是吗？”

“该死的共享制。”贾斯珀边说边走开了。

阿拉斯泰尔把烟卷重新点燃，吸了一大口，然后递给我。他显然不在乎贾斯珀是不是知道他在吸大麻。这和我童年时的世界如此不同，在我的世界里，一切都被隐藏起来。那时，各种欲望都住在黑暗的房间里，门窗紧闭。“不要让别人知道你在想什么。”有一次，父亲对我说，我把这话记在了心里。

我又咳嗽起来，便走到水池边倒了一杯水。时间已晚，天色更黑了。恐惧的阴影像白嘴鸦般掠过我的头顶，黑色的翅膀搅动着空气。

“你又收到征兵委员会的信了？”阿拉斯泰尔说，好像他总能知道我在想什么。

“我收到三封信了。”

“把信扔掉。”他说。

他的声音里有一种新鲜的意味。我转过身去，看到他那流露感情的眼神，我热泪盈眶。

“战争永远不值得付出生命的代价。”他说。

“你参加过抗击希特勒的战争。”

“时代不同。”

“我不会去越南。”

“是的，你不会去。”他说着，打开一瓶保加利亚红酒，往一个大玻璃杯里倒满带涩味的红宝石色液体。“吸完烟总要喝杯葡萄酒。”他一饮而尽，又给自己倒了一杯，两眼放光。

我本来带了一首诗给他看，但见他一副酩酊大醉的模样，我想再拿出来问他也不会有什么帮助了，所以干脆不提为妙。

“你带着诗吗？你脸上就是那副表情。”

“写得不好。我写这首诗是为了吸引一个女孩，贝拉。”

“记住奥登说的：‘诗歌不会引发任何事。’诗并无功利价值。”

“我脑子里都是她，毫无办法。”

“那就带她来皮尔莫尔吧！我会尽力帮你的。”

“我想还是不了。”

“诱惑是一门艺术，但没有诗歌复杂。想想成千上万的夫妻每晚都在床上汗流浃背地做爱。男人和女人，女人和女人，男人和男人，男人和海龟。就像我们的朋友莎士比亚说的那样，用两张背部来造出野兽。”

楼上传来声音。“爸爸，你要在晚饭前读书给我听！”

阿拉斯泰尔不理他。“你会做饭吗？”

“不会。”

“没事。我来教你。”他拿出刀子和一块厚砧板，我们开始照着他详尽的指示切起大蒜、洋葱和胡萝卜来。

“烹饪和写作是完美的搭配。”他说，“一整天，我都在桌子和炉子之间来回走动。这两样是最基本的。把各种不同的元素，各种原料混合在一起。再点上火。这就是化学。”

“所以诗歌是汤？”

“更像是炖菜。”他往煎锅里倒了很多油，然后莫名其妙地问，“你这辆新车怎么样？我昨天在北街尽头看到你了。你差点儿从一位小老太太身上碾过去。这个国家老太太少些也挺好。”

“就是个生锈的铁桶，”我说，“迷你莫里斯，一九五七年产。”某种程度上，我挺为这辆车自豪的。它是双色的，车顶白色，车身糖果红色。四缸四速手动变速箱。几乎没有好好保养过。我和一个澳大利亚来的研究生共享这辆车，车款总共只花了几百镑。

“读书给我听，”贾斯珀出现在我身边，“爸爸答应过，但他不读，他坏透了。”

“读书给他听吧，”阿拉斯泰尔说，“不然他可能会叫警察来。”

于是我跟着男孩进了客厅，他紧靠着我坐在绿色沙发上，沙发上有一堆靠枕，散发出潮湿的气味。铺在木地板上的印度地毯的花纹是深蓝色和红色的大象与老虎。房间在暮色中显得昏暗，我开了灯。

“我们读斯蒂文森吧。”贾斯珀说。

“他是这房子里最受欢迎的人，是不是？”

“爸爸爱他。博尔赫斯也爱他。”

“老说到博尔赫斯，是不是？你知道他什么时候来吗？”

“很快。”

“为什么博尔赫斯在这里这么重要？”

“你什么都不知道？爸爸说你很笨。”

“他这么说吗？”

“不是笨。是消息不灵通。”他抖了抖他那蓬松发亮的黑发，皱起了鼻子，“我应该闭嘴少说，爸爸这么说我。他喜欢你。别担心。”

“他认为我很天真。”我说。

“那词是什么意思？”

“缺乏阅历。”

“我不缺，对吧？”

“不。你已经去过很多地方了。比大多数人去过的都多。”

“我们最喜欢马略卡岛。”

“那里有——你喜欢什么？”

“酒，女人。”

“还有音乐？”

“我只喜欢披头士乐队。”

“你真的喜欢酒和女人吗？”

“也没有。”

“你以后会的。”

“爸爸也这么说。”他摸了摸我的脸，手指在我的五官上滑过。“这就是博尔赫斯观看的方式，”他说，“你知道他是盲人吗？他总是摸人的脸。”

“我很高兴我没盲。”

“我宁愿聋。”贾斯珀说。

“为什么？”

“爸爸总要跟我唠叨。我有时候不想听。”

“你应该听你父亲的话。”

“你这话真老套。爸爸说，写得好就意味着不能有陈词滥调。看起来熟悉的单词或短语，就是陈词滥调，一个古老的印刷术语。[1]我尽量不说陈词滥调。”

“像避讳瘟疫。”

“这就是陈词滥调。”

“对啊。”

阿拉斯泰尔站在门口，用一把勺子敲着一只小平底锅。晚饭时间到了。

“我饿了。”贾斯珀在敲击声中说。

“哦，那你有福了。”他父亲说。又一次，他眼中充满爱意。

1 Cliché（陈词滥调）一词源于法语，原是印刷术语，指“铅版”。

8

我经常在街上看到福尔克纳教授，他在一阵狂风中倾身往前走，一个沉浸在思绪中的孤独之人。当我对他说“早上好，教授，今天天气真好！”时，他脸上总会浮现出迷惑的表情。我猜，和他的大多数同代人一样，战争早就攫取了他的大部分注意力。他的天空中仍然充斥着梅塞施密特和容克。[1] 解除警报的信号仍未响起。

一个美国学生想要关注一位住在奥克尼岛的苏格兰诗人，这件事的确让他有了些兴趣，但要对他解释我如何痴迷这位诗人却不容易。有一天，我坐在福尔克纳的办公室里，他疲倦地摇着头说：“希望你能找到一些手稿。论文必须包含原创的研究。给布朗先生写信。看看有没有手稿。

如果可以，去拜访他。我想这做得到。去研究吧！”

那天晚上，我写信给麦凯·布朗，由他的出版商代为转交。几周后，我收到了一封来自奥克尼的信，信中蓝色的纸上，潦草地写着状如螃蟹横行般的奇怪字迹，诗人说，我对他作品的兴趣让他“喜出望外”，尽管“也心怀谦卑”。我“一定一定”要去看他。“我通常每天中午会去看渡船，但下船的人里并无相识。”他给了我他的电话号码，并建议我“到斯特罗姆内斯前几天”给他打个电话，因为他不“需要提前通知”。信上的落款很简洁：“乔治。”

因他的回应鼓舞了我，我把论文拿给福尔克纳，他对我的工作仍然不感兴趣。“啊，”他说，“论文还在继续！最重要的是继续研究，即使内容不怎么样。”

“我的内容不好吗？”

“不，我只是自言自语。”他说，“我想说的是：继续前进！永不后退！我对船上的家伙们也这么说。前进！”

他在战争时竟指挥过一艘战列舰，简直难以置信，我不禁对他的私人情况感到纳闷。有传言说，他和妹妹住在一起，没什么私人生活。凑巧的是，我接受了一次奇特的邀请，就去他家中拜访了他。

十一月中旬，一个阳光明媚的下午，我遇见了福尔克纳教授，他正走在学校院子中古老钟楼下的回廊里。

“我说，”他结结巴巴地说，示意我过去，“我说！”

“你好，教授。最近好吗?”

“能跟你说句话吗?”

“当然。”我表现出聆听的姿态。

“你看，有一个年轻人。我想介绍你认识。”

“好啊，当然好。”

“啊，太好了。到我家来吧，亚历山德拉广场二号。你知道那地方吗？周三。下午茶时间怎么样？四点钟?”

“很好。我期待。”

他露出微笑，似乎在记忆抽屉里摸索着。“他是美国人，和你一样。对诗歌这类东西感兴趣。”

我把重心从一只脚换到另一只脚，他在思考，想找找这个年轻人的其他信息。

“他叫什么名字?”

“啊，是啊，”他说，“他叫杰伊·帕里尼。”

“但是，教授，”我说，“我就是杰伊·帕里尼。”

他的眼睛张大了。“哦，亲爱的。真是尴尬。嗯，但还是来我家吧。务必要来啊！”

离开前，他声调悲伤地问：“你今天是换了另一件夹克啊？”

这个故事实在精彩，我得讲给别人听，我想贝拉会觉得好笑，于是就去参加了那天晚上的诗社集会。会后，我找到她。她听了狂笑。她对阿拉斯泰尔的几首诗印象深刻，我那天晚上大声朗读的几首。“我很想见见他。”她说。我提议她第二天和我一道去皮尔莫尔小屋喝茶。

在汉密尔顿楼外的莫里斯小旅馆，我接上她，然后告诉自己，诸事顺利。可惜的是，我这辆车没给她留下什么好印象。

“我都能看到脚下的路面了。”她抬起膝盖说。

我这辆车更像是车的幻影，而不是真正的车，车里的地板的确薄得像纸。但就是这辆车，在带着我们前进。

我们到了，但阿拉斯泰尔心不在焉，不知怎的都忘了我们是来喝茶的。我们在他的桌子旁沉默地坐了一会儿，气氛尴尬。最后，他久久注视着贝拉，贝拉却无法直视他的眼睛。这是我第一次看到她被什么东西吓到。

“贝拉，”他说着，侧身诡秘一笑，“阿拉贝拉的爱称？”

“是的。”

“‘阿拉’的意思是‘祭坛’。‘贝拉’的意思是‘美丽’。所以你是一座美丽的祭坛，有一天，有人可能会在这祭坛上牺牲自己。”

形势迅速变得不妙。我后悔带贝拉来了。

“父亲告诉我，这个名字的意思是‘屈服于祈祷’。”

“我决不会向这种事屈服。”阿拉斯泰尔说。

我跟贝拉讲了阿拉斯泰尔和格雷夫斯之间的事，她直接开始提问了。格雷夫斯作为诗人不是比作为小说家更好吗？他为什么住在马略卡岛？《白色女神》不是一本很特别的书吗？这些问题纷至沓来，我感到高兴。我把一个有头脑的人带到了阿拉斯泰尔家里，他一定会喜欢这一点。

“格雷夫斯恨我，”他说，“我偷走了他的一位女神。他妻子可能松了一口气。总之给她心里卸下了一块石头。”

“他和她们所有人都睡了？”

“那要看你说的‘睡’是什么意思了。”

贝拉似乎在积蓄力量，而且，令人惊讶的是，她以一种给我留下深刻印象的方式回盯着他的凝视。这一点我要向她学习。“他写了那么多小说。”她说。

“现在没人读了。《贝利萨里乌斯伯爵》？《新克里特岛的七天》？”

“《我，克劳狄乌斯》很棒，是对帝国狂热的完美叙述。

我喜欢卡里古拉的那场戏，在他们砍掉他的四肢时，他把自己想象成一个神。”

“哎哟。”贾斯珀说，正要拿起地上的纸飞机。

“格雷夫斯对统治阶级有一种天然的感觉。”贝拉说。

“他本质上是个势利小人，”阿拉斯泰尔说，“从公立学校的男孩到军官再到作家。这不是最好的顺序。”

当阿拉斯泰尔和贝拉继续谈论罗马帝国早期那几十年的政治时，我自己笨拙的沉默让我感到尴尬。我在心里诅咒自己知识贫瘠，嫉妒贝拉（她在英国公立学校接受的教育使她涉猎广泛），也嫉妒阿拉斯泰尔：他，以他的魅力和对政治与文学的高度熟稔，会不会不顾我而自私地偷走贝拉的心？他是不是真的会挖走他朋友潜在的女友？

随着他们继续聊下去，我知道，他会。我担心的是，贝拉现在似乎被他迷住了，正为他们的热烈交谈而兴奋。

没过多久，我们就坐在了煤炉前的地板上：冬天来临之际，这是在苏格兰度过一个下午的完美方式。不一会儿，阿拉斯泰尔端着一盘布朗尼蛋糕走了进来，像祭坛上的主人一样把蛋糕高高举起——我想，在这样的祭坛上，即便是他，或许也愿意牺牲自己。“新鲜出炉的，”他说，“大麻布朗尼。”

“我从没吃过。”贝拉说。

“很适合配酒，”阿拉斯泰尔告诉她，“茶一边去。”

他把托盘递给我们，我们每人都拿了一块，尽管我拿的时候犹豫不决，表情也一定表明了这一点。这些小点心劲儿可不小，我不确定吃了会有什么反应。

贝拉咬了一小口，慢慢地咀嚼着，然后咬了一大口。我只咬了一点点，酒瓶拿来时，我松了一口气。我不想让自己完全失控，部分原因是我为阿拉斯泰尔和贝拉拉近距离的方式感到生气，我也不确定自己要是嗨了会做出什么事。你一旦生气，别人就赢了——这是父亲告诉我的。考虑到我吃下的分量，大麻的药效来得算是缓慢的，从膝盖开始，逐渐上升到我的头顶。

贾斯珀小声说：“我喜欢你女朋友。她真漂亮。”

贝拉听到后笑了：“我不是他女朋友，只是朋友。”

我的皮肤因羞愧和尴尬而隐隐刺痛。

不过，贾斯珀缓和了气氛。“你是女的，也是他的朋友。”他说。

“算你赢了。”

我们离开前，也许是感觉到了我的不安和困惑，阿拉斯泰尔把我拉到一边。“她真漂亮，”他对我说，“带她回家吧。大麻布朗尼会帮上忙的。”

“真的?”

“你公寓里有酒吗?”

“有一瓶波恩红酒。”

“这就是你的吸引力了。”阿拉斯泰尔说。

走到室外时，贝拉和我脚步都轻微趔趄。我问她觉得阿拉斯泰尔怎么样。

“他很有魅力，虽然我一向不太相信‘魅力’这回事。”我想，她真的独具慧心。

“我家里有瓶好酒，”我说，“去我家吧?”

“恐怕不行。我跟安格斯约好一起吃晚饭。在他的小屋。他和他讨人厌的弟弟杰克一起住。我很乐意邀请你一道，但你可能会扫兴。说真的，你甚至可能会反感。”

因为大麻，我一反平素的矜持，问她:“那你会开心吗?”

“看情况。我很容易感到无聊。这是我性格上的弱点。我确实喜欢安格斯，但不包括他和他弟弟在一起的情况。尽管他弟弟不常待在那边——这也是我对他弟弟的最高评价了。”

我不知道该怎么理解她对安格斯和他弟弟的态度。这和斯克兰顿很不一样，和我在宾夕法尼亚时所接受的那种生活方式差异巨大。关于男性和女性的行为方式以及这些假设对稳定而言意味着什么，人们还有很长的路要走。奇怪的是，我几乎开始想念那个安定而可预测的世界的确定性和简单性了。但现在，我有我的新生活，我告诉自己要去拥抱它，接受随之而来的一切，无论这一切是多么奇怪，多么令人难以置信，有时还令人恐惧。

1　梅塞施密特和容克均为二战时德国空军的飞机供应商，在这里指战斗机和轰炸机。

9

我睡得很不好，有些希望自己没把巴比妥酸盐从马桶冲掉。即便服药助眠，也比我现在的状况要好。越南带给我巨大的压力，每晚都会有一段时间，我是在凄凉的战区里，在梦里，成片的稻田中隐藏着毒刺或布满陷阱的小路，如果没有逃到圣安德鲁斯，我很可能真的会走上这些小路。我对越南最清晰的印象来自比利的信。他从非军事区附近的哨所写信给我，他的工作是审讯战俘。“我偶尔也出去散步，尽管真他妈的危险，”他在一封信里说，这封信我反复读过，“倒不是因为越共，尽管如果你碰巧遇到他们也是相当可怕的。他们都是该死的贱人。你应该看看那些灌木丛：藤蔓缠绕着，耷拉下来。泥土中让人刺痛的植物。还有疯狂的蛇。下次见到我，你要问问我竹节蝮蛇的事。还有蚂蚁，神经质的踢正步的小矮个们——有点像你的思想——还有这些从地狱来的史前鸟类。”他说他在“高地写作，在大本营的一盏灯下，老鼠在墙头跑上跑下，个头大得像汤姆猫。在越南，高地是唯一能待的地方”。在另一封信里，他跟我讲了西贡的一家妓院。“伙计，一个荣耀之地。一路都是哈利路亚大合唱。美好的身体！各种乳房和屁股。她们知道舌头该怎么用，让我来跟你说说吧，处男先生。嘿，我是不是把这边写得很有趣？出国来，加入我们！我听说他们手下的走狗已经不多了。要记得：*这是我们的时代*。”

“不，谢了，比利兄弟。”我给他回了信。我尽力描述我的日常工作，我的朋友阿拉斯泰尔和贾斯珀，很快成为我的朋友和顾问的杰夫，讲到我对贝拉的渴望，讲到福尔克纳教授：法夫郡东区这奇异的小世界。有些晚上，我每隔一两个小时就起身来，蜷缩在电炉旁的椅子上，让电表运转起来，在黄纸上潦草地写下差劲的诗，或者给我在越南的朋友写越来越长的信。我告诉自己，我这样做是为了转移那可怜家伙的注意力，但是，我这样做也是为了转移我自己的注意力：转移对论文的怀疑；转移我的内疚感，因为比利在那一头的地狱里，而我没有，也许还有人在代我受罪。事实上，这就是在比利离开前的几周，我们在西斯克兰顿的乔伊酒吧喝酒时他谈起过的。“如果你不去，别人就会代替你去。你能接受这件事吗？”

这是真的吗？战争是一种零和博弈？如果我参军，我难道不是在向糟糕的历史版本屈服？如果我去，我是为自己去，并不是为我的国家去。我会获得一场体验。我会尽量不“错过”我的时代。

征兵委员会的信不断寄来，我更加焦虑了，等待着有人来敲我的门。我想，苏格兰场肯定有一个与联邦调查局或某些秘密国际机构相联通的部门，会把我这样的逃兵抓回部队。

一天早上，喝咖啡的时候，杰夫试图安抚我紧张的神经。“我想他们可不会想要你去，”他说，“据我所知，他们并不想要我去，那么，他们又有什么理由要你去呢？你会成为一个糟糕的士兵。越南人听到你来了会高兴得跳起来。我会写信给尼克松，告诉他：不要征召杰伊·帕里尼！”

当然，我没告诉比利，当然也没告诉杰夫，我睡不着，晚上我觉得自己好像在一层层地往下沉，我的意识就像在燃烧的房子中，房顶一层楼一层楼地掉下去。我经常想到死亡，还在贝尔街的车流中看到一个学生从自行车上摔了下来，为此感到伤心。他腾空而起，落在路边，耳朵里流出血来。（我不知道他后来怎么样了，甚至也不想知道。）一天晚上，我从英国广播公司听到，伦敦地铁发生了撞车事故，一名修女和其他几人丧生。一天下午，我的一位教授倒在了书桌前，四十七岁之龄死于心脏病突发。世界上有如此多的死亡，而在我脑海深处，却没有什么能缓解它的喧嚣。为什么街上的每个人都在欢快地走动，好像他们没有被诅咒，好像他们的胸口没有装着一颗定时炸弹？

我经常在杂货店、酒吧、南街的茶馆偶遇贝拉，但我的问题并没有因此得到减轻。一天晚上，在学生会举行的一场乏味的舞会上，看到她和安格斯手拉着手经过学院方庭的入口，我就像偷窥者似的从远处跟上了他们。他们拐进东沙滩附近的一条砾石巷，消失在一栋灰泥卵石外墙的小屋里，我猜那就是安格斯和他弟弟合住的房子了。我站在房子旁的花园里，抬头望着我想象中是他们睡觉的卧室的灯光。灯灭以后，我在平静的痛苦中跌跌撞撞地来到下方的海滩，坐在石墙上，听着海浪的喧嚷——它在无意识中反复磨牙。人生的意义是什么？一轮巨大的月亮映在水面上，但月光并不温柔。月光又冷又硬。

第二天，我把这件事告诉了杰夫。他说："你病了。你真该去看看医生。”

转天早上，我去了医务室，在那里，我和一位穿着硬挺的蓝色制服的护士交谈。她耐心地听着我对失眠的忏悔，伴随失眠的是无力工作，一种遭遇厄运的感觉，我告诉她的感觉就像遇到了“生存危机”。我告诉她，我经常想到死亡，还提到我做过的一个可怕的梦：在一个陌生的外国城市，我被一辆公共汽车拖拽着穿过某个熟悉的十字路口的繁忙角落。“也许是安特卫普或斯图加特。”我说。我还解释说，这两个城市我都没去过。

“安特卫普的糕点很不错。”她说。

我告诉她，在过去的一个星期里，没有哪个早上我不是在眼泪中醒来的。

“这可不妙，”她说，“你必须找吉利斯医生给你看看。”

我坐在那里，她打过一个电话，便递给我一张纸条。是我第二天的看诊预约。

诊所位于新城区的边缘，在圣安德鲁斯的下缘，建筑风格不伦不类，外墙涂抹着苏格兰大多数新建筑上用的苍白的灰泥。门上有一块铜牌，写出了医生的名字及专业学位，一行行的比温度计上的刻度还要多。下面是“精神病学”的字样，这个词仿佛在我的精神世界上割开了一个小洞。我从没想过，自己会成为需要看心理医生的人。

吉利斯医生住在一间经过杀菌的小办公室里，沿一面墙摆着一排令人生畏的金属档案柜。我猜他五十来岁，瘦得吓人，混入金色的白胡子修剪齐整，有一只光秃秃的脑袋。我觉得，他说话带着浓重的格拉斯哥口音，正透过金属框眼镜盯着我看。他的白外套翻领上有一块疑似红唇留下的污渍。

经过十五分钟的简短问诊，他诊断是抑郁症。“北方气候的诅咒，”他说，“我每天都能遇上。睡眠不足。精神低迷，盯着空气发呆。恐慌症并不罕见。你会出汗吗？”

“出汗？”

“比如睡在床上时。”

“不太会吧。我不知道。”

“你会把自己看作快乐的人吗？”

“最近不会。”

“以前也不会？”

“我不知道。”

他沉重地摇了摇头。“你觉得你最担心什么？”

“死，”我说，“发生了太多死亡。”

“这是我们面临的局限，是人类的境遇。”

“类似这样的事情。”过了一会儿，我又说，“我爱上了一个女人。但她爱的是另一个人。”

“这样的组合相当正常，”他说，“你的抑郁症让正常情况成了灾难事件。”

“我不能没有她。”我说。

“并不罕见，一种绝望的感觉，伴随着挫败感。特别是在年轻男子中。”

“我就是可笑的陈词滥调。”我说。

“不，帕里尼先生，那并不是我要说的。我们没人是完全创新的。”

“你能帮帮我吗？”

“哦，是的。我想我能。”吉利斯医生说。

他带着抑制不住的热情告诉我，“令人兴奋的技术”已使精神病学成为他所谓的“美丽新世界”，显然，他并未意识到这句话所带出来的黑暗联想。他向我靠了靠。“你听说过电休克疗法吗？”

我没有，但我不喜欢这个词的发音。“休克？”

他想必是看懂了我的表情。“你不必害怕，”他说，把声音降低了几个音阶，“很简单，这个过程。我就在这里做，在我的助手麦克唐纳小姐的帮助下。我们在你的头部两侧靠近太阳穴的地方安装两个电接触点。然后我们让电流通过大脑。一个短暂的电击，就这样。一次治疗通常就够了。”

“它有什么效果？”

“效果？”他目光飘移，“就说是‘重新洗牌’吧。”

重新洗牌？

“我们给你安排在下周吧？我还有几个档期。”

“我没想好。”

吉利斯医生朝我走来。“这会让情况全面改观。”他激烈地低语道。

我喃喃地说了声谢谢，就以最快的速度走出来，然后疯狂地在街上踩起自行车来。我不希望自己被重新洗牌。

10

“博尔赫斯进城了。”我在市场街的格迪斯入口处碰到阿拉斯泰尔时，他上气不接下气地说。格迪斯是一家销售优质葡萄酒、奶酪和腌制肉类的商店，但并非阿拉斯泰尔·里德平常买东西的老地方。他解释说，这位阿根廷人前一天晚上被诺曼·迪·乔瓦尼送到了皮尔莫尔，乔瓦尼是一个美国人，这些天和他一起旅行。“博尔赫斯有些虚弱，但诺曼把他交给我照顾几个星期。我们正在翻译一些新的诗作。”

我们一起走进那家散发着浓郁香味的可爱商店，我饶有兴趣地看着他买了一片厚厚的有蓝色脉纹的奶油软奶酪，属于加了奶油的戈尔根朱勒干酪特别款，还有一瓶西班牙黑葡萄酒。好酒，下不为例。我没想到他会在吉德斯购物，这里东西都很贵。当他问我愿不愿去他家吃饭时，我马上答应了；不过我也承认，尽管他之前提议过，但我还没读过博尔赫斯的作品。

“翻译过来的作品大都很糟糕。”阿拉斯泰尔似乎在给我开脱。

“我可得学一下西班牙语了，”我说，“和希腊语相比，西班牙语不算难。”

阿拉斯泰尔当然知道我不会为了阅读博尔赫斯的作品就去学西班牙语。他摸了摸我的肩头，似乎在说，罢了罢了……

“他来啦！”贾斯珀说着，在门口向我打招呼。

杰夫站在他身后，戴着黄色头巾，看起来精神饱满，满怀期待。那情形，仿佛上帝本人就坐在隔壁房间。

老人蜷身坐在阴影中的高背椅上，拄着一根象牙柄手杖，头发向后梳去。他看上去就是七十一岁这个年龄该有的样子，甚至可能还年长十岁，身穿一件宽松的棕色细条纹西装，袖口宽大，格子马甲上横挎了一条金色饰链。他浅蓝色的宽领带上遍布橙色瀑布、飞鱼以及不少饭菜残渍。

他衬衫领子上的污渍和磨损表明，衣服已穿戴多年，如果不说是传了几代人吧。他此刻正在自言自语，并以近似抽搐的方式微笑着，把那双空洞的大眼睛抬向天花板，像汽车头灯一般。

我们走近他，没人说话。

“这是杰伊·帕里尼。”贾斯珀尖声说。

“很高兴见到你，先生。”我说。

“大声点儿，我眼睛看不见！”博尔赫斯说。

贾斯珀拿一根手指在耳朵上绕了一圈。

“杰伊·帕里尼！”我喊出来。

“啊，朱塞佩·帕里尼！”他说，“我最喜欢的意大利诗人之一。《日子》。[1] 华美的诗篇。他就是属于意大利的亚历山大教皇！”

“是的，我对这首诗略知一二。”虽然我为能与这位十八世纪诗人同姓而感到自豪，但我从没费神细读过他的诗。博尔赫斯能嗅出我的假话吗？

“我很高兴终于见到你了，”他说，“你知道巴勒莫吗？”

“我从没去过意大利。”

“不是西西里，不是黑手党那个。是在布宜诺斯艾利斯，巴勒莫是一个下属的区。哎，我的巴勒莫也有黑帮。我承认。盗贼窝，有不少随身带刀的人！但你要知道，那里是这个城市最古老的地区之一，有不少美丽而悲伤的殖民时的建筑。许多意大利人在那里定居，他们经常在街上用意大利语交谈。他们当中最好的那拨人都读帕里尼的诗。”

我很快就发现，他经常这样说话，带着印象主义式的要点罗列、世界环游和丰富联想：一种狂野的、不连贯的风格。他似乎在绕着一根看不见的杆子追逐自己的尾巴，我想知道这种说话方式是不是和他的失明有关，就好像那些看不见的人比我们其他人拥有更丰富的感觉，能做出大胆的精神跳跃，有时会折返本原，以此澄清和强调先前的论点。

“杰伊是个作家。”贾斯珀说。

“我肯定他是。朱塞佩·帕里尼！如果我的名字是费德里科·加西亚·洛尔迦，我就会是一个更好的作家，也许会有更多的读者。你一定知道洛尔迦——一个诗人，一个剧作家，一个激进的自我主义者？他来过布宜诺斯艾利斯，大约四十年前。陪同他的人可不是什么好角色。奥利维里奥·吉隆多！不要让我谈起这个人，务必！”

“吉隆多？”贾斯珀问。

“我希望自己从没听说过这个人的名字。”

阿拉斯泰尔走进房间时，听到了谈话的尾巴。“洛尔迦！”他说，“多好的诗人啊。我还喜欢他的戏剧。”

“阿拉斯泰尔，”博尔赫斯说，“你说这些只是为了激怒我。”

“对洛尔迦的仇恨是你的失败，博尔赫斯。”

“你要知道，我对吉隆多的感觉更糟。他从我这里偷走了世界上最可爱的女人，诺拉·兰格。他偷走了我的新娘。”

“你从没和她结婚啊。”

“这就是问题所在。我来给朱塞佩解释一下。”他巨大的头颅转向我这边，“这场灾难发生在一九三四年，我想。要么是一九三三年？记忆是一面易碎的镜子。碎片会把我切成丝缕。我将栽倒在地，血流如注。”

阿拉斯泰尔对杰夫和我说：“他现在过分夸张了，但下笔很有控制力。”

“你不知道我在吉隆多那里遭受了什么。”博尔赫斯说，凝视着天花板。

“我知道！”杰夫说，“我也吃过他的亏。他最后一次露面是在俄亥俄州。”

阿拉斯泰尔喜欢这说法，贾斯珀也是，还鼓起掌来，说他在圣安德鲁斯的学校里也被吉隆多伤害了。“吉隆多无处不在。”他说。

“那你的确明白。”博尔赫斯说。

很快，围在厨房桌子旁，我们吃起了用珍珠洋葱、大蒜、红土豆和辣椒做的多汁的炖牛肉，用浓稠的马德拉酱烹制。阿拉斯泰尔给每个人都倒上酒，包括贾斯珀。阿加牌炉子上放着一盘阿拉斯泰尔的招牌布朗尼。

博尔赫斯说：“我这辈子都梦想着能来苏格兰一遭。”

“当你向星星许愿的时候。”贾斯珀说。

“我的家族有北欧血统，但我的祖母——她是纯粹的英国人，来自斯塔福德郡。她叫范妮·哈斯勒姆。我的曾外祖父爱德华·哈斯勒姆是一位校长，工作在布宜诺斯艾利斯，我祖母就是在那里遇到了那位上校。”他背诵出这些信息，仿佛这些信息是印在卡片上要被记住的，以在适当场合抽出来念。

“那就是你的祖父了，那位上校。”杰夫说，我想知道，他是什么时候接受所有这些博尔赫斯式的传说的。

“一个非常伟大的人，是的。而英语是我的第一语言，”博尔赫斯说，“我从襁褓时就使用的语言。”

“那么，为什么你说话是这样的口音？”贾斯珀问。

阿拉斯泰尔瞪着他。

“我不是说我不喜欢这个口音。”贾斯珀补充说。

“这是斯塔福德郡口音。”阿拉斯泰尔说。

“他老拿我打趣，亲爱的亚历杭德罗。”

“我可幽默啦。不信问问杰伊。”

“就是这样！[2] 我可从没像你这样幽默过。不过，这是一个小悲剧，而非一个大悲剧。我亲爱的朋友比奥伊·卡萨雷斯——他负责我们两人份的幽默。”

“我真挺喜欢《莫雷尔的发明》的。”阿拉斯泰尔说。

“小说史上的一部完美之作。”

“一座岛上的逃亡者，一个杀人犯，在太平洋某处。时间消失。现实消融。”阿拉斯泰尔说。

“读者不再可见，他们自己都看不到自己了。唯有故事长存。是的，消失不见，这同样是作家的命运。”

“艾尔莎呢？”阿拉斯泰尔问。

“我的妻子也消失了，我并不难过。婚姻从来非我所长。”

“什么？”

“我们快要离婚了，我会承认这个事实。我没说过这事吗？抱歉，但是——如何解释呢？这场结合从来就不是真正的结合。表象是会骗人的。我们从没真正了解对方。给你一个忠告，朱塞佩。不要急于结婚。”

仿佛我的问题正是太着急了。

“你追求艾尔莎五十年了，”阿拉斯泰尔说，“也就是半个世纪啊！”

“这其中包含真相，但并非全部的真相。我爱上她时，她还是个十七岁的女孩。我在她变成老妇人时娶了她。千万不要把这两种情况混为一谈。想一想，我们的细胞是多么频繁地死亡，它们一个一个被替换掉！我们一次又一次地失去自己，而最糟糕的事总在后面。这场婚姻是我的错。无论如何，我爱诺拉·兰格。而不是艾尔莎。我母亲警告过我。她说，*艾尔莎想要你的钱*。我说，*妈妈*，*我没有钱*。唉，见他的鬼！[3]”

“没人会说‘唉，见他的鬼’。”阿拉斯泰尔说。

“亚历杭德罗。你刚没听到我说了吗？”

“杰伊写诗。”贾斯珀说，也许他注意到我不知道该如何加入这场对话。在这方面，我有时很像父亲——他会站在一边，讲不出自己的观点。（我不喜欢我这一点，多年来，我都在努力加以克服。）

“你出过书吗，朱塞佩？”

“还没，”我说，“写得不够多，而且那些诗还没准备好接受公众的阅读。”

“我在你这个年纪也这么说过。但我还是出了书。”

他贪婪地吃着，一口又一口，我们都惊讶地看着他不停地用手背擦嘴。时而，他从口袋里掏出手帕，擦擦手指。

“他喜欢他的食物，”阿拉斯泰尔说，“如果他在苏格兰待得久一些，他的胃口就会好起来。”

“苏格兰在我心里有重要位置，你还不明白吗？在某种程度上，我认为，这是因为最伟大的英语作家就在苏格兰。”

“谁？”我问。

“斯蒂文森，亲爱的孩子。”

“我老在跟杰伊称赞他。”阿拉斯泰尔说。

“我也是。”贾斯珀说。

“我爱罗伯特·路易斯。”杰夫说。

“‘水手归家，自海上，/ 猎人从山中返家。’朱塞佩，这是英语诗歌中最好的诗句。我恨不能写出这样的诗。”

“它们通过了嫉妒测试。”阿拉斯泰尔说。

“事实上，总有一天，我会写出这样的诗句，”博尔赫斯说，“我发誓。”

“在美国，我们不怎么读他的作品。”我说。

“在美国，读书的人很少。”博尔赫斯说，“我去你们的国家旅行，总是为了去做演讲。比如，在哈佛大学，坎布里奇市。我告诉学生们要读伟大的作家：斯蒂文森、切斯特顿、威尔斯。还有奇迪厄克·蒂奇伯恩。这是个诗人。”

阿拉斯泰尔扬起眉毛。“蒂齐伯恩？”

博尔赫斯在我们的注视下流露出温暖的神情。“他只写过一首诗，”他说，“他的《挽歌》。为他自己写的挽歌。他被判囚禁在伦敦塔里，一个要暗杀伊丽莎白女王的人。一个天主教徒，请记住。巴宾顿阴谋的部分目的，是让苏格兰女王玛丽登上王位。这是一首极尽完美的诗：

> 我的青春韶华不过是愁苦的霜冻，
> 我的欢乐飨宴不过是盘中的苦痛，
> 我的谷物庄稼不过是一地的稗穗，
> 我的一切美好不过是徒劳的奢望。
> 白昼已逝，我却仍未见到太阳；
> 虽然活着，我的生命已告结束。

“我问你，你对他改观了吗？‘我的谷物庄稼不过是一地的稗穗。’隐喻的水准臻于完美。而我，你看，是一个老人。我在自己的塔楼里，等待被处决。‘虽然活着，我的生命已告结束。’”

“你很快就要死了吗?”贾斯珀问道，他正在把炖菜里的酸豆一根一根地挑出来，排在碗边上。

“确实如此，孩子。看看这双干瘪的手，看看我佝偻的背！看着我的眼睛，我什么也看不见！”

“够了，”阿拉斯泰尔说，“苏格兰正在施展它的黑魔法。发病率是国民的祸根。”

“我可得读蒂齐伯恩的书，”我说，“全部的。”

“对啦！如果你读西班牙语，朱塞佩，我也会推荐卢贡内斯。首先读一下他写的耶稣会士的历史。杰作！但现在谁还会读卢贡内斯呢？他是我年轻时的英雄：诗人、翻译家、神学家、历史学家、散文家、剧作家以及小说家。现今，可有人能驾驭如此多样的体裁?”

“我能。”阿拉斯泰尔说。

“亚历杭德罗，不像话！没人做得了卢贡内斯。我们这个时代谋害了伟大的作家。这样的人没有读者。”

“你是伟大的作家。”贾斯珀说。

“也许，是一个伟大的读者。伟大的读者比伟大的作家稀少，更难找。在利奥波德·卢贡内斯的时代，情况并非如此。”

晚饭后，阿拉斯泰尔把博尔赫斯领进客厅，杰夫把家里的白镴高脚杯装的葡萄酒和一盘亮晶晶的棕色布朗尼递给大家，我于是想起上次我们和贝拉共享餐点的情景。我真希望今晚能带她一起来见博尔赫斯。她会喜欢他的言谈，他的思想漫游，这一人营造的文学奇观！

博尔赫斯举起他的布朗尼蛋糕闻了闻，咬了一口。然后，他笑了，显然松了口气。“怎么说呢，我喜欢吃甜食。亚历杭德罗很了解我。”

“你会喜欢的，博尔赫斯。我特制的苏格兰布朗尼，昨晚为你准备的。洒了星尘在上面。”

“星尘会让我开心。”

一小时后，布朗尼开始生效，博尔赫斯兴致勃勃地大段背诵他心爱作家的文字，横跨各类议题展开演讲，从芝诺的悖论到《光明篇》，还一字不落地引用了德·昆西的《一个英国瘾君子的自白》中一段冗长的名言：“空间膨胀起来，扩大到一种难以言喻的无限程度。然而，这并没有像时间的巨大扩张那样使我感到不安；有时，我似乎在一个晚上活了七十或一百岁。”

当我们为他鼓掌时，他说：“我不是你们的约翰·巴里摩尔——我祖母最喜欢的演员——但我愿意接受你们的夸奖。”他拄着拐杖，身体前倾地站着。“我们必须呼吸新鲜空气，是不是？我需要呼吸！北海在召唤！”

“摸黑散步，”杰夫说，“真是好主意。”

“对盲人来说，这是家常便饭。”阿拉斯泰尔说。

在满月的照耀下，我们走进微微震颤的空气中，沿着高尔夫球场向海滩走去。除了贾斯珀，没有人是清醒的。

博尔赫斯说：“你要知道，我从小就渴望着北海。现在我就在这里，看不见它，但我知道它的存在。盐的气味！”

杰夫说：“就在你正前方，大约一百米远。”

老人离开原地，仿佛他能看见，快步走向水的方向，水上月光闪耀，明亮得有些怪异。这条路虽说很短，但并不好走，因为他得先穿过第十七洞，那里靠近沙坑和不平的地面。来到海边时，他不得不从一团隆起的马拉姆草丛中跳进水里。

“他不要命了。”我对阿拉斯泰尔说。

“他是博尔赫斯。他会飞。”

阿拉斯泰尔是不是因为兴奋过头，神志已飘离现实了？

我自己也不是特别清醒，但杰夫和我紧跟着博尔赫斯，就像跟着一个吵闹的两岁孩子。

博尔赫斯在连绵的沙丘边停步，倾听着水声，或众神的声音。他提起胳膊，高举手杖，身体转了一圈，停下来时，面对着我们和旧球场，而非大海。他以雷鸣般的口吻，用纯正的盎格鲁-撒克逊语背诵起《航海者》来。

“Mæg ic be me sylfum/soðgied wrecan, / sitas secgan.”

“我们要让他回来吗？”杰夫低声问。

“随他去吧。”我说。这真是美妙绝伦、不可思议、令人激动啊：高尔夫球场的果岭边，是一位失明的老诗人。阿拉斯泰尔、杰夫、贾斯珀和我聚在他面前，聆听奇异的背诵，头顶上海鸥的叫声和近旁的海浪几乎要把他吞没。

阿拉斯泰尔为我们翻译了这段至关重要的诗行：“我可以成为一个真正的儿子，/ 我可以为你讲述我的旅行，/ 还有我长久忍受的艰难时日。”[4]

博尔赫斯显然希望能一直站在北海边吟唱这首诗——一位老水手以第一人称讲述，回忆自己在海上多年的孤独生活，而这正是生命本身的象征。

“他为旧球场赋予了神性，”杰夫在我耳边说，“高尔夫从此不一样了。”

1 原文为意大利语 Il giorno。

2 原文为西班牙语 Eso。

3 原文为西语 Ay, caramba。

4 此处疑为原文有误，son 应为 song，如此，这里第一句的意思就是“我可以写一首真正的歌”。

11

第二天，我在南街的麦克阿瑟茶馆见到了贝拉，那是一个大房间，圆桌上的钩针花边垫布颇为醒目，空气中弥漫着瓷器的碰撞声和低沉的谈话声。她一个人坐着，眼睛正盯在一本小说的书页上，书则靠在一只糖碗上。

我小心地走近她。“我可以坐吗？”

她正在读《查特莱夫人的情人》，我知道我打扰到她了。不过，此刻毕竟是茶点时间，我也不过是发出一则符合英国传统的社交邀请；另外，在公共场合读书也是她自己选择的。

“你也看到了，我放下严肃的工作，休息一会儿。”她说，“你这是去哪儿了？”

“在图书馆迷路了。”我说，找了个位置坐下。我想跟她讲讲我和博尔赫斯的邂逅——一份我将为她拆开的礼物。

“只工作，不玩耍……”

“我没什么可以一起玩的人啊。”

“呜呜。”她说。

“你看起来工作过度了。”

“你说得我像是生病了或情绪不稳定似的。六月份就要考试了，所以——你知道是怎么回事——我在临时抱佛脚。”

“安格斯也在刻苦用功吗？”

“医护人员可从不会松懈。但他快要搬去格拉斯哥了。搬去那里或是曼彻斯特，他要完成培训。”

我注视着桌子中间的多层托盘，真是一座充满诱惑的金字塔——嵌有点点闪亮的葡萄干的司康饼、香草海绵蛋糕、燕麦蛋糕和手指酥饼。像奥斯卡·王尔德一样，我抵抗得了任何东西，但诱惑除外，所以我把自己的盘子盛满了。身着黑色制服的女服务员端来了我点的一壶茶。

“你也会搬到格拉斯哥吗？”我问道，“等你在圣安德鲁斯修完学业后？”

“天啊，这话是怎么说的！我父亲认识一位佛罗伦萨的画廊主，一个留着傅满洲式胡须的风趣老家伙。我希望能在那里实习。”

“佛罗伦萨的春天如此可爱，”虽然对佛罗伦萨一无所知，我还是说道，“我是说，当繁花盛开的时候。”

“四月开紫藤，”她说，“庞大的紫色的紫藤隧道。”

“我很想见识一下。”

“秋天和春天是最好的，”她用她讲解员式耐心讲述的声音对我说道，“六月以后，天气热得没法忍受，而且相当拥挤。”她两手捧着杯子，喝了一口。“佛罗伦萨其实并不是一个城市，它是一个博物馆。”

“每个人都想看看大卫的屁股。”

“一个流芳百世的屁股。另一面也令人愉快。几乎完美的蛋蛋。来佛罗伦萨玩吧——如果我得到了这个实习机会。”

这个邀请对我来说是一种诱惑，也是一种困惑。事实上，如果我只限于做一个陪她去逛博物馆或上餐馆的类似兄弟的角色，那我想不出什么比远途拜访她更糟的事了。我在宾夕法尼亚州已经有了一个非常好的妹妹多莉，非常感谢。现在我想做的是用我的指尖研究贝拉的特征，就像一个盲人用手摸索布莱叶盲文。我坐在那里，她的嘴唇呈现一种饱满的感觉，对我产生强烈的冲击，使我无比渴望亲吻它们。她浅浅的眼睛闪耀着灰绿色的光芒。

“博尔赫斯来了。”我说。

“啊，那个阿根廷人。阿拉斯泰尔是和他一起工作？”

“一起做翻译。他太奇特了。”

“怎么说？”

“作为盲人，他话很多。”

“为什么一个盲人会比其他人话多？”

“我们通常是被周围人的反应所引导。如果我喋喋不休，你会皱眉头，示意我闭嘴。”

“我不皱眉头。”

“你知道我在说什么。”

“你怎么不找个女朋友？”

这误会的一问真是兜头浇了我一盆冷水。她知道我对她的感情——她一定知道——却问我这个问题？我盯着盘子里吃了一半的司康饼，边上有一摊果酱。

“我无意冒犯，”她说，“但我看到你在街上走，总是一个人。沿着西沙滩走时也是。”

“我每天早上都在那里跑步。”

“每天早上？”

“差不多吧。”

“你很自律。”

“在西沙滩上才这么自律。跑步是我的信仰。哪天你应该和我一起。”

“我猜可以。”她说，睁大眼睛看着我，“这儿是苏格兰最好的海滩。安格斯是这么说的。”

“好吧，他都说了，那这儿一定是最好的。”

“不要抱怨安格斯。他是个可爱的人。”

端上来一只镀银的小茶壶，配一只更大一些的茶壶，装着热水，供人续杯。

“我不知道他们为什么要给两只壶。”我说。

“那是你知道得太少了。”她说。

如果说英国人的茶桌礼仪的规矩很难参透，那么贝拉的真实感受的密码就更难破解了。她是在拒绝我，还是在引导我？她真的知道她想要什么，或者她暗示了什么吗？

“那些信还在寄来吗？”她问。

“是征兵委员会的信，还是我母亲的信？”

“你更怕哪个？”

“这很难说。”我给自己倒了一杯茶，思绪闪回到前一天母亲给我写的一封信上。“你对那些苏格兰姑娘应该多加小心，”她说，“她们都想嫁给美国人，但只是为了来美国。就像你是一本免费护照。”这不过是她无尽警告中的一个。

注意饮食。留意坏朋友。如果家里有风进来，就穿件毛衣。不要喝太多酒。不要熬夜，因为你第二天会很累。她的用意当然是好的，但她就像是本·富兰克林家的人，尽管并不具备他的智慧。

“越南的事几年前就应该消停了。”

“尼克松说要结束是骗人的。”

“惊喜啊，惊喜。基辛格也是个骗子。”她说，“我确定巴黎和谈被破坏了。那以后，成千上万的平民死得不明不白，现在还有人在死去。”

“真是魔鬼的算术，”我说，“整件事该死的一团糟。”

她对发生在东南亚的战争的了解如此详尽，我微微感到羞愧。而在这场战事冲突中，她个人的处境绝无丝毫危险。

“还有希望吗？”她问。

“和你一起坐在这里，坐在这样的安全所在，带给我希望。”

“你是一个逃避现实的人。”

“正是。”

“因此才梦想着去佛罗伦萨。”

突然间，欲望——那可以变成一条龙的老鼠——燃起了生命的火焰。我非常想把她拥在怀里，在凉爽的被单中感受她修长、光滑的身体。在脑海里，我一边和她说话，一边帮她脱下衣服，撩起羊绒套衫，解开胸罩。我解开她的腰带，拉开她牛仔裤的拉链，脱下她的内裤。我解开她红色运动鞋的鞋带（她管她的运动鞋叫“便鞋”）。那些可爱的、诱人的、红通通的运动鞋。

“我们哪天晚上一起吃个饭吧。”我说。

“为什么不呢？你喜欢中国菜吗？”

“香港明珠？”

“完美。”她说。她把她的电话号码写在一张纸上。

我也把我的电话号码给了她——把它写在了《查特莱夫人的情人》的第一页上。

“劳伦斯也会表示同意。”她说。

离开茶馆时，我心中涌起一股希望与恐惧交织的感情。我觉得自己就像一个躺在夏日草地上的孩子，手中拿着一朵白色的雏菊，一片一片揪下叶子，同时低声念叨：“她爱我，她不爱我。”

“杰伊？”电话里传来阿拉斯泰尔的声音，听着气喘吁吁，“有情况。”

“怎么了?”

“我的一个朋友，在伦敦的伯祖父，他病了。没什么大不了的，但事情总是说不准的。他已经九十多岁了。贾斯普和我得去一趟。我想我们离开不会超过一周。这一点你注意。”

我等他往下说，想知道“这一点”和我有什么关系。

“是博尔赫斯，”阿拉斯泰尔说，“他没法自己待着。杰夫去了爱丁堡，该死的。昨天他刚走。”他顿了一下，仿佛留给我空间，去想象博尔赫斯一个人在农舍里跌跌撞撞地走动，用手杖敲打着墙壁的场景。“我也没法说，你搬到皮尔莫尔住一周就好，我说不好要住几天。你可以做自己的事。别担心。他很独立。”

天哪。难道我现在这么依赖阿拉斯泰尔，依赖到我必须对他的每一个想法都给出回应?

我当然也知道，一个失明的老人是不可能独立的。他是独立的反面。我不禁开始想象博尔赫斯是如何依赖我的场景了。

“我们大约一小时后出发。”阿拉斯泰尔说，“你到时过来可以吗?”

“一个小时?”

“你能过来吗?”

这个想法让我不安。但我很难拒绝。阿拉斯泰尔为我做了那么多，我没法说不。尽管我已经在日记里记了好些约会：和我的新朋友托尼·阿什喝茶，或许和贝拉在香港明珠酒店共进晚餐。我真的能做到大幅度调整自己的生活吗?

“是的，我能过去。”我说。

在一团混乱中，我把一些东西扔进帆布背包里（我再也不用“双肩包”这个词了，也察觉自己自命不凡地用“花园”一词取代了在美国常说的“庭院”），包括比利最近写来的一封长信，我还没读，还有麦凯·布朗的几本书以及他从奥克尼岛给我寄来的信，他说我应该去看他，“而且要尽快”，附上了他的电话号码。当我意识到我应该去奥克尼岛见我的论文研究对象，而不是去皮尔莫尔别墅照顾博尔赫斯时，一种淡淡的怨恨涌上心头。事实上，在接下来的日子里，我对论文能有进展这事已不抱希望。博尔赫斯会跟我谈话，话语会奔向我、环绕我、穿透我，会把我的思绪打散如路边的卵石。有博尔赫斯相伴身侧，我会努力阅读或思考乔治·麦凯·布朗。我自己的诗会用西班牙语写成。

开车去皮尔莫尔时，我想知道我这副脾是否终究会被重新洗过。

转交来得很快。阿拉斯泰尔最近买下了他姐姐的二手莫里斯迷你牌小车，那车在小屋前的碎石路上震动着，等着带他和贾斯珀去卢赫斯的火车站。阿拉斯泰尔把皮尔莫尔小屋的钥匙放在我手里。“博尔赫斯早餐喜欢喝粥，”他说，“加牛奶和三勺糖。条件允许，就给他水果。葡萄干就行。对他的肠胃有好处。他也喜欢熏肉。很多熏肉，脆的那种。”

“我会让这里的猪都小心点儿。”

我看着他们离开，看着贾斯珀探出身子，从开着的窗户里挥挥手，而后走进那所空荡荡的房子。客厅里，光线透过窗户照进来，尘埃在寂静的日光漏斗中颤动，博尔赫斯坐在翼型椅里，凝视前方，交叉的双手放在拐杖的象牙柄上，下巴则支在双手上。那套棕色的细条纹西服皱巴巴的，像老桃子的皮。他的皮肤仿佛半透明，薄如宣纸。

我感到心虚，有点头晕，问道：“你还好吗，博尔赫斯先生？”

“不说先生，请不要说，”他说，“博尔赫斯。就叫博尔赫斯。”

“很好。博尔赫斯。我是杰伊。”

“朱塞佩，我还没老朽呢！阿拉斯泰尔跟我说了你的精彩事迹。宾夕法尼亚州？威廉·佩恩的美丽树林？但它们真的有那么美吗？美国的一切都被夸大了。”

“我们有一些好作家。”

“你喜欢埃德加·爱伦·坡吗？”

“我喜欢。”

“坡说，一个故事应该给人一种统一、明确的印象。一篇文章也是如此。真的，这些类型之间并没有区别。”

“你的文章是编造出来的？”

“我的工作就只是编造。”他说，“我崇敬犹太人的思想，那是高尚的、世界性的。以色列作为一个国家也同样激励着我。但现实中，局面相当棘手，相当可悲，与巴勒斯坦无法达成和解：相互对立但也同等合理的诉求。”他的脸看起来像拳头一样，合拢复又打开，“我尤其喜欢的是，走进以色列的书店，有一面墙陈列的书的类别是siporet——这个词指‘叙事’。小说和非虚构作品的书脊摩肩接踵，相互映照。你知道，任何流经记忆的东西都会变成小说。Fictio——拉丁语，意思是‘塑造’。我正在塑造事物。保留部分，隐去其余。”极短暂的停顿之后，博尔赫斯掀起一波思想的浪头，“唯诸神才可决定，是哪些天使坐在何人肩膀之上。”

“你相信有天使吗?”

“我相信一切，亲爱的孩子。‘相信’，正是生命的秘密。‘相信’，在中古英语中是bileven，指我们的信念，具体词意是‘深深地抱住’。在盎格鲁-撒克逊语里是gelefen。在德语里是glauben。”

我已经想象得到未来一周会何等漫长了。

“这一周里，你有什么想做的吗，博尔赫斯?”

“想做的，真有！亚历杭德罗告诉我，你能找到汽车。”

“我有几只轮子，配一台发动机。还有许多空气。”

“空气！既然如此，让我们如西风般自由驰骋吧。我想让你带我去苏格兰兜兜风。我想看看高地！”

“可是你眼睛看不见，博尔赫斯。”我说。

“哦，不，”他说，“别跟我说你也瞎了?”

“我没有。”

“那就走运了！你就是我的眼睛。”

他告诉我，他很想去因弗内斯拜访一位名叫辛格尔顿先生的人，这位先生正在编辑一本关于盎格鲁-撒克逊谜语的书。他几年前给博尔赫斯写过信。

“我们一起探索这处仙境，”博尔赫斯继续说道，“我认识地图上的那些地点：珀斯、阿维摩尔、因弗内斯。尼斯湖和湖中的怪物格伦德尔！还有卡洛登战场！读一幅高地地图，就像背诵一首诗歌。”他双目大睁，显露出湿润空洞的眼球。

我答应过阿拉斯泰尔，我会陪着博尔赫斯。但我答应阿拉斯泰尔他回来的时候，我必然留在原处吗？他会同意我带着他的人走一趟高地吗？我尽可能温和地问道：“你有没有跟阿拉斯泰尔提过这次旅行？”

“不，事情来得很突然。我该说是一种幻象吗？我们出发吧，朱塞佩。”

“现在？”

“唯有现在，”他以无可阻挡的力量喊道，“行动，亲爱的孩子！不要拖延！拖延是最大的罪过。我思考过这个问题，你看：通向邪恶的进程。谋杀，这很糟糕，是一种罪行。它回溯到偷窃。而偷窃，亲爱的上帝，则回溯至酗酒和不守安息日。不守安息日则回溯到不文明行为，最终回溯到拖延！一路滑向坑底里！”

我或许笑了。但博尔赫斯自然看不到。

“我有钱住旅馆，也有钱吃饭，”他说，“你不用花一分钱。我也会付汽油钱的。”

“你不需要这样。”我告诉他。

“我可有各种需要。我是老人。你是年轻人。为了未来，你必须有所保留和节约。我呢，需要的就是消费。”

“我觉得这听起来不错。”我说，但并不确定自己是否相信自己说的。

说我对这次计划中的苏格兰荒野之旅有复杂的感受，这只是对我深切忧虑的含蓄表达。我肩负了责任，但要应对老年人的需求，则经验匮乏。不管情况如何，我真的能做到吗？反对博尔赫斯，逃避这段几无可能的旅程的种种理由在我脑海里闪过。但我脑内的地平线上有光闪动，一束似乎在我的脑内山丘之外向我招手的光。我可能会从这个人身上学到一些东西，对于文学和生活，他显然颇有了解，阿拉斯泰尔看来也很崇拜他。而在我看来，他是一个难以相处、自我中心的人，说话不经斟酌。他无疑会对我的耐心构成考验。但我想，在某个深奥的、或许难以触及的层面上，有一天我可能会由此写出一个故事。

“英国有一样好东西，”博尔赫斯说，“那就是B&B。第二个B是早餐，他们的早餐真是丰盛。你喜欢吃熏肉吗？燕麦片呢？”

“燕麦片不错。”

“如果可能，生吃。你会替我去问他们的吧？”

“这可能会让别人觉得怪异。”

“我已经不需要‘面子’了。这是到这把年纪的一个好处。没有所谓重要的大事，而小事本就无关紧要。”

他说，我说出我们所见事物的名字，重述每一段经历，使之成为永恒，这件事很重要。“描述就是启示。”他说。他会支付我们的花费，但说出所见事物的名字，将是我要对这次旅行做出的贡献。“在进入语言层面之前，”他说，“没有什么是存在的。”

“我们该做个计划吗？”我问。

“我不在意这个。彭斯的诗怎么说的？‘老鼠和人最完美的计谋，也都是歪歪斜斜编排得当的。’好一圈诚实的光环。我们在彭斯的祖国，在这里一切都是歪歪斜斜的。”

“那么，是去高地了？因弗内斯？”

“我们这就出发，”[1] 博尔赫斯说，“我们必须冒险一试。在任何迷宫中，我们发现的永远是我们自己。朱塞佩，无论你去什么地方，那里都有朱塞佩。我呢，就去博尔赫斯会去的地方。”

1　原文为西班牙语Ahora vamos。

12

要说目的地是因弗内斯，那我们的旅程刚开始就走错了方向。但我觉得，博尔赫斯会想“看看”低地拉戈，亚历山大·塞尔柯克的家——这位塞尔柯克是《鲁滨孙漂流记》的人物原型。我和一位朋友去过那里，这个故事我之前就很喜欢。我知道，克鲁索对阿拉斯泰尔和贾斯珀来说意义重大，因此博尔赫斯很可能也会喜欢。

我从一开始就想取悦他。我想，他是阿根廷文学的巨擘——尽管我不知道这意味着什么。我没读过他的书，为此也感到尴尬，但我猜，有一天我会读他的一本长篇小说力作的。我有自己并不明晰的抱负，想在文学上有所成就，也许是创作一首长长的长诗，或者，若上帝允许，甚至是创作一部小说，一部小说力作，像《白鲸》、《红字》或《窈窕淑女》那样的。只有小说才能包含全部的经历。正如劳伦斯说的，那本书会是“那明亮的生命之书”。

沿着一段岩石密布的海岸线，我们出发了。车窗开着，因为这个初春时节温暖得令人有些讶异。渔村闪烁着不自然的光亮，呈现铜色，干净清整。但某种责任感钳制着我，让我在开车时更愿意保持沉默。我被选中，成了要向博尔赫斯告知并准确描述我们所见事物的人。可是我如何才能做到呢？我知道我看到的是什么吗？岩石和水波，繁花和雀鸟。这太难做到了！与此同时，博尔赫斯坐在那里，膝盖高抬，手杖立在两腿之间，直顶到下巴。

“这辆汽车是什么牌子的？”约二十分钟后，他打破了沉默，问道。

“莫里斯迷你。恐怕有些年头了。电线都露出来了。”就在这时，车开始抽抽搭搭，噼啪作响起来。

“你的爱车，它是洛西南特。”

沉默表达了我的困惑。

“我说的是堂吉诃德的那匹懒惰的老马。在西班牙语中，Rocín是指一匹驮马，但绝不是好马。绝不！懒惰是因为疲惫不堪，你的车也是，它可能无法胜任带我们环游高地的任务。”他敲了敲额头，似乎在努力回忆什么。“塞万提斯花了些功夫给他的马安名字。”

“我没读过这本小说，博尔赫斯。我应该读一读。”

“是的，而且，相信我，有一天你会带着一种深刻的回忆感来读它。读一部经典作品时，这种情况就会出现。它带你回到你曾去过的地方。”

“那将会成为我的故事，是吗？”

“如果幸运的话，我想会的。”他用西班牙语低吟出一首歌，“你以前见过野兽是如何变得像它的主人的吗？抑或主人变得像他的野兽？”

“我跟我的车一点也不像。”我说。

“现在是不像。”

北海在我们的左边碎裂开来，下方的岩石间翻腾起阵阵浪涛。附近看得到渔船，地平线上偶尔还能看到油轮。

“即便在明亮的天光下，海水也显得很暗。”我说，尝试把我眼见的描述出来，“有浪花拍岸。”

“还不够详细，”博尔赫斯斥责说，“说到奔流的浪涛，该说水上的白马。‘很暗’不够具体。那暗是什么颜色的？寻找隐喻，还有图像。我想看你所看到的。描述即揭示！能生出图像的单词。或许就像看电影那样。移动的图片！”

他摇下车窗，任微风吹拂脸庞。他闭上眼睛，鼻孔扩张，呼吸着带有咸味的清凉空气。“我爱上了贝奥武夫，这就是为什么我喜欢北海。贝奥武夫身穿甲胄，腰插宝剑。九个怪物把他拖到海底。他一个接一个杀了它们。漂亮啊！想象一下环绕在他周围的血水。他精疲力竭，被带到芬兰人的土地上。”

我们陷入了沉默，因为博尔赫斯一直沉浸在对《贝奥武夫》的回忆中，我怀疑自己没法就他的点评再说些什么。我担心，自己会屈服于压力，因此需要“看”到他所希望看到的事物。如果我的诗，我倾注了心思的诗，也都常常显得乏力，那我如何指望自己能即兴召唤出足够准确的图像和隐喻，来让这位难以想象的乘客满意呢？

博尔赫斯摸了摸我的左臂，又捏了一下我的肘部。“我提到的这个人，辛格尔顿先生。他从因弗内斯给我写信，寄到布宜诺斯艾利斯。我们对盎格鲁-撒克逊诗歌都有着同样的热忱，但真正吸引我们的还是这些谜语。思维的游戏，一切情节的起源。”博尔赫斯从上衣前胸口袋里掏出一张纸，然后又塞了回去。“他把他的电话号码给了我，我母亲把它写在了纸上。”

“你从阿根廷带来的？”

“纸也不重。”

“你对辛格尔顿先生了解多少？”

“他懂得何为惊喜。一个谜题的破解唯有在最后一刻，当你直面它的时候，才会显露真意。你站在了真理的下方。有了这样的领悟，我们就知晓了一切。所以我想给他一个惊喜，告诉他，博尔赫斯站在了你面前。你想象过会发生这种事吗？看看我，辛格尔顿先生！”

我意识到，这正是我对麦凯·布朗的期望：与诗歌和故事背后的人面对面地站在一起。我想让他看到我，看到他的理想读者。在纸页上发生的交流，也将在现实的时空中实现。一定会实现的，我告诉自己。我会带博尔赫斯去奥克尼岛！

我们在小村庄克雷尔短暂停歇，绕着石壁拱卫的港口走了一圈，那里的一群渔船使得风景如画。海鸥不休的鸣叫成了这风景的背景，我向博尔赫斯解释说，在海湾上空，可以看到塘鹅正在俯冲捕鱼，而后飞回天空，嘴里衔着食物。

“什么鱼？”

“鲱鱼吧，我想。或许鲭鱼？不确定。”

“真叫人兴奋啊。”博尔赫斯说，“小时候，我会坐在拉普拉塔河上空看鸟。这些色彩斑斓的鸟。它们从天上直落而下，扑杀毒蛇。嗖！我们可从没喜欢过这些毒蛇。”

“蛇总是让我感到恶心。”

“在这一点上咱们一样，朱塞佩！即使我们没有意识到，我们仍然记得花园里的蛇，还有可怜可爱、天真无邪的夏娃。蛇，算什么东西！这样一个阴茎形状的怪物，是不是？”

“我尽量不去想那个阴茎，除非我脑袋里什么没想，而我大部分时间都是这样。”

“这是年轻人的命运，一个有限的焦点。我失明的少数几个好处之一，就是我不再把眼睛盯在唤起人性兴奋的东西上。我现在审视内心，尽管内心有山岭，有危险的悬崖。”

“‘哦心灵，心灵有高山，有极易跌落的悬崖。’”我引用了杰拉德·曼利·霍普金斯的名句。我不想让他以为我什么都不知道。

“亲爱的霍普金斯，”他说，“他阅读并学习盎格鲁-撒克逊诗人的作品。相信我，我很高兴你知道这位诗人。”

我们再次起程，路过安斯特拉瑟时短暂停留，感受了一下气氛，然后继续开往低地拉戈，亚历山大·塞尔柯克的家——我向博尔赫斯提出这个建议时，我们正沿着主街缓缓行车，开在砂岩砌成的三层联排别墅之间，别墅橙色的屋瓦映出下午晚些时候的阳光。

“我知道这个塞尔柯克，”博尔赫斯一边说，一边在脑海中搜寻细节，“他是孩子们的英雄，真人版克鲁索！我也希望自己像他一样，能自我隔绝在一座遥远的孤岛上；但正如人们说的，一个人必须谨慎对待自己的心愿。失明是独属于我的孤岛。”

“在那里，你似乎建立了好一番事业。”我说。

“这就是笛福的小说教给我们的——就地取材。我想塞尔柯克可能比克鲁索更有趣。如果我没记错的话，他是个急性子。他和他不幸的父亲日夜争吵。我不理解这种对父亲的抗拒，我的父亲是一位绅士，我很尊敬他。”

“我父亲总是妥协，”我告诉他，“这让他成了一个二流商人，但也成了一位好父亲。我母亲倒是坚持我行我素。”

“我母亲也是！她老了，但依旧活力充沛，还影响——甚至毁了——我的生活。我总有一天会逃离她。我的妻子虽已不再是我生活的一部分，但她也不喜欢我母亲。母亲让一切都变得没了希望。她搞得我妹妹的日子也不好过。你知道，我有一个妹妹。”

“我也一样！多莉。她和我妈妈相处得不大好。像油和水那样，互不相容。”

“哦，天。母亲和女儿，一个古老的故事。母亲和儿子，又一个熟悉的故事，通常不是叫人愉快的故事。我的前妻和我的母亲，她们像猫和狗一样势不两立。”

“你离婚了?”

“快离了。我承认，这场婚姻从来就没好过。我从没了解过她。我们的订婚期可能持续了几十年，但在这期间，我爱上了另一个女人。”

“跟我讲讲吧。”我说，心里想着，这会不会是他能教给我的最重要的事——事关如何去爱女人。上帝也知道，我需要人指导。女人对我来说是如此陌生，简直就是另一个种族。我把满满的幻想投射到她们身上；而如果我不是那么惧怕她们，我可能会发现更令人信服的事实，发现一些并未被愚蠢的假设所束缚的事情。

“你想让我讲讲我的故事？但我不想扫你的兴，朱塞佩。让我们想想塞尔柯克，一个足智多谋的榜样，一个带给人希望的人吧。他被人放逐。也可能是自我放逐，如果没记错。他和船长打了一架，被送上岸。生存技能这类事物总让我着迷，而塞尔柯克是个生存天才。他猎取野山羊，吃羊肉，用羊皮做了一件衣服。他在离智利海岸不远的一座荒岛上生活了四年。此外，他在泥土里发现了最神奇的野生萝卜、粉色的卷心菜，甚至还有胡椒浆果。老鼠想吃他的肉，他就和野猫结成了联盟。他和它们一起睡觉，它们也爱他；两方合伙吓跑老鼠。也许这么一个故事，能对你这样的年轻人有所教益?”

“和野猫交朋友?”

“是的，就像塞尔柯克那样。想到他，我就因崇敬而容光焕发。”

“塞尔柯克是个海盗。”我说。

“不要为了这个就看低他！我也是个海盗。作家们常常是海盗，四处劫掠，拿走别人喜欢的东西，把这些偷来的东西塑造成自己想要的样子。作家们以先人和祖先的尸体为食。另一方面，他们也创造自己的祖先。他们照自己的形象创造他们，就像上帝创造人类。”

迄今为止，在我看来，作者必须从无到有凭空开始，必须创造自己，这件事不言自明，尽管我知道影响是重要的，我知道一个人是从往昔汲取灵感，发现需要重塑的事物。我的父亲和母亲，是我虚构出来的吗？我所写或所想的很多东西，都是我初始原点的副产品。也许我在创造我的父母？当然，自从来到圣安德鲁斯，我就一直在追寻那些促生了麦凯·布朗作品的诗歌和小说。但真的像博尔赫斯说的那样，他创造了他的祖先？他是否在脑海中以某种方式重写了古挪威的英雄传说？我猜他很了解霍普金斯，因为他们都拥有坚定的天主教视野，他们的语言都具有高度的具体性，由押头韵的音乐和霍普金斯所说的“跳韵”推动——你可以让自己的脚随着诗歌的韵脚跳动。

博尔赫斯让我感到迷惑，也激起了我的兴趣。我意识到，如果我认真听他讲，我可能会改变一些长期以来的设想。

“我们吃晚饭吧，我饿坏了。”博尔赫斯说道，突然转移了话题（我将不得不习惯这种突然的断线），“我想去酒吧坐坐。阿拉斯泰尔不肯带我去酒吧。太吵了，他说。我想尝尝苏格兰啤酒。”

“克鲁索旅馆，”我说，“就在咱们旁边。旅馆墙壁是仿都铎式砖木结构，颜色就像陈年切达干酪。旅馆里总会有一间酒吧。”

“太好了！我们一定要去那儿坐坐。”

尽管没有事先预订，但我们很容易就订到了当晚的两间房，因为每年的这时节并不是苏格兰的旅游旺季。放好行李后，我们下楼来到阴暗的酒吧兼餐厅，它在地下。只有两三个顾客，都是沉默的老人，他们穿着棉布大衣，面前放着品脱杯装的啤酒。房间里弥漫着烟草和洒出来的啤酒的气味，壁炉里烧着煤块，旁边的编织地毯上，几只猫正在舔毛清洁自己。墙上挂着猎狐的照片，而在法夫郡东区，这显得很不搭调。

我领着博尔赫斯在一张橡木桌旁落座。“这里太舒服了，”他说，“我闻到了烧炭的气味。一种我非常喜欢的气味。我祖父在乡下的房子里，四处是正在燃烧的木柴。他在阿根廷是位英雄。那些老人，他们常常在他走过时向他鞠躬，低声耳语。这是尊重！”

“你想喝什么，博尔赫斯？”

“从水泵里打出来的地道苏格兰啤酒。”

“是酒龙头。”我纠正道。

他以一种奇异的方式绞着双手，仿佛这双手是别人的。“我通常不喝烈性饮料。学生时，他们就说，博尔赫斯是个酒鬼。从那时起，我就小心翼翼，不让自己再丢人。不过我也觉得，自己已经彻底摆脱了那个年轻人，那个博尔赫斯了。”

我想，如果能摆脱年轻时的自己，那真是十足的解脱啊。

“这个博尔赫斯,”他继续说,“这个垂垂老矣的人,他想在这趟旅行里喝一杯。”他用手掌拍了一下桌面。“但我不是酒鬼!”

我也觉得他不是,于是很快取来两品脱杯的出口啤酒,一种淡而暖的黄褐色啤酒,很受圣安德鲁斯学生们的欢迎。博尔赫斯弯下身,双手握住杯子,身子微微颤抖。他闻了闻起泡的上层啤酒,用一根手指搅了搅,然后舔舔手指,尝了尝。

“很好,”他说,“温和,没那么凉。这就是我们在阿根廷犯的错。那儿啤酒太凉了,我们尝不出味道。食物也是。我不喜欢太热的食物。适度就好!”

“我喜欢适度。”

“那你有智慧的本能。孔子说,中庸是最高的美德,在人群中是罕见的。佛教徒称之为中道。亚里士多德认为,适度是美德的本质。我说凡事都要适度,甚至适度也要适度。就是这样。”

他缓缓地喝了一大口,笑了,擦了擦夹克袖子和嘴唇上的泡沫。他空漠的双眼在脑袋上凸了出来。他打了个呵欠,没来由地咧嘴一笑,然后打了个嗝,用西班牙语自言自语起来。看来，这趟旅程真是会相当漫长啊。

“阿拉斯泰尔经常谈到你的作品。”我说，希望能起个话头，聊什么都行。

“阿拉斯泰尔总是言过其实。”他说，“记住，亲爱的孩子，我只写最短小的那种故事。有些只有一页长，甚至更短。”

“你没写过长篇小说？”

“一部也没，”他说着，一抹微笑一闪而过，“但你要知道，几十年来我一直希望写一部关于潘帕斯草原的史诗。会写到牧人和妓女，还有很多罪犯。革命来了又走。这会是一部关于几代人家庭生活的传奇，讲述失败的爱情、乱伦，还有惊人的成就。有弑兄和弑母的桥段。甚至还有弑父，最严重的罪行。这本书大概要写一千页，才能把我想说的都写完。”

“那写了吗？”

“这本小说从没写出来过。真是叫人沮丧。几十年过去了。但有一天，有一天——我一大早醒来，走到书桌前。不到一小时，我就给这部伟大的小说写了一页书评，就这样，我的写作冲动得到了满足。”

13

早餐时，我们尽情享用腌鱼配水煮蛋，还有熏肉片：我通常不吃这些，但博尔赫斯对一顿理想的苏格兰早餐如何搭配早有设想，而在旅途的这个阶段，我更愿意与人为善。他狼吞虎咽着，领带上都溅到了汁，而早餐室里的其他人——商务旅客和退休人员——则惊恐地看着他。我去洗手间时，一个站在我旁边小便池前的中年男子说："你可怜的父亲失明有多久了？"

不值得多费口舌。

回到餐桌旁，我向博尔赫斯说明了我们此行的安排。他解释说，在阿拉斯泰尔这边待过之后，他打算去爱丁堡看看，所以我们此行可以略过爱丁堡。他顺便说到，今年春天晚些时候，他将前往牛津大学接受一个荣誉学位。在我看来，获得牛津大学的博士学位是一份难以想象的荣耀，这种荣耀只有马克·吐温或鲁迪亚德·吉卜林这样的人才配享有。我现在渐渐醒悟过来——我可能低估了博尔赫斯。我怎么都没好好听阿拉斯泰尔说的话？连贝拉都听说过博尔赫斯！

在旅馆大堂里买了一本苏格兰高地的旅游指南，随手翻阅手册里的地图后，我在脑海中勾勒出我们的游览计划。在丹弗姆林停车吃午饭，之后我们将继续沿M90公路开往珀斯。随后，我们穿越凯恩戈姆山脉，直奔因弗内斯——高地的心脏。博尔赫斯可以去见他的辛格尔顿先生，然后我们再绕道去尼斯湖。博尔赫斯也会对卡洛登附近的古战场感兴趣。如果事情的发展照我所想，我可以安排我们花一天时间搭渡船去趟奥克尼，见一见麦凯·布朗，而麦凯·布朗甚至会喜欢我的主意：我带上门的是一位博尔赫斯这样的朋友，一位有教养的阿根廷人。毕竟，这两位都对盎格鲁-撒克逊和古斯堪的纳维亚诗歌赞赏有加。

但我还没提过这事。我要提议这次会面，就得用恰当的方式。博尔赫斯并不怎么了解我的论文，也不清楚我需要和一个住在奥克尼的作家交谈。他对自己幻想中的高地之旅格外上心；谈话时我看得出来，他轻易就摒除了任何对他来说不甚相关的事。他知道他想“看”到什么。或者说想让我描述什么。

博尔赫斯只带了他穿的棕色正装，一件（磨损的）白色衬衫，还有我们见面那天他戴的那条饰有橙色瀑布和飞鱼图案的奢华领带。这些物件都不新了。我自己也没有为这次旅行做好准备，只带了两件衬衫、一条牛仔裤和一件毛衣——毛衣是母亲送给我的礼物。我穿着一件浅棕色的灯芯绒夹克，打着领带，这样穿是出于对英国传统的尊重。我希望能有一件防水雨衣，但我没有——可能就是为了和母亲对着干。（“天哪，那儿很潮湿，”她在最近的一封信中写道，“而且很冷。我不知道你为什么这么喜欢那儿。没人喜欢那儿的天气。如果要出门，记得带件雨衣。你肺不好。你可能发病发得很厉害，就像在童子军营地时那样，而且在营地的那个夏天甚至都称不上潮湿！”）

我和心情古怪的博尔赫斯一起前往丹弗姆林。在低地拉戈，我们有各自的卧室，感觉休息得不错，可能气氛也因此有所缓和。我说到了这些，博尔赫斯回答说：“是啊，真奢侈，不过我不想在住宿上花这么多钱。我们应该把钱花在啤酒和美食上，不是吗？”

不，我不觉得。他能从我咕咕哝哝的回答中读懂我的意思吗？

“你的钱从哪里来？”他问道。

“我有一份奖学金。”我说，“此外，我父亲还给我寄钱。”我想起了父亲，他在斯克兰顿辛勤工作，经常很晚才下班回家。他向每个家庭推销人寿保险，尽管不怎么懂保险的门道，但他对销售似乎颇有心得。（“你父亲可以把一品脱牛奶卖给一头母牛。”我母亲常说。）事实上，我对他心存感激，同时也怀着些内疚。我想，在一定程度上，我是靠他的辛勤工作来养活的，因为拉斐特给我的奖学金并不算多。无论是我还是任何人，都不清楚在苏格兰的这段经历是否会有助于个人事业的发展。（“你想过学足部医学吗？”我母亲最近问我，“这行当不错啊。想想那些酸痛的脚、鸡眼、水疱和拇囊炎。也许比法学院还有前途？”）

“啊，朱塞佩。我理解你的沉默，你的尴尬。我的家庭也支持我，我钱够花，但谈不上奢侈。我不是富家子弟。不过我确实上了瑞士一所挺不错的学校。我的祖母是英国人，我已经告诉过你了，她说我总有一天要去牛津大学。也许我应该在那里做老师。博尔赫斯老师。用西班牙语说，这听起来很棒。但我没有上过大学。不像你。”

“这似乎并没有妨碍到你。你真是见多识广啊。”

“哈，见多识广……”博尔赫斯轻蔑地说，“没人能教你任何东西。这是最高真理。我们自己教自己。我这一生都生活在书中，在图书馆里。我记得我生命中的每一座图书馆，就像我记得我的情人们，她们的气味，她们皮肤的触感，她们的味道，甚至笼罩在她们身周空气中的亮光或黑暗。是的，对我来说，每一座图书馆都像一位女子，属色欲、属黑暗的生物，充溢着气味、触感和味道。”

图书馆是属色欲的吗？如果是，那我就是卡萨诺瓦本人。

我们从高街上进入丹弗姆林，经过一个标牌，上面写着，这座城镇是安德鲁·卡内基的出生地。当我跟博尔赫斯说起这个时，他笑了。

“图书馆之父！”他说，“他把从钢铁赚来的大笔财富变成了书，越来越多的书。像我一样，他也没受过正规教育。不像你，朱塞佩！”

“我所受的教育就是一场闹剧。”这句话让我自己也大吃一惊，我不知道事情是否确然如此。

这句话引起了博尔赫斯的注意。“那你就得下定决心坐在你选定的图书馆里，”他说，“但是，你知道，只存在一座图书馆。世界图书馆。”

正如他诸多神谕式的隐晦言谈一样，这句话也让我陷入困惑。我喜欢图书馆，在斯克兰顿时就把图书馆当作休憩身心的所在。从放学后一直到夜深时，我都会待在葡萄藤街的老图书馆里，时而在灯光昏暗的书堆里闲逛，为书而惊奇赞叹——尤其是那些长久无人问津的小说，它们的标题或被人抹去，或褪色不见，作者也已被世人遗忘。在某种程度上，我所知道的每一座图书馆都和其他图书馆一样，有许多说话的声音，有往昔年代的尘土飞扬的回声，有发霉的书页和破碎的书脊散发出的甜蜜气味，有被放弃的希望，有光荣和超然的气息。还真是世界图书馆。

路过卡内基图书馆时，博尔赫斯坚持要停车看一看。那是一座阴暗的砂岩材质建筑，我尽力描述它的样子，努力捕捉精确、形象的细节，试图找准隐喻。“它好像在生闷气，”我说，“窗户就像紧闭的眼睛。屋顶轮廓线则是下弯的眉毛。在表达反对意见。”

“相形之下，我们俩似乎身形弱小，气力不足。”我领着他走进门厅时，博尔赫斯一边说，一边点了点头。一个白发苍苍的男人穿着一套流露锁子甲质感的粗花呢西装，正蹒跚着向我们走来。看到有人来访，他似乎相当吃惊，脸上显出淡淡的轻蔑。

“我是邓恩先生，”他说，“我想你们是想参观？当然了。”

他看得出博尔赫斯是盲人，而这个弱势条件让我们得到了些许宽容。“这是卡内基先生资助建立的两千五百多座图书馆中的第一座。”他解说道。

“这太多了，”博尔赫斯说，“一座就足够了。”

邓恩先生皱起了眉头，但我拒绝向博尔赫斯描述他的表情。

“上帝是第一位也是唯一一位图书馆管理员。”博尔赫斯补充道。

“这里的第一位图书馆管理员是皮布尔斯先生，”邓恩先生坚持说，他引用了他脑子里的隐形底稿，“有两百多人申请这份工作，但他相当了不起，当时他四十岁。”

“我三十八岁时开始在图书馆工作，”博尔赫斯说，“所以皮布尔斯先生和我有了一个共通之处。我父亲的健康状况急剧恶化，我别无选择，只好去找工作。我天生就是做图书馆管理员的料。在我心里，我现在依然是图书馆管理员。但刚就职的那几年可不怎么开心。有九年，我都是悲伤和不安的。市立图书馆的一个小分馆。我给负责编目的人做第一助理。但我们书很少，时间则太多。这是宇宙的问题，邓恩先生。时间那么多，可做的事却那么少。”

我们的导游说：“游手好闲是魔鬼的玩物。”

“哦，亲爱的邓恩。你相信这种说法？当然，生活即是关于生活本身的主张。但你的这个主张错了。游手好闲，也即被上帝眷顾，对此我很确定。上帝是图书馆馆长，他邀请我们在他的书架上浪费时间。”

“你是基督徒吗，先生？”邓恩问道。

“我爱耶稣。你呢？”

“他是我的主和救主。”

“啊，那么，”博尔赫斯说，“你和你的堂兄，那个伟大的诗人、神父，有很多共通之处。‘击打我的心，三位一体的上帝。’”

“我们没有亲戚关系，”导游说，“我的姓拼作D-u-n-n-e。”

“可惜了，”博尔赫斯说，“不过让我为你送上建议吧——我们主的工作是帮助我们找到丢失的书，那些内含关键之义的书。”

邓恩先生叹了口气，尽责地领着我们走进阅览室，给我们端来咖啡。我看得出来，他不由得被博尔赫斯吸引了。“你到底是哪里人？”他问道。

“我是阿根廷人，曾任国家图书馆馆长。”

听到这句话，邓恩先生的全副注意力都被吸引过来，就像士兵看到一位将军突然走进兵营那样。连窗边的窗帘都在一阵不可见的微风中僵住了。

他把咖啡递给我们，博尔赫斯用手指搅了一下热咖啡，又舔了舔。

“咖啡真好。”他说，“谢谢你！自从来到这个国家，我就一直觉得冷。我祖母过去常说，在苏格兰，没人是暖和的。”他呷了一口，环视房间一圈。“我闻到了书的气味。”他说着，鼻孔大张。

“我们周围的书架上都是书。”我说。

“你看得清书名吗？”

“有一排沃尔特·司各特[1]爵士的韦弗利系列小说。”

“写得不如斯蒂文森，但全世界都知道他！伟大的俄国人也崇拜司各特。”

“我看到了《大英百科全书》。”

“哪一版？”

我走过去查看那二十九卷中的一卷。“一九一一年版。”

“现存最好的百科全书！各学科最富才华的学者齐集书中。人可以永远活在这一版百科全书里，永不退场。死在里面我都愿意。在市立图书馆，我每天只工作一小时。然后我缩回地下室，那是存放百科全书的地方。”

他开始向书架走去，我在旁引导。“这就是放司各特作品的那排书架。”我边说，边把他的一只手引向书本。

他抽出一册书，开始贪婪地舔舐书脊，舌头似猫。我想，他眼睛里满是欲望。

“你在干什么，先生？”邓恩先生问道，脸上写满了反对。

“有些书应该尝尝滋味。”博尔赫斯说，“我喜欢品尝。”他的舌头循着细长的皮革书脊一路舔过去。

“没这回事。”邓恩说。

“带我去看看书库，”博尔赫斯说，“带我去吧，亲爱的邓恩！”

我觉得我们的向导肯定要把我们赶出大楼了，但他还是遂了博尔赫斯的愿，打开了一扇门，通向一个房间，房间里书架的陈列方式叫人目眩。这个房间还连着许多侧室，每一间侧室又通向其他房间。博尔赫斯摸了摸其中一只书架，仿佛凭借指尖找准了方向，然后他把前额靠在几本书的书脊上，就像一个人在耶稣受难日把头靠在十字架上。

“请务必不要舔书，”邓恩先生说，“这么做是不允许的。”

博尔赫斯咕哝着什么，用的是西班牙语，带有礼拜仪式般的节奏和语调，听起来甚至像在说拉丁语。一扇未装窗帘的窗户照亮了前方的走廊，泛黄的阳光从含铅窗玻璃里透进来。阳光映亮了博尔赫斯，让他的大脑袋显得过分庞大了。他的眼睛快速眨动着。

“你可得知道，邓恩先生，宇宙就是一座图书馆。年轻时，在布宜诺斯艾利斯的巴勒莫，我家附近的图书馆分馆里，我在书架上搜寻。我最大的希望就是找到那本书，那本可以告诉我为了生存而必须知道的一切的书。当我死去的时候，我非常希望自己头朝下从栏杆边摔落，落进那些书架里去。图书馆本身是永恒的，上不见顶，下不见底，只有各种侧面，还有成排的书。但它们的言说用的是方言。有人说，在浩瀚的书籍世界中，你找得到每一种表达方式。”

“这言过其实了。”邓恩先生说，“我们说话不能这么含混。耶稣希望我们言说的只有真理。”

“真理就在这些书架中。”博尔赫斯断言，“不止一个，而是许多个！但图书馆管理员只有一个，只有一个！”

“我希望那不是你。”

“我经历过神显的时刻。我们不都如此？”

“我是个基督徒。”邓恩先生说。但我怎么也看不出来。

博尔赫斯说：“我这位朋友是罗马天主教徒。”

博尔赫斯会假设我是天主教徒，我很惊讶。又是因为我的意大利姓氏吗？

“你是天主教徒？”邓恩问，听起来他好像在怀疑我是不是有恋尸癖。

“我信仰上帝。”我说。

“上帝也信赖你。”博尔赫斯说。

我一度以为邓恩先生要哭了。博尔赫斯让他难以消受。我把一只手放在他的小臂上，让他放心，但他很快就抽开了手。我想，现在对他而言，我和博尔赫斯一样可怕了。

“这座图书馆真漂亮。”我说，想找一些平淡无奇的收尾式的话，来表明我们即将离开，而又没法很快走。“这么多书。”我补了一句。

邓恩先生带着挫败的表情说：“还有更多的房间，更多的书。”

“这是因为宇宙是无限的。”博尔赫斯说，“图书馆是一个球体，球心无处不在，周长难以企及。”他非常喜欢自己说的这番话，所以停顿了一下，让自己的话语声在书架间回响。然后，他说：“我曾写过，镜子和交配同样可憎，因为两者都增加了世界上人的数量。”

我为可怜的邓恩先生感到难过，他没法承受这样一位访客。他不停地用手帕擦眼镜，好像那样做，他就能将现状看得更清楚。

“我感谢卡内基先生，”博尔赫斯继续说，“我听说他是个愚蠢的小个子男人，但很有钱。他能使美元增值。让事物成倍增长，这也许是一种天赋。我曾试图多造出几个博尔赫斯来，但没成功。”

“尽管如此，图书馆还是有一座就足够了。”我说，这引得博尔赫斯甜甜一笑。

邓恩先生目瞪口呆地站在我们身旁。我想我们的言行已经超出了他的承受能力。

“我们真的得走了。”我低声对博尔赫斯说。

“这么快?”

“睡觉前还有好几英里路呢。”我说。

邓恩先生做了个疯狂的动作——把一本小册子塞到了我手里。他劝我稍后再看。他说，这将“揭示卡内基先生的全部成就”。

我领博尔赫斯上车时，他吹了声口哨，然后停了下来，靠在我的前轮上撒起尿来。我环顾四周，他则大声哼着小曲。这肯定不是他方便的好地方。他的尿又溅到了自己腿上。

当我打开乘客门帮助博尔赫斯上车时，我回头最后看了邓恩一眼，他凝视着天空，好像在寻求神的帮助。他是遇到了某种恶魔或神灵的化身？他疯了？他把支撑脚从一只换到另一只，面带微笑，最后向我们挥手。当然，都到现在了，我已非常清楚被博尔赫斯颠覆世界观的感觉。

再见，邓恩先生，我对自己说。天使展翅高飞，助你休憩。

1 沃尔特·司各特（Walter Scott，1771—1832），苏格兰历史小说家、诗人，著有《艾凡赫》以及韦弗利系列小说等。

14

对着我的车轮胎撒尿是博尔赫斯的一贯作风。像大多数上了年纪的男人一样，他频繁想撒尿，还一直坚持要我停车，好让他在路边解手——经常是对着车的左前轮，他似乎喜欢这样。又向北开了不到半小时，他就喊道："情况紧急！你的战车必须暂停。"

"洛西南特是一匹马，不是一辆战车。"

"哇哦，听我说！众所周知，高乔人通常是不下马就解手。相当妙，那灵巧劲儿。"他用西班牙语背了几句诗，我请他翻译。"'我的马和我的女人，他们消失无踪，'"他说，"'愿我的马速速回返。/ 我不需要女人。'"他转向我。"我认为你需要一个女人。我说的对吗？"

“我确实需要。”我说。我想知道是不是阿拉斯泰尔把我爱情上的烦恼告诉了他，或许他也嗅出了我的孤独，就像嗅书架上的书一样。“但我运气很差。”

“我运气也不好！你知道单相思这个词吗？”

“太知道了。”

“哦，亲爱的，我开始发现，咱们的共同点可不少。”

我真的想和这个喋喋不休的盲眼老人有这么多共同点吗？他无视身边的人，而且似乎很久前曾痴迷于某个女人？这是不是就是五十年后的我？

“我曾经爱着，深深地爱着，也许一直以来都爱着诺拉·兰格，只爱她一个。”

迄今，他已太多次提到诺拉，我想知道他能否绕开他道路上的这个障碍。当我跟阿拉斯泰尔和杰夫谈到贝拉时，我看起来是不是也是这样，陷在自己的感情泥潭里不能自拔？我现在看到的正是我自己？

博尔赫斯说：“我宁愿不谈诺拉·兰格。让我们撇开这个话题。跟我说说让你心碎的那个年轻姑娘吧。我相信这是最近的事？”

“她的名字是贝拉·洛。”

“贝拉·洛——这名字配得上狄更斯来写！别告诉我，

她也有红头发?”

“棕红色。在阳光下看,有丝缕金黄色。”

就在我说话的当口,贝拉,还有她浅灰绿色的双眸和轻柔的喉音,似乎就要出现在车里了。我答应过要给她打电话,安排这周在香港明珠酒店共进晚餐,但要是没法及时回城,我该怎么办?我之前还大胆地相信,自己正有所进展,而她之前的感情对象安格斯也在逐渐失势。我是不是本该留在圣安德鲁斯,继续对她施展攻势,而不是和这么一个我连他一本书都没读过的作家开车去高地?我知道阿拉斯泰尔对他的欣赏毫无保留,但从一开始,博尔赫斯给我种下的印象就是他自恋且有点儿疯狂,我也不完全相信阿拉斯泰尔对他的评价。我一直在想乔治·麦凯·布朗和他书写的奥克尼岛上孤独人物的故事,精致而痛苦,还有他写地方风情的形象又抒情的诗歌。我喜欢那些诗中的克制,喜欢每个短语的锐利边缘,喜欢语言中仿佛有轮廓分明的雕塑的效果。

“亲爱的上帝啊,朱塞佩,我必须跟你说说,诺拉以前住在布宜诺斯艾利斯一个漂亮的街区。特罗纳多,这就是那条街。我记得它的宽度,记得它的梧桐树树荫。但诺拉的母亲太早就成了寡妇。我像爱诺拉那样爱她。”

“那你向诺拉求婚了吗？”

“求了，求过很多次。她也是个作家，这很不幸。对于作家来说，爱上另一个作家，这主意可不怎么好。”

“贝拉希望成为一名作家。”我说。

博尔赫斯不悦地咧咧嘴。“我没法聊这事。你不想听到一个老人哭泣，对不对？”

“我不想。”

“人应该避免强烈的感情，尤其当这感情会干扰手头工作的时候。我们的血管里流着欧洲人的血，你和我。我的是北方之血。你看，我们是冷酷的人。是战士。”

“我正在尽我所能避免成为一名战士。”我说这个，是渴望把话题从“命中注定的爱情”上转开，虽然战士也算不上是更好的话题。

“到了越南，你可不是战士。”博尔赫斯说，“我一直在想这个问题。”

“我在宾夕法尼亚州的征兵委员会想让我去，”我说，“他们不停地寄征兵通知书给我。”

“但你已经躲过了他们的传召？”

“我不打开他们的……邀请函，从不。我公寓的抽屉里有好几张。”

“这是一种抗议！”

“或是懦弱。或是懒惰。或是漠不关心。”

“我不知道。我在朱塞佩身上没有看到这些。”他喃喃自语了几句，也许是想表达类似的意思，然后说，“不要对所有战争都表示厌恶。有时，这些冲突是必要的，在情况险恶的时候。我必须告诉你胡安·庇隆，那个独裁者的事。或许我还是不讲吧。想到他，我就会感到不安。”

我一言不发，等着博尔赫斯讲讲（或不讲）庇隆，一边又在想着，我把这些信塞进抽屉到底是为了什么。我难道不该打开它们就好？如果征兵委员会坚持要我去报到，我可以发表一份坚定的声明，宣称自己是良心反战者。如果这不起作用，而且很可能不起作用（鉴于我的征兵委员会是那副样子），我可以简单直接地放弃我的公民身份。我可以成为加拿大人，因为他们显然欢迎拒服兵役者。然而，这将使我永远离开我的美国世界。我将成为一个真正的异乡人，而不仅仅是一个内心的逃亡者。这让我觉得害怕，因为我爱我的家人，甚至也爱斯克兰顿，那里有我熟悉的风景和节奏，那种家的感觉在其他任何地方都绝不可能再有。尽管对母亲多有抱怨，但我还是爱她。她和父亲一样，都非常关心我的幸福。我们之间的联系怎么说都行，但绝不可说是脆弱的。

让我印象深刻的是，即便博尔赫斯拥有博大精深的世界主义思维方式，但他也似乎对布宜诺斯艾利斯有强烈的依恋，依恋它的气息和味道，依恋它熟悉的思考节奏。他永远没法放下那个城市。那儿是他的家。

我们现在的计划，是沿着M90公路穿过金罗斯镇，在夜幕降临前尽可能地深入珀斯郡。我尽我所能给博尔赫斯描述了沿途所见，取用一些意象和隐喻，来描绘明亮的湖泊、立着石头谷仓的肥沃土地，还有点缀着白灰相间的绵羊的山坡。春天已经到来，花儿成片绽放。

“什么花？说出名字。我需要具体信息。”

“水仙花。”我说。

“我爱水仙花。”

进入珀斯镇时，我提到有一座令人印象深刻的紫色石灰岩教堂。背景中的泰河波涛汹涌，在教会附属土地下方流淌；那块地与教堂相邻，羊群在地里安然吃草。我们稍作停留，绕着教堂旁的墓地走了一圈，在树枝扭曲的巨大橡树下，我背过身去，博尔赫斯停下来，对着其中一棵树撒尿，一边还用手杖敲打着树干。一阵嘘嘘声后是一记表示满意的呼噜声，所以我猜，他的冒险大功告成了。

他比之前更沉默了，好像突然陷入对什么问题的沉思中。我很感激这情况——让他沉思他的，而我也沉思我的。不知怎的，我松了口气，开始思考——还能有谁？——贝拉。我很害怕她会把我这几天的沉默当作我失去兴趣的表现，而事实却恰恰相反。晚上我得找个电话亭，解释一下我怎么就和博尔赫斯一起跑到高地旅行来了。

圣安德鲁斯似乎格外遥远，像一个梦中之梦，这令人惊讶。我曾被阿拉斯泰尔和贾斯珀吸引，但不过这么几天，他们就从我的生活中消失了，尽管博尔赫斯身上尚有阿拉斯泰尔的残影。我可以看到，阿拉斯泰尔的许多想法都可以追溯到博尔赫斯这个源头，特别是那种活在当下的感觉，还有对世界的大口吞吃。但比起博尔赫斯，阿拉斯泰尔更愤世嫉俗，更苛刻。我经常会生出被他批评的感觉，特别是当我坐下来写作的时候，我会感觉到他凝视的目光在我肩膀上留下的热度。他会嘲笑我对灵魂及其命运的兴趣，嘲笑我对神学的兴趣。当我告诉他我正在热切地阅读保罗·蒂利希的《存在的勇气》时，他问："什么存在？"他敦促我去种菜，去做饭。"砍柴，挑水。"他说，引用的是一条古老的佛教戒律。

在珀斯安静的镇中心，我们在一家叫“公鸡与公牛”的酒馆吃午饭，那儿一个满脸疙瘩的公职人员建议我们去参观斯康宫。“你家老爷子，他会喜欢那儿的！”他低声对我说，“历史就是我们贩卖的东西，哎呀。”

“哦是的，我们要去那儿，”博尔赫斯说，“麦克白和罗伯特·布鲁斯就曾站在那个神圣的地方！”

走回车里前，他抬头看了看乌云正在聚集的天空，嗅了嗅空气。

“怎么了？”我问道。

“要下雨了。”

他话刚说完，雨就落了下来，虽然下得时间不长，且雨云常有中断处。我们在雨中继续行车。过了一会儿，我们把车停在一个空荡荡的停车场里，停车场属于斯康宫，一座宫殿，由红色砂岩块砌成，新哥特式建筑风格，有城垛、塔楼和锯齿形垛口。我浏览了旅游指南，向博尔赫斯转述了一些基本事实。几个世纪以来，古老的苏格兰国王一直在斯康宫加冕，这可以向前追溯九个世纪。约有三十八位君主曾跪在命运之石前。我放任自己稍加废话，勾勒出一段简短的历史。

博尔赫斯浅浅地笑了。“你说‘斯康’，就好像它和

‘骨头’押韵。但它是和‘勺子’押韵的。[1]‘斯康’是一个皮克特语单词。你知道皮克特人吗？”

“我吻了一个皮克特人，陈年旧事了。”

他很明智，没理会我。“苏格兰是被来自斯堪的纳维亚半岛的皮克特人征服的。他们首先在爱尔兰登陆。那是一种说法。他们是基督徒，像你一样，朱塞佩。他们不是异教徒，所以别这样说他们。”

“我永远不会说皮克特人是异教徒，我发誓。”

“他们建造美丽的建筑，也是艺术家，能在石头上画下图像：狼、鲑鱼、似老虎的猫科动物。聪明啊！我读过描写他们的书，也早就想亲临此地。‘于是要感谢全体之人，也感谢每一个人，/他们受吾等之邀见证吾等于斯康宫加冕。’”

“在他们那儿，斯康和勺子不押韵。”

“你知道莎士比亚是怎么发‘一’[2]的音的吗？”

“我怀疑它和‘勺子’押韵。”

“我亲爱的，你现在真是战斗模式，全副武装，拔剑在手！”他伸手碰了碰我的脸，小心翼翼地摸索着我的五官。我觉得奇怪，但也松了口气，开始相信命运之神对我有所眷顾，而博尔赫斯和我在苏格兰高地一道进行我们的奇特旅程，这并非偶然。“一副坚毅的面孔，是的。我知道是这样！”

“我说不上坚毅。”

“但我不同意！你的五官里藏着力量。”

我希望自己能像博尔赫斯那样相信自己的力量。他不断举起镜子，镜子里的映像有时会让我感到不安。我从没想过要仔细看看自己，看我皮肤上的擦伤，看我又宽又扁的鼻子，看我略微突出的上唇。我的头发已经逐渐稀疏，我的腰背已经开始佝偻，仿佛世界太过沉重。真正的力量其实是一种有待见证的新元素，可以在这个镜像中看到。这次旅行终究是有什么由头的？阿拉斯泰尔是否以某种善意的，甚至是无意识的方式，设计了我这趟和博尔赫斯同行的旅程？他是猜博尔赫斯可以间接地对我有所教益？

雨停了，不过雾气仍如斗篷般笼罩在斯康宫上空。此时已是下午，一张告示宣称，五月前宫殿不对游客开放。我告诉博尔赫斯我们来得不是时候，他没表现出丝毫愁苦。

“斯康宫不是什么重要建筑，”他说，“不管怎么说，我是个盲人。而且，我喜欢真正的哥特式建筑，而不是这些相形逊色的仿制品，仿制品带有护城河和炮塔，内部可能还有军械库，甚至地牢！这城堡里是不是还有一座中世纪传统风格的主楼？我相信有。他们再现了这些元素——纯粹出于幻想。沃尔特·司各特会喜欢这地方。”

“但你不怎么喜欢。”

“我更喜欢真实可靠的东西，只要那是人的创造。”

我注意到角落里有一个指示牌，它指向房子后方的花园，建议我们可以去逛一逛。如果宫殿不许进，花园也许可以进去看看。

博尔赫斯用一只胳膊挽住我的胳膊——我开始享受，甚至巴望着能建立起一种为他引路的亲密关系——我们拐进一棵巨大的山毛榉树旁的一条狭窄的小路上。砾石在脚下咯吱作响。

“我喜欢在这爆米花上走路。”博尔赫斯说，“这是一种足下音乐。石头合唱团的序曲。”

“还是天堂那喧嚣的寂静。”我补充道。

一片低云聚集在我们头顶，仿佛可以触摸，几乎像在搏动。然后，怪事发生了：三个老妇人仿佛自湿润的雾气中现身，出现在我们面前。她们是宫殿的工作人员吗？要是，那她们年龄似乎也偏大，她们的行头——身穿灰色雨衣、头戴针织帽子——也过于奇异。其中一位用一条长长的黑色围巾包住了脸，我只能看到她的眼睛。另一位老妇面部毛发浓密，我怀疑她其实是个男人。第三位妇人比较年轻，身材娇小，肤如绉纱。

“你是在找花园?”最年轻的那位问。

“是的，如果它开放的话。我的朋友是大老远从阿根廷过来的。”

“我代表阿根廷国家图书馆。”博尔赫斯说。

“今天是个好日子,”戴围巾的女人说，“你之所言即吾之所行。”

“那么，这是在演戏吗?”

“天堂自有剧本。”她说。

这情况有些过了。我想带博尔赫斯回车里，但我也知道他想再逛逛。“我们可以进去吗?”我问。

“孩子，去你要去的地方，去时怀着信心。”年轻的那位妇人说。

博尔赫斯喃喃自语，声量颇大:“如此神奇的怪声！是天使还是魔鬼？无须介怀!”

戴围巾的那位妇人告诉我们，她们是姐妹，来自金罗斯。

“古怪的姐妹!”博尔赫斯喊道，“亲爱的人们，我这辈子总在书中读到你们。”

“老树气喘吁吁，”脸颊上毛茸茸的那位沉吟道，“小树继承衣钵。”

“这对我来说可不是好消息。”博尔赫斯说着，捏了捏我的胳膊，显露出他脆弱的一面。

他的评论引得毛茸脸发出一阵刺耳笑声。“你已经死了。”她宣称。

“我可从没装作自己没死。”博尔赫斯对她说，不过紧紧地抓着我的胳膊。

“她们让你心烦了吗？”我问。

“她们对我毫无教益，”他说，“把她们送回雾里去吧。”

我不用做什么。不管那是谁，她们已步入雾气的旋涡，消失无踪。

博尔赫斯继续往前走，仿佛对路线很有把握。很快，我就看到一扇铁门在生锈的铰链上晃动，还有雾气下生长着的大片大片的雪花莲。一条长满紫罗兰的小路通向一排树篱。我想，这就是入口了。

“这儿有一座迷宫。”我说。

“你要知道，蝙蝠是靠声呐飞行的。我也是。”他以比我能想象到的更大的力量、更快的速度冲向迷宫。他怎么知道要去哪儿？黑刺树篱在他身后合拢了。

“博尔赫斯!”我叫道。但轮到我踏入迷宫时，我没法判断他走的是哪条路。我呼唤他。他的名字随着我的声音如气球般升起，在空中盘旋着。博尔赫斯！博尔赫斯！

随着我们的这一天走向结束，时间变速箱在这座迷宫里换了挡。我被它施了魔法，在树篱的指引下，面对接连不断的道路分岔二选一，但这些选择只是导向蜡质树叶隧道中更多更长的走廊。被惊起的兔子们左冲右突，空气中弥漫着潮气、尿液和松脂的气味。

“博尔赫斯?”我等着他，左顾右盼。他在哪儿?

等我拐进了一条走廊，看到博尔赫斯气喘吁吁，坐在小路上，双腿笨拙地叠在身下，已不知是几分钟还是几小时后。在这迷雾里，在这迷宫中，时间必定已变成一种柔顺多变的事物。

“你还好吗，博尔赫斯?”我问道，弯腰扶他站起来。

“我很感激你扶我，”他说着，重新站稳脚跟，“我们这是来到了迷宫的尽头，朱塞佩，但这仅仅是个开始。就像任何好故事一样，迷宫永无尽头。一种战胜死亡的方式。”

“怎么战胜?”我感到自己被吸入了他的思想戏剧中。他再次扮演起苏格拉底的角色，而我则要扮演他的一个学生，就像在《美诺篇》中那样，这位希腊哲学家一劳永逸地证明，即便是一个未受教育的奴隶，只要稍加坚持，也能理解几何概念。这就是我在博尔赫斯面前的角色：扮演一个必须学习已存在于他内心和头脑中的事物的天真少年？

“两点之间什么最短？”

“直线。”我回答。

“一个从开端到中段而至结尾的叙述。”

“是的。”

“但是，如果我们以之字形路线前行，就像在这个迷宫或任何迷宫式结构里，那会怎样？你看，我们揉皱时间。歧路！如果我们徘徊于这些历史的漏洞，这些永恒的曲折绵延中，或许我们永远也不会走到尽头；或者即便我们走到尽头，我们也会在那里找到一个开口，而后重新开始。”

“所以，我们可以藏身在时间里？”

“是的，但时间是另一种虚构。它非常有用，尤其对于我们这样的作家。我们需要时间的间隔，甚至诗歌中两个韵脚之间的停顿，或者我们故事中高潮到来前的延宕。句法本身就是时间的一种形式。”

他现在一气呵成，语速迅疾，接近自言自语。“死亡，我亲爱的，是一个虚假的结局。一个没有高潮的高潮。你从没读过《一千零一夜》?”

“没有。”

“几个世纪过去了，我们仍然在倾听山鲁佐德[3]的声音。”

“她是故事叙述者，对吧?”

“看，你已经知道了，即便你没读过。人不需要读特定的某本书。它已然是我们记忆的一部分了。”

“她要活下去，就必须不停地讲故事。”我说。

他侧身靠向我，一只手放在我肩膀上。他抚摸着我的脸颊，手法亲切，甚至像父亲。“一种生存策略，孩子，”他说，“你看，就像在任何一个故事里那样，我们进入迷宫，运气好的话，就会抵达我们出发的地方，我们总要回到我们自身。”

1 此处“斯康”“骨头”“勺子”分别对应英文单词scone、bone、spoon。

2 此处“一”对应英文单词one，与勺子（spoon）并不押韵。

3 《一千零一夜》中的苏丹新娘。

15

我们离开了斯康宫的那座迷宫，宫殿给我们上了微妙的一课，让我们见识了奇异的游魂。我们继续向珀斯正北方的基利克兰基前进，进入了凯恩戈姆山脉境内。现在，我感觉良好，已然适应了这趟奇特旅程的节奏，也没有那么抵触博尔赫斯了。我希望第二天早上能进入山区，那个时刻，山峰看起来就像在发光，甚至可能给盲人也留下深刻的印象。我将以某种方式为他讲述这些事物，也或者就懦弱地忽视目睹到的一切，就像我也盲了一样。

此刻，太阳在天空中逐渐沉落，我们开过离小村子不远的一座古桥，跨过了加里河。我们逐渐开近，小村子毫无人类活动的迹象。我把车停在一栋拉着窗帘的房子前，但门上有一块牌子：莫拉格家庭旅馆，有空房。我向博尔赫斯建议，天黑前我们要在这儿找到房间。

我按了几次门铃后，一位老妇人开了门。她只把门推开了几英寸，也许是怕我们会袭击她。她的长鼻子从门缝里探了出来。

“今晚有空房吗？”我问。

“有。”她说着，放我们进入一道光线昏暗的走廊，而后打开一盏带有蒂凡尼风格玻璃灯罩的灯。空气中弥漫着一股浓浓的香水味，混杂着猫尿味。

“你们得先付房钱，”她说。

“若你要求如此。”

“房钱是两镑。”

“我们要两间房。”

“一间房。房里有一张宽敞的床。”

“我希望要两间房。”

“没希望了。”她有点儿幸灾乐祸地说。

“基利克兰基有旅馆吗？有两间房就再好不过了。”

她只是盯着我看。

“这名字真漂亮。”博尔赫斯说，似乎假装没听到我正在想尽办法避免和他同床。“基利克兰基。盖尔语的优良遗存，元音像手风琴一样扩张，轻快的辅音牢牢固定住空气。”

“附近哪儿有空房吗?”我问道。当然，这一带肯定有旅馆，甚至可能会有一家带几间客房的酒馆。

“今晚没房了。”她说，流露出吃定这笔生意的意思，“你们早餐要吃什么?”

“腌鱼。”博尔赫斯说，“我可否对吃到阿布罗斯烟熏鱼[1]心怀期待?”

“烤吐司配橘子酱。”她说。

“有鸡蛋吗?”

“有，一只煮鸡蛋。熏肉钱另算。”

“我很乐意为熏肉花钱，”博尔赫斯说，“如果没有腌鱼，我们一定要吃熏肉。”

“你们要用厕所就得赶在我前面，”她说，“厕所只有一个，在我的卧室里。不要上太久。”

一想到要在莫拉格民宿度过漫长的一晚，我就感到害怕，但我还是为我们俩填好一张表格，又付了两英镑给她，外加五十便士——用来买明早吃的熏肉。如果我没弄错，这些钱是从我的钱包里拿出来的。

“先令的事真可惜。”我把五十便士的硬币递给她时，她说。

当时，英国刚实行十进制，她这代人没法适应货币调整。他们中有不少人还拿几尼作单位思考事情（一几尼折合二十一先令）。

“你应该会习惯的，”我说，“现在这样算账更方便。”

“对你来说更方便。”

博尔赫斯坐在摇椅上，微笑着前倾后仰。这惹来了我们女主人的鄙夷。一只猫跳到了他腿上，他喊道：“老虎！”

“她可乖了，”我们的女主人说，“给她挠挠耳朵吧。”

博尔赫斯照做了，我听到隆隆的呼噜声。

“你一直住在这儿吗？”我问道。

“我看起来这么可怜吗？”

“不，我不是说……你一个人住吗？”

“他死了以后我就一个人住了。‘他’是说我丈夫，博尔迪。”

“他是秃头？”[2]

“他叫阿奇博尔德，我们都叫他‘博尔迪’。”她皱起眼睛，似乎要哭出来了，“我呢，是布莱德夫人。”

“博尔迪·布莱德的妻子。”博尔赫斯说。他抬起鼻子，嗅了嗅空气。“这是腰子的气味吗，布莱德夫人？”

“牛肉腰子馅饼。”

我问她在哪里能找到餐馆，她建议我们去邻近的普多克酒馆。“他们提供餐食。”她说。这在苏格兰的酒馆里很少见，因为在苏格兰，食物比酒可金贵多了。能买到一只不新鲜的香肠卷或一袋薯片，这就已经是走运了。

“普多克！”博尔赫斯喊道，“你知道这个词是什么意思吗？青蛙。苏格兰人是这样叫这种两栖动物的。”

“你父亲说得没错。”她说。

“他不是我父亲。他是我朋友。”

她用怀疑的目光看着我。为什么一个年轻人要和一个老年友人一起旅行？而且老年友人明显还是一个外国人？我能感觉到这些问题正在她的脑海中集聚起来，就像一团青紫色的云。我生出被人责怪的感觉——仿佛我和博尔赫斯之间的联系有什么反常的地方。

“我十点睡觉，”她略带恶意地说，“我就寝之前，你们会想上厕所的。”

“在那之前，亲爱的女士，”博尔赫斯说，“睡觉——当然还有做梦——都是我最偏爱的消遣，仅次于阅读。对一个盲人来说，这会带来深厚的乐趣；心无挂碍地遁入黑暗之中，是一种解脱。在梦中，我会看到生动的色彩，一整条彩虹徐徐展开。”

“你是盲人，那你怎么读书？”

“这世界上读者众多，我一个一个发现他们。一个读者是崇高的。两个则是噪声。”

我们把博尔赫斯留在起居室和宠物们待在一起，布莱德夫人带我去看我们的房间。令我失望的是，床并不像大多数双人间的大床那样宽，而且有一股年深日久的尿液和樟脑丸的气味。窗帘是深蓝色的，但看起来接近黑色。天花板上挂着一只光秃秃的灯泡。

“浴室里有毛巾，”她说，“大厅尽头的那道蓝色门后就是。如果要用热水，请提前跟我说。我会打开那个玩意儿的。”她顿了一下，“这要另收费。旧钱几先令。”

我告诉她我们不用洗澡，这会让人错以为我们毕竟还是体面的、要求不高的（尽管也可能是不卫生的）客人。“那厕所呢？”在苏格兰，许多房子的标准浴室里都没有马桶，因为浴室只用于洗澡，“真的只有一间吗？”

“以前在大厅里还有一间，但已经拆掉了。只要敲一下我卧室的门，你就可以用我的。我们会相处愉快的，对不对？”

在普多克酒馆，我们吃难以下咽的鱼和薯条作晚餐，这期间博尔赫斯喝了三品脱啤酒。我战战兢兢，把啤酒一杯接一杯地递到他手中。事实证明，他的尿频在白天的时候已经够让我们尴尬的了；到了晚上，一切都崩溃了。

饭后，我们回到了莫拉格民宿。布莱德夫人给了我一把钥匙，但这黑漆漆的房子让我惴惴不安。没人喜欢黑漆漆的房子。我很快找到开关，打开了走廊上的灯，然后带着博尔赫斯艰难地爬上楼去，他已经喝多了。他一只手捏着我的胳膊，另一只手拄着拐杖保持平衡；我们走进卧室时，他唱起了苏格兰小调，嗓门有点儿大。他有些五音不全，嗓音就像刺耳的刮擦声，但唱腔感情饱满。

“在苏格兰，有一种怀旧之情，”他说，“在他们的诗歌和音乐中，在风景中，我闻得出来。他们的历史是悲伤的——一个失望的民族。不过我并不怀旧，朱塞佩。除了对此刻。事情发生时我会沉浸其中。这也许是个好消息，直到事情过去，到那时，我就没什么兴趣了。”

这会儿，我对哲学了无心思，一心想着睡觉。和博尔赫斯一起旅行，就像站在老师的课桌前，手里却没带作业，或者踏上了舞台，却没有剧本，有人告诉你要即兴创作（事实上，我经常做这样的噩梦）。

我想起了布莱德夫人的警告，就把博尔赫斯领到她的卧室里，没先敲敲就开了门，毫无缘由地认为我们的女主人不在房里。

然而，她在房里，正靠着高度锻打的桃花心木床头板半躺在床上，身后有一只枕头，一顶法兰绒睡帽紧紧地扣在她耳朵上方，手电筒光则照在一本阿加莎·克里斯蒂的小说上。一条蓬松的羽绒毯抵着她的下巴，她的鼻子末端则支着一副夹鼻眼镜，那只鼻子看起来比我记忆中的还要长——一个掌控整个房间的具有侵入性的器官。

“啊，布莱德夫人，”我说，“我的朋友要用一下厕所。”

“我知道，”她说，“他是盲人。”

博尔赫斯捏了捏我的胳膊，想要寻求安慰。这是那一天我第二回感觉到他的脆弱，就像面对那对奇怪的姐妹时一样。自身没有视力，由一个对于周围世界动向难称敏感的年轻的陌生人来引导他行动，这对他而言可非易事。

“这边走。”我强硬地说，带着他绕过床脚，感受到了布莱德夫人眼神的压力。

我把他的牙刷塞进他睡衣上衣的口袋，把他留在马桶前面，然后关上门，在外面等待。

等待。

博尔赫斯撒尿加刷牙，真的需要十五或二十分钟？他是不是同时还在脑子里谱写着一部史诗？

“我不太舒服，”布莱德太太说，“是时间的问题。我这些天都没怎么睡好觉。”

“我很抱歉。”我说。

博尔赫斯完事后，轮到我进去而他站在门外。等我回到房间里，他正坐在我们女主人的床上，女主人看起来不太舒服，她的鼻子像马特洪峰一样高举在空中，鼻孔抽动，薄薄的嘴唇紧抿着。

博尔赫斯在床上坐了下来，这情况我并不惊讶。他的腿不够强壮，即便有手杖，他要行动或维持平衡也都很吃力。

我们俩在自己的床上躺了一会儿之后，我再次想起自己本应给贝拉打电话。普多克酒馆可能有公共电话，城里某处肯定也有电话亭，但我没有费工夫去找；现在我面对的情况是，我没打电话不是因为忘记，而是因为信心不足。我叹了口气，声音很响。犹豫不决是我的老毛病，我就是害怕做出二选一的选择，正如今天早些时候我在斯康宫的迷宫里意识到的那样。

“我可不喜欢听到年轻人唉声叹气，”博尔赫斯说，“以后有你叹气的时候。遇上什么事了吗，亲爱的孩子？”

“有一通电话我忘记打了。”

路灯的黄光透过薄薄的窗帘渗进来，给天花板也染上浅浅的颜色。我猜，博尔赫斯眼里看到的还是一如往常的空无。

“但这儿没有电话。”

“也许我在村子里能找到电话。”我知道这事怎么都得拖到早上了。

“这个电话很急？”

“记得我跟你说过的那个女孩吗？贝拉？我告诉她我会打电话给她。我们原本计划这周要一起吃饭。”

“而现在，”博尔赫斯说，“你有了更重要的计划。我十分理解。诺拉·兰格也会这样牵动我的心弦。即使只是说起这个名字，我都会对她产生渴望。我说的不是现在已经很老的诺拉·兰格——尽管我也喜欢那样的她。我渴望的是那个十九岁或二十岁的女孩，一头鲜红的头发，臀部苗条。脖子上长着雀斑。”

我生出想要把他推下床的冲动——我现在最不想听到的，就是他喋喋不休地谈自己失去的爱情。我需要空间来思考，思考如何向贝拉解释我竟为了一个愚蠢的老作家而弃她不顾。但我现在明白，要是博尔赫斯不说出他的故事，我就不可能睡觉。所以，我问：“你和诺拉之间发生了什么？”

“我无从说起。这里不是忏悔室，而且我无论如何都不会受神父的影响，他们要求你用毫无保留的忏悔来换取赦免。”我等着他的怒气消退，他高大且谈不上好闻的身躯就在我旁边，床垫向中央倾斜，我们以尴尬的方式在那里比邻而居。

“我爱她，”他说，“但奥利维里奥·吉隆多也爱她。吉隆多是一个傻瓜，一个花花公子，当然也称不上是个好作家。对诺拉来说，他太老了。他身穿巧克力色正装，头戴联邦帽，留着怪异的胡子。身上的马甲花红柳绿。我应该买一件红色或黄色的马甲，但我相当错误地相信，诺拉是超越于这些东西之上的。她是一个心地纯洁的狂野女孩。那般天真无邪。而吉隆多可以施加的诱惑却都很有效，她屈服了。更糟的是，他们过了十多年不稳定的同居生活，而后秘密完婚了。世上最惨的事莫过如此。”

我究竟是怎么落得如此境地的——在苏格兰高地的一座偏远村庄里，和一个年老又健谈的盲人睡在一张床上？这个男人穿着滑稽的黄色缎面睡衣，身上散发出一股汗臭、尿臊和陌生润肤乳混合的气味？

“她这么做可不需要你来批准。”我说。

“不要侮辱我，朱塞佩。”

我觉得自己渺小得可笑。我决定早晨之前都不跟他讲话。遁入梦乡似乎从没这么令人愉快过。

博尔赫斯现在移到他那一侧去了，背靠着我；然后，他扭过身来，把脸移近我的枕头。我尽量靠向床的另一侧，差点儿翻身掉在地板上，好几次都是勉强抓牢才没掉下去。他翻来覆去，折腾不休。

随着夜幕降临，他继续翻覆不休，转向一头，又转向另一头，把毯子拽到他那头，把我暴露在外，任我身体发冷。他的腿抽搐着，屁声响亮。他咕咕哝哝，呼出一口气来。他哼哼唧唧。

很快，一场大雨划过窗户，在石板屋顶上密集敲击，盖过了躺在身边的老人的声音。

我终于快要睡着了，这时博尔赫斯猛抓住我的胳膊。“大自然，她在召唤！”

“什么？”我摸不着头脑。

“你必须，请，把我送到小房间去。”

我并不惊讶。三品脱啤酒在他脆弱的膀胱里荡漾。于是我带他走进黑暗的走廊，在我们卧室灯光的映照下，我轻轻敲了敲布莱德夫人的门。

“十万火急！”博尔赫斯喊道。我打开门，把他领进去。布莱德夫人躺在黑暗中，当我们从她身边走过时，她沉默不语。我又一次把他带到马桶前，再退回卧室。

“怎么回事？”我们的女主人问。

“我的朋友需要使用设施。”

“小便间？”

“厕所。”

“他解完手还不到一小时呢。”

“他老了。他的膀胱很脆弱。”

“我更老，我的膀胱就很好。”

我一点儿也不想玩膀胱对决的游戏，就不再说话，听雨点打在窗上的声音。

“他尿得很慢啊。”她说，“我的博尔迪，他撒尿很困难，最后的那些日子里。”

虽然我和博尔赫斯刚吵过架，但我不喜欢布莱德夫人的暗示。“他还没到最后的日子。”我说。

很快，博尔赫斯在门的另一边大声哼了一下。“朱塞佩！完事了！”

“我们的救主的最后遗言。”布莱德夫人说。

博尔赫斯跨过门来，面带微笑。

我向布莱德夫人道晚安，把博尔赫斯领回我们的卧室里，他很快就睡着了。但当他气喘吁吁，喉头咔嗒作响时，我开始担心了。他的肺已经不怎么灵光，他悲惨地呻吟着，说着西班牙语或拉丁语的句子。我觉得自己离睡眠有一百万英里远，就想让自己的思绪转到贝拉身上。有可能，她和安格斯已经疏远了？她不是已经说过，他们的关系并不愉快？我确定，我不仅有机会，而且有责任进行干预！我想我看得见贝拉的身影。我想我可以从那些在天花板上掠过的阴影中看到贝拉的容颜。我是在做梦吗？那张脸向我飘来，就在我伸手去够的时候，博尔赫斯猛地在我旁边坐起身来。

"我要上厕所。"他说。

"又要上？这就有尿了？"

"苏格兰啤酒，流动在这栋老建筑的管道里。"

"阿根廷啤酒不也那样？"

他把指甲抠进我手腕上的肉里。"没人喜欢意外事件。"

我领着他回到布莱德夫人的门前，还在想该不该再敲门。博尔赫斯交替挪动两脚，呼吸急促，就像那个把拇指插在堤坝里的荷兰小男孩。[3] 我推开门，扶着博尔赫斯的腰，引导他绕过我们正在打鼾的女主人的床。刚把他重新安置在马桶前，我就走到外面，关上了身后的门。

我等待着，身体颤抖。

“博尔赫斯？”我低声说。

里面没有回应，我想他是决定在厕所里坐一会儿了。一声轻微的咕噜证实了这一点，于是我认命了，继续等待。

“博尔迪就没出来。”布莱德夫人说。她的声音惊得我跳了起来。“上次就没出来。”

“什么没出来？”

“七年前，他进了小便间，我的博尔迪。我不想显得讨人嫌，但我本可能救下他的。”

“他死在里面了？”

“在厕所里。”

“你丈夫死在里面了？”

“是的，他也死了吗，你家老爷子？”

“我不这么想。要我说，没有。”

“如果你叫他，他应该回话啊。”

我听信了她的说法。“博尔赫斯！你还好吗？”

布莱德夫人说：“我还是打电话报警吧。”

“我觉得不用。他很可能还没死。”

“现在还没。”她说。

她打开灯，坐起身，我坐在床脚。她梳妆台上的钟响亮地敲了十二下。

“我的博尔迪，是个大好人。”

“我相信他是。”

“他跟‘刻薄’可一点儿也沾不上边。”

“沾不上。”

我们又用了大概五分钟来讨论博尔迪·布莱德的优点。

终于，一个细弱的声音从门后传来。“朱塞佩?”

我不得不承认，他还活着的事实让我松了口气。

“门在哪里？我在里面。”

我打开门，拉他出来，用手肘牵着他。

“你真走运，”布莱德夫人说，“我运气就没这么好了。他就坐在那儿，耷拉着脑袋，真的。死得邦邦硬。”

“谁死了?”博尔赫斯问。

“博尔迪死了，在厕所里。”我说。

博尔赫斯的脸上露出痛苦的表情。“我父亲就死在了厕所里，”他说，“他的名字是托马斯·克拉珀，你要知道。母亲发现他坐在那里，灯泡也熄灭了。我也会这样死掉。像博尔迪。像我父亲。”

“不能在这里。”布莱德夫人说。

“在这个宇宙里，一切皆有可能。你会原谅我的，布莱德夫人。我想起托马斯·布朗爵士在《医生的宗教》中所说的：一位绅士，确然得是一个最少制造麻烦的人。在这一点上，我今晚失败了。”

“你要释放的时候，先生，你就尽情释放吧。”她说，“这是一句苏格兰老话。”

对布莱德夫人来说，这可称得上是一个明亮而意外的慷慨时刻：她头一回大张开嘴笑起来，露出的尖利的牙，就像栅栏顶上的尖刺。

博尔赫斯说：“也许是沃尔特·司各特爵士说的？这听起来就像他说的。”

1　阿布罗斯烟熏鱼（Arbroath smokies），苏格兰传统食物，具体做法是将黑线鳕鱼架在硬木火上熏烤，直至鱼皮呈现标志性的金铜色。正宗的阿布罗斯烟熏鱼必须使用产自阿布罗斯的鳕鱼。阿布罗斯，位于苏格兰东部的港口小城。——编注

2　上文的“博尔迪”对应原文的Baldie，在英语中意为“秃子”，但首字母大写时作人名用。此处让人误以为是说“秃子”。

3　据说，以前在荷兰有个小男孩，他路过一座堤坝，看到堤坝上有个小孔，知道万一溃坝，海水就会涌进来，造成大灾难。于是，小男孩把拇指插入小孔，一动不动，直到大人发现他。这个勇敢而有毅力的小男孩的故事流传甚广，通常被认为是一个虚构的童话，而原作者并不是荷兰人。

16

第二天早餐时，疲惫不堪的布莱德夫人端上三卷肥美的熏肉，这对我毫无吸引力，博尔赫斯却开心地大吃一通。我们出发前，他舔了舔手指，像猫一样，在走廊里对着一面看不见的镜子调整了一下领带：他对保持体面有所坚持，因为他是某个阶层的一代男性中的一员，他们不打领带绝不会在公开场合露面。我们离开时，以布莱德夫人的作风来说，她看起来几乎要泪流满面了——要么是为失去昨晚感动到她的可爱老人的陪伴而悲伤，要么是为看到我们的背影而松了一口气。也许两者都有，我认定。

莫拉格民宿出现在后视镜里，这无疑也让我松了一口气。虽然睡眠断断续续，但奇怪的是，我现在感到四周无比真实。天空是锐利的蓝色，鸟儿点缀其上，空气中弥漫着期待。这段旅程出现了意想不到的变化，而我所想的是，比利·乔尔达诺将会有多么喜欢这些发生在博尔赫斯和我之间的故事。我要是讲述我们在基利克兰基这一晚的遭遇，他会为此感到快乐的。甚至阿拉斯泰尔也会喜欢听的，在适当的时候——在博尔赫斯离开之后。

洛西南特噼啪作响，喘着粗气，然后在一阵粗糙低沉的隆隆声中启动了，这让我有些担心。我买这辆车出的钱实在不算多，可能很快，我就要为节俭付出代价了。

“吉诃德喜欢早晨上路，”博尔赫斯说，“你呢，桑丘？”

“你不会真当我是桑丘·潘沙吧？”这个名字在我听来可不顺耳。我难道是塞万提斯的愚蠢跟班和传声筒，是傻蛋而不是老友？

博尔赫斯努努唇，噘起嘴，发出一个表示歉意的音调。“你不是桑丘，除非你是我的跟班。我也不是吉诃德，比方说，我不是疯子。而我猜，你也不胖。你当然也并非目不识丁。”

“桑丘是文盲？”

“这样看他，并不是最好的角度。受吉诃德的影响，桑丘对文学的智慧产生了兴趣。他的警句如此睿智！‘人们可以为一切找到补救之法，死亡除外。’或者这句：‘你若变蜂蜜，苍蝇吃掉你。’我真希望我年轻时能把自己变成一个蜂巢，这样我就能打败我的对手吉隆多那个无赖了。这里还有一句，听好了：‘幸运之人，心无挂虑。’我已经是一个幸运的人了。现在我老了，也算得上是一个受欢迎的作家了。”

“是幸运啊，的确。”我说道，怀疑我是不是大大低估了博尔赫斯。他哪里受欢迎了？

博尔赫斯说：“你看，我为最小的观众群设计我的作品，‘人数虽少，但最知我心’。一个作家的想象力不应被人群所冲淡！”几分钟后，他道出最后一句箴言。“一个待在自己家的傻瓜，比一个待在别人家的聪明人知道得更多。”

“只有我们自己才能理解我们所言所行的来龙去脉。”

“你毕竟是桑丘啊。刚才这句很精彩。”

“我是在转述桑丘的话。”虽然我没读过那本书，但我能猜出他在这个旅行二人组中扮演的是什么角色。

“没有转述。只有言说。”

不知为何，我很高兴自己能让博尔赫斯开心。我一直在想，他有没有从我们的旅行中得到他需要的东西。尽管怀着抵触情绪，但我已然从我这位善于表达的旅伴那里学到了很多东西。他在这个世界上的生存之道与我截然相异，但我喜欢他思维中的自由联想，喜欢他像猴子那样，在他的思维丛林中从一处枝头荡到另一处。在这一点上，他让我想起了阿拉斯泰尔，他本来也可以从博尔赫斯那里学到这些，甚至以他的这位英雄为榜样。

我想起来，阿拉斯泰尔除了研究博尔赫斯，还翻译过巴勃罗·聂鲁达的作品，还跟我讲了他对这两个人的不同看法。“聂鲁达喜欢这个世界。博尔赫斯喜欢的则是别的世界。”

我问博尔赫斯认不认识聂鲁达。

“啊，花衣魔笛手，”他说，“奥利弗·吉隆多的另一个朋友。但我拒绝贬低这个人。当然，是拒绝贬低那些诗。诗是他的孩子，那么我问你，你应该为父亲的罪过而责备孩子吗？我不觉得。那些诗是可爱的孤儿，愁眉苦脸，在这世上孑然一身，天真无邪。我愿意保护这每一首诗。很久以前，我在马德里的一家二手书店买到过一册巴勃罗的诗集。我把这本书看作一家孤儿院，会定期去看望其中苍白、饥饿的客人，那些书籍封面之下的囚徒。但那些诗的父亲是个傻瓜。他赞美斯大林。斯大林！他不喜欢美国，你的国家。不管你们的国家使我多么失望，我都不会不喜欢它。”

“我可是挺失望的。”我说。

在我们爬上凯恩戈姆山的褐色山麓，向阿维摩尔进发时，我试图抛开上面这些思绪。美国现在似乎遥不可及，我为此觉得愉快。阿维摩尔这座小村庄有一道长长的山谷，景色美得令人惊异，我之前来过这里，来滑雪度周末。我还记得山峰和冰蓝色的天空。一天下午，我在山顶上看到了一只金鹰，就跟博尔赫斯说了，希望这能让他思考一下政治之外的事。

“我喜欢金鹰，”他说，“但人们可得小心了。金鹰很可能就是宙斯，他化身为这种宏伟的猛禽。记住，他化身为鹰，绑架了可怜的特罗斯之子伽倪墨得斯——荷马称他是‘希腊最可爱的男孩’。这不是一个叫人高兴的故事。顺便问一下，我们现在在哪儿，孩子？我什么也看不到！”

“我们在顺着凯恩戈姆山脉往上开，”我说，“山麓。壮丽的群山。我的目的地是阿维摩尔。那是一个自然保护区。”

“荒野！跟我讲讲周围！”

我尽我所能，挖空心思描述。“我看到田野里岩石密布，耸立的山丘是棕色和紫色的，远处的山峰常年积雪。天际线呈锯齿形。山脉下端仍分布有大片的喀里多尼亚松树，这是曾经更大片的松树森林的遗迹，导游手册上说。这个地区的大部分区域都位于林木线以上。”

“你知道，”博尔赫斯说，“我小时候在瑞士生活过，那时我视力很好。我通常不喜欢山。就本能和习惯来说，我是一个城市居民。但我喜欢高海拔地区那些附在岩石上的地衣。我会在日内瓦附近的山上散步，研究它们。藻类、苔藓、肝虫，甚至真菌。真菌，在你们来说就是蘑菇。我真的喜欢它们，因为它们的颜色令人惊叹。那些金黄色的海绵状头部总是看起来，嗯，在某种程度上让人联想到性。”

我想说，并非每一个长大于宽的物体都是阴茎的象征，但我管住了舌头。

“我的父亲，你要知道，”博尔赫斯继续说，“他也是个盲人，或说几乎是个盲人。他的视力是一扇通往黑暗的门。想想我，这样一个男孩，父亲却没法亲眼看到他。一九一四年，我们去了日内瓦，寻找帮助他恢复视力的方法。一如往常，他又赶上了坏时候。他没意识到战争正一触即发，这也是他对政治现实的盲视。就这样，我成了一个瑞士少年！我在日内瓦接受了各阶段的学校教育。我过去肯定是个害羞又奇怪的男孩。有一位少女，叫埃米莉。”

“总有一位少女。”我说。

博尔赫斯陷入了沉思，想着埃米莉。“她很美，非常美。一只瓷花瓶。我对她心怀爱慕。一天晚上，她和我在湖边接了吻，这是发生在我人生第二个十年里的非凡事件。”

“她是你的第一个女朋友？”

“别惹我伤心，朱塞佩。我那时天真无知。埃米莉也是。相吻的唇如此亲密。多么怪异的接触，但也奇妙非凡。是不是？让接吻成为一种习惯。这是我唯一的建议。”

“我挺喜欢接吻的。”我说，回想起贝拉和我第一次在她的房间喝咖啡的那晚，她落在我额上的纯洁而莫测的吻。我不由自主地抬起指尖，摸摸被吻的地方。

一个公用电话亭，我想。我要找一个公用电话亭！

在很长一段时间里，我们在行车中沉默不语，我的旅伴迷失在他的遐想中，交替呈现出面露微笑和面无表情的状态。他从不掩饰，或不试图掩饰任何事，尤其是在他身上流淌的悲伤和快乐，反而大胆地表现在脸上。我的脸，就是对我感觉之河的暴露吗？当然，盲者博尔赫斯没法告诉我答案。

我大声问他，他有没有和埃米莉上过床，也许这么问更多是考虑到自己，而不是他的情况，尽管我也听不出我这么问有多么无礼。

“性爱大会？亲爱的孩子，这问题真是。我很少会把亲密关系的事告诉别人，但你和我已经成了灵魂旅伴。真真正正的兄弟！我不会瞒你。我的父亲也是一个害羞的人，我十九岁生日那天，他把我叫到他的书房，在日内瓦的那间。那是八月，我刚刚完成学业。世界在我面前打开来。父亲用严肃的声音对我说，乔吉，坐下。于是我坐到了他书房里的椅子上，担心大事不妙。果然，事情发生了。大事不妙！”

“不妙的是……？”

“你和女人睡过吗？——这就是他问我的话。那可是我的父亲！”

“那你睡过吗？”

“我实话实说，承认我是处男。他叹了口气，告诉我，他也觉得我是。现在我必须照他说的做。他从办公桌的一个抽屉里拿出一张卡片，上面写着一个地址：柏德弗广场二十三号C栋。直到现在，我也忘不了那受辱的情形。妓女已经约好了，我父亲把我送去赴这不堪的约会。”

“他把你送去了妓院？”

“这是阿根廷的习俗。父亲有义务和责任确保自己的儿子在经历性爱后真正走入成年。这并非陈规陋习，人类必须往前走。但在我这儿，不幸的情况发生了。我对这事毫无准备。她不到三十岁，但在我看来很显老，差不多是个老妇人了，又黑又长的鬈发让我很怕。她解开我的背带，褪下裤子。她用她嘴唇做了常做的事。我站在那里，极度震惊。是的，震惊是唯一的字眼。她把我推回床上，我怕她的嘴已筋疲力尽。但还是没办法让我硬起来。没办法让我兴奋。”

“你阳痿？”

“我不喜欢这个词。”

“对不起。”

我们又开了一段路，没人说话，我的思绪陷入黑暗之地。遇到类似情况，我会不会也阳痿？也许，我也属于那些没法和人共同生活的人？

“这真丢人。”博尔赫斯说，又说起一些私密的事，“我母亲知道。她知道我所有的事。这让生活变得困难。”

“你母亲还在世，对吗？”

“莱昂诺尔夫人？她就是太阳和月亮。太阳和月亮不是活得好好的吗？”

“它们是大自然的容颜。”

“大自然的容颜！我母亲正是如此。而且，我爱的女人，她一个都没接纳过。她讨厌我的诺拉，诺拉的祖上不像我的祖上那样荣耀。”

“那你太太呢？”

“我的妻子已不是我的妻子。我爱上了别的女人。我可以向你坦白我最深的秘密吗？我爱玛丽亚·儿玉。她有部分日本人血统——我最喜欢的部分，我得说。我认识她时，她还是个孩子。但这个孩子是如此光彩照人！不到十年，她成了我在大学里教的一个学生。这个可怜的女孩在学业上有些落后。当她向我寻求帮助时，我邀请她到我的公寓进一步交谈；不久之后，我们的爱情——我向你保证，从几点火星，几句微妙的交谈——变成了一堆篝火。一堆篝火！”

“你当时比她年龄大得多……”

“比她年长近四十岁，但难道有人对此有所规定？爱情的事，年龄毫无意义。”

我无法想象一个六十多或七十多岁的男人爱上一个二十多岁的女人意味着什么。难道那个女人不会觉得，自己更像是女儿或孙女，而不是情人吗？

“灵魂永恒，”博尔赫斯说，“而在生命最深处，时间是失效的。我好奇你是否同意这个说法。你说着同意，但你真的同意吗?”

“你为什么一直问我这些?我一无所知,博尔赫斯。这一点你现在已经明白。我读了些书。我并不笨。但我知道什么呢?有时,我坐在圣安德鲁斯的教堂里,让沉默来教导我。这就是面向上帝。当我在海滩上奔跑时,我能感觉到精神的流动。但我学到的似乎不多,这让我有些忧虑。我不想加入那些目光仅仅停留于事物表面的人,他们从不探视自己的灵魂。”

“啊,你的‘灵魂’!我喜欢这个词。”

我的思绪转到阿拉斯泰尔,他画掉了我一首诗中的“灵魂”一词,告诉我永远不要用这个词。“有‘自我’,”阿拉斯泰尔说,“但没有‘灵魂’。这个概念过时了。”

博尔赫斯与阿拉斯泰尔形成了对比。“你们这一代人,有很多拒绝使用这个词。我赞美灵魂。我歌颂它此刻的永恒存在!”顿了一下,他说,“别忘了你现在是在替我用眼看。那么,展开在我们面前的是什么?我只看到黄色和白色的长方形横纹。”

一只百灵鸟飞过道路,所以我说到这鸟。

“看,你知道的比你以为的要多,”博尔赫斯说,“谢谢帮助!”

开了约一英里，他的思绪又转回百灵鸟。“百灵鸟是一种类似于鸫的鸟。它们嗓音尖厉，飞行轨迹不甚规则。”

一如往常，尤其对于一个因失明而向内探索的人而言，他对自然细节的了解让我惊讶。在苏格兰短暂生活期间，我只是对当地人使用的色彩词汇略知一二，学会了如何区分田凫和白嘴鸦。我可以说出海鸟和鹰之间的明显差异。我知道，我们在灌木丛中看到的奔跑的红松鼠，并非我小时候认识的灰松鼠。但我也想知道这一切意味着什么。字词和事物之间的联系显然很重要，但此间存在一种神秘关系，我需要习得巫术，才能让它们彼此相连。

我们爬上了山丘，我感受得到天空的引力，远处起伏的色彩斑驳的山谷和尖锐的山峰让我感动。此刻，我比以往任何时候都更想描写它们，为我周围的一切找到语言上的对等物，为此在与永恒。

17

路边，一座孤独的红色亭子引起了我的注意。在凯恩戈姆山脉的中部，谁会在这里打电话？这真是天赐良机，于是我突然把车刹停。

博尔赫斯吓了一跳，那模样像是他出了状况，而我解释说，我得打一个电话，只需要几分钟。他怪异地显露出失望，好像我平白无故打断了他的旅程。他向后靠去，闭上眼睛。

我拨了号码，电话里传来一阵哔哔声，接着是一阵空荡的嗡嗡声。我试着找接线员，她问我想联系的号码，但她的声音又中断了，只留下同样空荡的嗡嗡声。我又试着拨汉密尔顿楼的号码，让我松了一口气的是，一个年轻女人接了电话（尽管电话似乎都没来得及响起）:“二楼，汉密尔顿楼。有什么可以帮你的吗?”我让她叫一下贝拉。

“我尽力而为。”她毫无热情地说。

几分钟后，她回来了，说没人应门。如果情况属实，那她为什么会这么久都没回来？也许贝拉开了门，却叫这个同宿舍的人帮她打掩护，假装她不在?

我又坐回车里，叹了口气。我的心情默默漫溢在整个车内。

“是打给那个姑娘?”

“是的，贝拉·洛。”

“她比这个了不起的名字[1]还要好。对不对?”

“我觉得她好极了。她具有罕见的批判性智慧和敏锐度。她也具有正义感——她在圣安德鲁斯领导一个反战团体。”

“你描述的这一切，听起来既危险又动人。”

她的确既危险又动人。和阿拉斯泰尔大相径庭。

我们继续往前开，进入了一段开阔的道路，两旁的景色令人心动。我欣赏着这风景——无边无际，沿着暗色的山坡，向上延展到群峰连绵起伏处。我只能想象到了季节时，芥末黄色的金雀花或紫色的石楠花盛开时的色彩。想到博尔赫斯和他的失明，想到有多少丰富的东西与他擦肩而过，我就感到难过。也难怪他在他心灵的开阔房间里活得如此充实。

我承认，我很难把我看到的画面用恰当的语言表达出来，他急切地点了点头。

“亲爱的，这就是我们面对的工作，向来如此。要找到一种切合所揭示之物的语言。你知道这一点，我很高兴。我经常试图把感情依附在语言上，召唤出图像，宣告其纯粹性，并经常为此感受到你也感受到的这种惊愕。”

在一个名字不详的偏远村子外围的路边旅馆里，我们停车吃午餐，吃的是咖喱肉汤和奶酪卷。吃饭时，博尔赫斯看起来一反常态地低调，我希望他已经把情绪从疯狂的哲学思考中转移出来了，这种思考已经开始让他感到疲惫。但一回到车上，他又投入形而上的思考：这一直是他潜在的关注点，就像一只海怪在黑色的水面上冒出头来，警惕地看看周围，又潜入水中。我想，仿佛我车里的狭窄座位和低矮车顶使得他脑袋里累积了一种必须爆发出来的压力。

“时间真的存在吗？”他问。“不存在。”他自己答道。他引用叔本华的话：“无人活在过去，无人活在未来；唯现在，是一切生命的形式。”他接着引用一位佛教学者的说法：“一念之间，生命存续。”

“但我们的确有‘过去’，”我说，不耐开始沸腾，“我的‘过去’，我记得清清楚楚。”

“你认为你有罢了。”然后，他停顿良久，又问，“你为什么来苏格兰？为了逃避这段你自认为清楚记得的‘过去’？”

“更准确地说，是为了逃避我母亲。”我说，“在她看来，我的生活就等于她的生活。她饿了，就叫我去吃饭。”

“亲爱的兄弟，”他说，“咱们面对的是同样的问题。我一边说话，一边在努力忘记莱昂诺尔夫人的存在。我和你在一起的每一刻，都是对她的一种清除，一种切除。她永远不会认同玛丽亚·儿玉。不过好在她还不知道我的心事。”他嘴里好像嚼了几下。“你的母亲会怎么看洛小姐？”

“我都不能说是了解贝拉，”我说，“你问得太超前了。”我母亲和贝拉共处一室，这简直无法想象。她们是来自不同星系的生物，在我的有生之年永远不会有任何交集。

“贝拉是你渴慕的对象，你必然会了解她的。这个我保证。博尔赫斯算得很准。”

“我希望你是个算命大师。”

“叫我山鲁佐德，”博尔赫斯说，“《一千零一夜》是我一切行动的源泉。”

“那些故事到底是谁写的？”

“是我。都是我写的。”

“荒谬。”

“并不，我说的是事实。每一部经典作品，我都写过好几遍。当然，这常常触怒我的同行们。”

我想，他在开玩笑。尽管如此，我们的谈话还是就此中断，随后是少见的半小时沉默；在这期间，我在想，为什么我不想对博尔赫斯明确说出我母亲可能会对贝拉产生的任何看法。关于贝拉，我在家书中一个字都没对母亲提起过。但这是为什么呢？我是不是害怕承认我怀着实现性满足的梦，就和其他同龄人一样？贝拉的政治立场会让她感到困惑或愤怒，这一点我很确定。在她的世界里，贝拉看起来会显得陌生又令人费解。

博尔赫斯这会儿喘了口气。“让我告诉你，桑丘，”他说，“在高地度过的这几天，将成为一段美好的中场休息，一次日常生活中的短假，留存在我的脑海里。”

我是他心灵世界的中场休息？谦逊的想法。不过，事情反过来也一样。博尔赫斯是我生命中一段不连续的中场休息。这几天，他控制着我每一段清醒的时刻——就像是殖民了我的生活。然而，在我们短暂地穿越高地之后，我就再也不会见到他了。我怎么再见他呢？他将消失在南方，去往牛津，然后回到阿根廷。他可能不久就会离世。除了在他的写作中——我肯定会阅读他的作品——这一回将会是我们生命中唯一的相会。

在阿维摩尔几英里外的陡峭地带，我们以最低挡向上冲去。我把车停在狭窄的路边，看着凯恩戈姆山，心里暗暗叫苦：山峦起伏，紫黄色的雾气笼罩其间，山峰有无数切面，光芒闪耀。远处的峡谷和冰斗——连绵起伏的风景中的深坑——变得暗淡。山丘沐浴在午后的金色光线中。我看到我们下方有一片孤零零的松树林，就像人脸颊上没剃掉的一撮毛发。鹿在公路上一处洼地下方的田野里奔跑，穿过青铜色光线形成的块格，那身影强烈地感染了我。这个世界的美真是难以言明，如此陌生。

“我们在哪儿？”

“这里可以看到凯恩戈姆山。在阿维摩尔附近。”我详尽地描述了我看到的一切，而他的耳朵收集着我的话语，就像一个口渴之人正把水舀在手掌里。

突然，一阵雷声响起，夹杂着雨点。太阳不是刚刚还在照耀大地吗？

“让我在这儿走走，”博尔赫斯说，“风暴在召唤我！”

我还没来得及拦住他，他就打开门，跳进正在敲击大地的雨中。我听到他一边喊着李尔王的那句名言“吹吧，风，吹裂你的脸颊！愤怒！吹吧！”，一边用手杖敲着路面往前走。当我打开车门准备追赶他时，我的车向后滑了下去，急刹车闸突突作响，没法在陡峭的斜坡上抓紧路面。我咒骂着，一脚踩在刹车上，好不容易把车锁在一挡；现在它不会那么容易就向后退了，尽管我并不信任我的变速器。我拉了几次急刹车闸又松开，因为这有时可以让它恢复正常。我最怕的，就是洛西南特从这风景优美的地方掉下去。

我确信汽车会保持稳定，至少暂时会，便抬起眼睛，寻找博尔赫斯的位置，过了一会儿才意识到他已不在视野中了。路上没有任何他可以拐进去的弯道。他到底在哪里？我发现自己半认真地在想，这位巫师是不是以什么方式穿上了一件隐形斗篷。

我从车上跳下来，冲上山坡，呼唤他。博尔赫斯的名字在山间回荡，不断扩大。博尔赫斯！博尔赫斯！

一个身影倒在我眼角余光中，在道路下方，呈一团黑暗的模糊形状。他一定是在我没注意的时候摔倒了！他从一个铺满疏松的湿砾石的小斜坡上滑了下去。

“博尔赫斯！”我又叫了一声，然后自己跑下表面铺得疏松的斜坡，在砾石上保持平衡，就像一个在齐腰深的新雪中行动的滑雪者。他脸朝下趴在一丛蓟草里，手杖在身后几码远的地方。他一动不动。

老天，我想，我害死了博尔赫斯。

我轻轻地帮他翻过身。他额头上有一道几乎不可见的刮痕。他微微呻吟，睁开了眼睛。他还活着。

“你能说话吗，博尔赫斯？”

他眯着眼看向突然露头的太阳，眼皮颤抖。

“博尔赫斯，你听到我说话吗？”

“正如弥尔顿所言，并非一次幸运的坠落。”他说。

危机当前，他还能引用约翰·弥尔顿的话，这让我松了一口气。他的世界显然并未坍塌。

“我似乎失去了平衡。”他说。

“你能站起来吗？”

他摸索着站了起来，靠着我，吁出一口气。我想把他扶到平地上去。

“我可能头晕了，”他说，“天旋地转。”

“你最好躺会儿。”

“你这么说我才意识到，我是有点儿累了。”我帮他躺倒在柔软的草地上，把一块长满青苔的石头放在他头下作枕头。

“就在这里休息吧，我去找人帮忙。”我说着，自己却完全想象不出怎么样或去哪儿找人——阿维摩尔离这里可有几英里远。

“在这片荒野上，我们是孤独的，”博尔赫斯说，“所以让我死在这里，死在这温软的雨中。这不算太糟。乌鸦，它们会把我的肉从骨头上撕下。大自然会收容我。我将被它吸纳。”

他这模样夸张到显得愚蠢了。但我克制住了自己。

由于好运——或者说博尔赫斯的魔法——只过了几分钟，一个年轻的农民就开着一辆老款路虎车经过，我打手势让他停下车来。他说，在阿维摩尔附近的金尤西有一间乡村医院，我们一起把博尔赫斯弄到路虎车的宽大后座上。我跟着他们一起进了城，思考着我们肉体生命的奇异的脆弱性，思考着我们对这些苍白的肉体的依赖是多么不可靠。我也想过，当阿拉斯泰尔知道博尔赫斯在路边跌了跤时，他可能会说些什么。我该为此承担责任吗？这是我的错吗？单只想象到阿拉斯泰尔瞪着眼睛、眉毛拱起的样子，我就已心生愤慨了。

医院里除博尔赫斯以外的唯一的病人，是一位年轻孕妇，她刚在自己的病房里撒了一泡尿，同时努力忽视我们的存在。在病房外的走廊上，一位梳棕色发髻、声音温和的年轻护士对我说，不知道博尔赫斯是不是我父亲。又来了！这一回我尽力压住笑意，管住嘴没说——是的，他是我父亲，而我想杀了他。弑父！我对她讲，他是一位来自阿根廷的作家，是国家图书馆馆长，但后来意识到这些信息无关紧要，说到一半就打住了。

“他情况良好，也很幸运，真的，”她说，“头部受到撞击，又是老人。我们会留他过夜观察。需要二十四小时才能知道是否有脑震荡，但我觉得没有。只是轻微震击。不必担心。”

的确不必担心。我在附近的一间寄宿公寓找到了一张床，由于这一天肾上腺素过度分泌，我此刻感到恶心。我享受着独处的私密，躺在一张大大的双人床上，为独享这时间和空间而松了一口气。整个房间都很安静。但当闭上眼想打盹时，我眼前不断闪出博尔赫斯趴在砾石中一动不动的身影，听到一个声音在山间响起，带着某种指责的意味：博尔赫斯！博尔赫斯！

如果他真的脑震荡了呢？那会有什么症状——头疼、迷糊、说话困难？当然，说话是博尔赫斯的要务。一个口齿不清的博尔赫斯，可称不上是博尔赫斯了。

我还在发抖，想起了比利最近寄给我的信，于是把它从背包里拿出来。信写在蓝色的纸上，又脆又薄，墨水一定是在写信时被汗水浸到了，有些段落已然模糊，难以看清。现在读来，我感到惊奇：

每天都是俄罗斯轮盘赌，我们快速旋转枪管。截至目前，我一直是幸运的。空枪膛，一次又一次。这算不算是狗屎运呢？

那些巡逻的家伙。他们一个接一个地跳出来，像暗淡的小灯。上周，在非军事区附近的一个村庄，我做了一些“情报工作”。这说法听起来是不是很讲究？

总之，我的朋友尼基·博泽（在这里被叫作“博佐”）是军医，其实更像是护士，我去看望他，说梦到的是该死的噩梦，这对那些可怕的梦来说也太客气了。我站在帐篷里，看到一个医生正把头埋进一具尸体的内脏里。他抬起头来，面露菜色。他说，给我叫医疗直升机来。于是，我们用无线电呼叫了一架直升机。

祝好运啊，我想。那些飞行员，他们可能已经死了。

看到几个戴绿色贝雷帽的家伙躺在桌上，血流不止，一个人大声喊着要找妈妈，旁边是一些当地的民兵，ARVN[2]，这些他妈的没用的越南人假装帮助我们，却在我们的帐篷里设置诱杀装置。这事我确定无疑。他们比敌人还坏。

来这里之前，我从没见过尸体，除非你把我的老狗小基瑟也算进去。这里连活人都是死的。我们像尸体一样走来走去，等待着光脚趾上被挂上小标签，也许还能躺进一具毛绒衬里、舒适安静的棺材（如果我们足够幸运）。或者，只是在丛林中逐渐腐烂。

我不是故意要让你难过，朋友。你可以在任何地方以各种方式死去。过马路时被撞死。被一辆该死的公共汽车撞死。砰：你成了一段记忆。或者更糟的是，你会成为一段被遗落的记忆。

那么，如果我说的这些有什么寓意，那寓意是什么呢？做爱吧。这就是任何人会从这一堆狗屎中得到的唯一智慧。尽可能多地做爱。让更多人加入进来。尽情地做爱，做爱，做爱。操这虚无的世界。这是我现在的目标，是我梦想抵达的未来。小心点儿，姑娘们。比利要回来了！

天哪，我喜欢这封信，喜欢这信中奇怪的街头智慧、军队俚语和时髦语气。比利有“说话的天赋”，我母亲总是说。好吧，在这信里，他又有了进步，写出了几段超出我想象的话。

那天晚上，吃完饭回到医院时，我带了一包巧克力饼干，博尔赫斯把饼干吃了个精光，尽管我从他床脚的一只空托盘上看出来，医院的人已经给他吃过一餐了。看到他已经康复，又变回了以前那个不可救药的他，我松了一口气。我们愉快地交谈，说话声在病房里大声回响——博尔赫斯是病房里唯一的病人。

“你可以睡这儿，朱塞佩。”博尔赫斯说。他用手指碰了碰头上，那儿的小绷带遮住了几不可见的擦伤——不过是一道划痕。“护士告诉我，没有其他病人了。只有博尔赫斯。”

“谢谢，但我已经在附近找到了一个不错的房间。”

“那我会想念你的。”

我相信他这么说是真心的，还发现自己也有些想念他——真是奇怪。短短几天里，他对我来说已不仅仅是阿拉斯泰尔强加给我的一个令人讨厌的任务。我们已开始建立起一种联系。

让我感到欣慰的是，博尔赫斯绝没丢掉他的语言天赋。

“当我醒来时，”他说，“我以为自己再次置身布宜诺斯艾利斯的医院。还是个年轻人时，不到四十岁时，我的父亲刚去世不久，我跌跌撞撞，不小心走到了一处悬空的窗台边。真是锋利！我的视力已开始衰退。我跌倒在地，血流如注。我躺在自己血液的池子里，奄奄一息！母亲发现我时，我就身处这可怕的状态——你可以想象得清清楚楚——她在圣玛丽亚·德·拉·康塞普西翁的墓地里唤醒了死者。我在病房里躺了几个星期，血液中了毒。我向你保证，我离死亡很近，非常近。我的生活永远改变了。”

“那么，你的生活有什么改变？”我问道。

“你问的这个问题是最简单的，你有苏格拉底的天赋，亲爱的孩子。然而，这样的问题很难回答。这是我去往大马士革要走的路。我看到了上帝的神示，或者说是一些图像的组合，我相信这是一个复合之神。无论如何，我被提升到了第三重天——就是当圣保罗听到一千名天使的唱诗班时他所描述的。我也听到了一样的歌声，还能看到我的朋友和敌人在观众席上，他们的翅膀折叠起来。那是天堂或地狱。我不确定是哪个。”

“接近死亡的人经常瞥见来世，”我说，“他们看到地平线上有一种光芒，就像黄昏时分，太阳落到紫色山丘之后或海平面之下时会有的那种。”

“你这几句说得真妙！”他说，尽管我知道他言过其实了。我说的话没什么特别的。贾斯珀会嘲笑我这些陈词滥调的！

博尔赫斯接着说道：“这场事故之后，一九三八年，我开始写故事，精彩的故事。那是一个叫人难以置信的时期。我没法停下笔头。天使对我说话，我听从他们的口令，绝非自愿，毫无个人意志。让这条魔毯完全铺开，也许花了十年之久。但换来的好年景，怕是比我希望的要少。”

“为什么往后就不会再有好年景了？”

他伸手来握我的，我也伸手，以示同情。“听我说，”他说，“我记得，我在那家医院里睡了几天后醒过来。我看到那些戴着面罩的修女，她们微笑着哄我入睡。她们想知道我是不是已经丧失了理智。她们说，一个人在头部受到猛烈撞击后会忘记事情，这并不罕见。但我的记忆力并没有衰退，而是——天哪！——被增强了。这很可怕。躺在那里时，我回忆起了我在巴勒莫的房子里每个房间的装饰脚线和地板材料。还有洗衣房里的毛巾，纹理和颜色都很复杂。我们储藏室橱柜里的每一只杯子，尺寸和形状都分外准确。我可以看到抽屉里放着一只有V形缺口的水晶高脚杯和一把弯曲的银刀，每一只叉子和每一只勺子，其中一些是在十九世纪的婚礼上用过的。我描画得出我见过的每一个人的面孔，我见过的每一棵树上的每一片叶子。我被这些细节所吞噬，而且毫无快乐可言，真是可悲。”

“真是疯狂的记忆力，”我说，“令人恐惧。这可以写成一个好故事。”

“于是就写成了。《博闻强记的富内斯》，我在故事里想象如果人没有遗忘的能力，那生活会是什么样子。你看，富内斯是个不幸的人，从马背上摔下来，瘫痪了。当他躺在房间里的时候，他发现自己什么都忘不了。什么都忘不了！他成了这个精确到难以忍受的世界的孤独而清醒的观察者。这可怜的家伙，他无法入睡，因为睡眠需要抹除，需要背身抛开经验。最后，他没法思考，只能回忆了。如你所知，思考就是否定差异，就是概括，就是抽象。就是事关选择的活动。”

“你也从没忘记过哪怕一件事。”我说。

“别这么说！你为什么要让我难受？”

护士看过来。“有什么情况吗？”

“有！”博尔赫斯喊道，“桑丘指责我有超常记忆！他认为我区分不了精神客体！他要把我限制在一个令人眼花缭乱的世界里，在那里每一颗卵石都有自己的名字。就像约翰·洛克，他试图想象一种无所不包的语言，其中每个词都只有唯一的所指。你能想象这样一种语言吗？什么样的图书馆能容纳这数量无限的表达？”

护士看了看博尔赫斯，又看了看我。“你是在为这个指责他吗？”

“更像是开玩笑。”我说。

“有一回，”博尔赫斯说，“我想象出一张阿根廷的全域地图。它包含风景中每一处斑驳的阴影，包含每一块岩石、每一株灌木或每一条轻快奔腾的溪流。这张地图绝无丝毫隐瞒！每条河流的每一英寸都在地图上有相应的标记。布宜诺斯艾利斯市并非由街道和小巷、公园和广场以及隐蔽的花园构成的诸多十字形图案；相反，每条街道的每一平方英尺，在地图上都能找到对应的区域。这张地图就像一张照片，已还原到最细微的细节，没有一处缺席。每一棵树上的每一片叶子都保留了下来。”

“迷惑”并不足以描述护士在听博尔赫斯讲话时的面部表情。

“问题是，”他说，“它展开后与整个国家的大小完全一致。一个完美的现实镜像。但这毫无用处。”

“你情况不太好啊。”护士说。

“相反，我情况从没这么好过，”博尔赫斯对她说，“我几乎已经忘了奥利维里奥·吉隆多的残酷阴谋。诺拉·兰格几十年来对我施加的众多羞辱，我也只记得一小部分了。我母亲对我的各种侮辱，已淡化成一个大的侮辱，我把它放进抽屉锁了起来。我得以向前走，只是因为有那么多东西被抛掉，被故意遗忘。在我健忘的生活中，往昔的分量变得轻飘。我无拘无束，走到了现在。”

“你一个人行吗，先生？”护士问我。

“我可以。”我从博尔赫斯床边托盘上的杯子里啜了一口水。

“我可以和你说句话吗？”她在我耳边轻声说。

我随她走进过道，来到博尔赫斯听不到的地方。

“你的朋友似乎迷迷糊糊的。”她说。

“他就是这样说话的。”

“他似乎不知道发生了什么，甚至也不知道自己在哪里。”

我向她保证，博尔赫斯清楚地知道他在哪里，也知道发生了什么。我明早会来接他。如果医生没有发现需要进一步治疗的脑震荡症状，我们就会继续向北旅行，几天后返回圣安德鲁斯。

“我会提醒他的家人，让他们注意这些状况。”她说。

“哦，我想他们已经清楚他的状况了。”

1　贝拉·洛原文为Bella Law，直译是“美丽法”。

2　南越共和国军（Army of the Republic of South Vietnam）的缩写。

18

早上，我见到了布罗迪医生，一位四十多岁的白发女士，五官端庄。

“你的老人家，可是结结实实摔了一跤，”她说，“他本可能脑震荡。我想他没有，但我不确定。他看起来真是迷迷糊糊的。”

“他昨天看着挺清醒的，”我告诉她，“胃口也很不错。我们能继续往前走吗？”

“什么意思？”

“计划是去游览因弗内斯，也许还有奥克尼，然后返回圣安德鲁斯。”

她盯着自己的写字板。“他可不是年轻人了。”她说。

“不是了，”我说，“但以他的年龄来说，他这样子还是相当有活力的。而且意志顽强，所以我怀疑可能没法突然更改路线。我会照顾好他的。”

布罗迪医生打量了我一番，似乎想要评估我适不适合做监护人。“他可能会头痛。我预计他还会继续显得神志恍惚。”

“他的恍惚我已经习惯了。”

我们走进病房，博尔赫斯正在吃熏肉三明治，托盘上放着一杯茶。看起来，他比前一天晚上情况好多了。他已经换下医院的长袍，穿回了自己的正装和领带。

我向博尔赫斯解释说，布罗迪医生允许我们继续旅行。

“布罗迪？”

“是的，先生。”她说。

“阿伯丁？”

“我祖父是阿伯丁人。”

“他先在非洲做传教士，然后去了巴西？”

“是的，但你是怎么知道的？我祖父并不出名。他甚至都不是我的祖父。他是我的曾祖父，我想。”

巫师又开始施法了，我坐在后方，看着他表演。

“他留下了一份关于他的旅程的简要记录。”博尔赫斯说。

“真的?”

“我从不捏造事实。当然，除非世界没法提供足够的材料。我们需要事实——作为医生，你对此必定深有同感。这就是我们放进炉子里并点燃的炭火。有一天，在布宜诺斯艾利斯的一座图书馆里，我在一卷《一千零一夜》中发现了你曾祖父的手札，它就塞在书页间。你读过《一千零一夜》吗?”

又是《一千零一夜》。

“我不怎么读书,”她说,“这是个小小的问题。做我这一行，人会忙得无暇他顾。”

博尔赫斯摇了摇头。“一个没有读过《一千零一夜》的人是，呃，一个天真无知的人，这可相当危险。”

经过这一通高强度谈话，她马上就放我们走了，还递给我一包给博尔赫斯用的“止痛药”——她警告我说，这些药很烈，只在必要时才可以用。我问她是什么意思，布罗迪医生闪烁着密谋似的眼神，说:“我把这个问题留给你。”

回到车上，我问博尔赫斯，怎么可能出现这种巧合——他居然读到了布罗迪医生的祖父辈写的东西。这故事肯定是他编的吧?

“写到两个梦的故事是一种巧合，就像天空中同时出现两朵形似马或狮子的云。”他说，“她的梦和我的梦重合了。现在，你的梦，也就是你所谓的生活，有一些与我的生活相吻合的特征。这个巧合才更令人惊讶。两个生命，存在于不同的地域和不同的身体里。我在这个星球上比你早来了几十年。在整个宏大规划中，这时间并不长。我想知道，谁会在我们之后出现，描述这些相同的循环?”

一边开车前行，我一边想着我们两人的平行人生。我的车和吉诃德的马，我的意大利血统和他在巴勒莫的童年——不是“真正的”巴勒莫，而是它在阿根廷的遥远折射。我想到了他那蛮横专制的母亲，想到了在她影子里的我母亲。他的妹妹和我的妹妹。我们被动、老派而显得可爱的父亲。我们在情欲上的挫败：梦想但并没能拥有一位时髦、聪颖的伴侣，发色也许带些红。或者穿红色运动鞋? 然后是我的文学抱负，显然未曾实现——寥寥几首诗，没有一首写得足够好，或用到了我自己的声音。我不计其数的日记，只不过是在我生活的空白处乱涂乱画。我关于乔治·麦凯·布朗的粗糙篇章……也许，我不寒而栗地想到，有一天我也会失去视力。

这一点我无从想象。

“你联系到贝阿特丽丝了吗?”他问。

“贝拉?我留了口信。”

“那么她会知道你在意她。”

“如果没人传递口信就不会。”

“女人不像男人那么残忍。但我注意到，女人也很少像男人那样如此在意美貌。她们嫁的是一个灵魂，而不是一副肉体。但问题是，她们经常误读灵魂。她们自以为看到了深刻的事物，事实上那不过是一条浅沟。”当然，他无法抑制地大肆抨击了奥利维里奥·吉隆多一番，称他是“二流黑客”。

“跟我讲讲吉隆多的写作吧。”我说。我对他的作品一无所知。我发生了奇怪的转变，开始担心世界上每个人都是作家，那博尔赫斯和我就没什么空间了。

“极端主义的化身，”他说，“阿根廷文学中一个欺诈成性的流派。如此放肆！他曾把一个女人的手比作一只死鸵鸟。他真的见过死鸵鸟吗？我至少去过动物园。没什么比鸵鸟尿气味更糟的了。你闻过吗?”

“没有。”

“下一回去大城市时，去动物园吧。城市里总会有一座动物园，而动物园里总会有一只鸵鸟。有鸵鸟的地方就有鸵鸟尿。”

我们沿着窄窄的道路驶入因弗内斯，这趟旅程的既定目的地。至少，博尔赫斯会在那里见到辛格尔顿先生，讨论他们共同的爱好——盎格鲁-撒克逊谜语。我还没提我希望拜访乔治·麦凯·布朗的事，我想他可能会不喜欢这个想法，他的心思都放在他自己的事情上了。但很快，很快，我知道我必须趁势提出这件事，维护我的需求，抓住机会，去拜访我论文的主题人物。如果错失了机会，那就可惜了——从苏格兰高地的此处到奥克尼岛，只需要一天，非常便利。

很快，因弗内斯就在下午淡淡的阳光下微微发红了。我对博尔赫斯说：“这是一座美丽的城市，有明亮的石头，能捕捉到太阳光，反射回去。这也是一个有秩序的地方，街道宽阔，车辆稀少。”我们在圣安德鲁大教堂前停步，这座教堂在我那本旅游指南中被称作“不可错过的地标”，博尔赫斯坚持要进去看看。“我们作为游客，一路走来却都心不在焉的，”他说，“我都没什么可以讲给我母亲听的！”

我领着他进入教堂，教堂外部是紫色的石头，内部则是由五个柱间组成的教堂中殿，由坚硬的花岗岩砌成。讲台是绿色大理石制成的。我们站在一个白色的石头天使面前，博尔赫斯坚持要用手摸一下这座雕像。“我的天使，”他说，“我总是被天使包围着，但不容易察觉到他们的存在。”

“你相信有天使吗？”

“我相信万事万物。”博尔赫斯说。

一个一头白色短发的人出现在一条过道的另一头，向着我们的方向缓步移来，像是在云上行走。他穿着黑袍子，在我们身边停步，好奇地看过来，仿佛我们是坐着太空舱落在这里的。他自我介绍说是威廉·伯恩斯，“一位大教堂神父”。

“啊，伯恩斯！”博尔赫斯说，“我喜欢你亲爱的表哥罗比·伯恩斯的诗。你也是诗人吗，伯恩斯先生？”

“我只是个神父。”

我羡慕这份职业，羡慕它的质朴。我想我或许会成为一个不错的神父，还幻想过在修道院里的生活。我经常坐在空荡荡的教堂里，与其说是祈祷，不如说是飘浮，让我的感情附着在建筑的石头上，让阳光以绚丽的形态穿过高窗。上帝该住在某座房子里的情景激发起了我的好奇心。这情景不可能成真；但也并非全无事实依据。

“神父是诗人，先生，而诗人也是神父。”博尔赫斯说，“希腊语里是Hieratikos。前两者都是化身的容器。道经你的舌头而成肉身。”

“我并不特别。”

“哦，永远不要低估你的力量，伯恩斯神父。”

“恐怕我确实低估了自己。”就在他说这句话的时候，一道金色的阳光从祭坛上方的窗口里划过，斜落在神父的脸上。我后退一步，几乎陷入恐惧。此人看起来谦逊得令人震惊，弯着腰，可能信心不足，大部分手指关节因关节炎而显出红色，这表明他多年来都是在寒冷北方的房间里做祈祷的。

“跟我讲讲你的情况吧。”博尔赫斯说。

“我对自己的天职没有信心。这是唯一的情况。”

“你当神父有多久了？”

“四十二年零三个月。”

“所以，你坚持不懈！这就是我们的一切所求了。你做出一个选择，并在信仰中步履不停。恭喜你！[1]溪水潺潺流过。你就是那小溪，是风景中的水之火焰，是爱之水泡。

你谨守着道。”

神父身体战栗，笑了。“谢谢你这么说。”

博尔赫斯伸出手去，神父把头前倾。博尔赫斯把双手放在伯恩斯神父的额头上，沉吟道：“你去寻找，他会被你发现；你若离开，他会抛弃你。”[2] 如果你不抛弃精神，精神也不会抛弃你。博尔赫斯给这位神父送上了祝福。

泪水冲刷了他的颧骨。我想，这也是我的眼泪。他为我而哭泣，也为所有那些与贯穿宇宙和个人的精神有所交集或未有交集的人而哭泣。我们究竟如何面对我们的灵魂，在这一刻，是我以为唯一值得追问的问题。

回到车上，奇怪的是，我想念伯恩斯神父，我希望我们能和这位文静之人再多交谈会儿。

“这是带我去哪儿？”博尔赫斯问。

“到因弗内斯市中心。”我留意到了因弗内斯皇宫酒店，它略带赤褐色的石雕墙面与河对岸的因弗内斯城堡交相辉映。我猜它已不复往日辉煌，但仍令人印象深刻——那塔楼和铅框窗户，那厚重魁伟的正立面。我尽力描述这些建筑，但仍觉得词汇贫乏。

“这真是哥特式幻想成真！”博尔赫斯说，“我们会待在这座大宫殿里。有这么多事要忙，我有点儿累了。我在山上跌的一跤让我有些衰弱。后脑勺阵痛。需要一个安静的房间，这次我来付钱，两张床。还有另点的熏肉。”

“房间可能会很贵。”我说。

“待我前去的遗忘走廊，那儿不需要现金。”

照他的意思，我们办好了入住，他们分给我们一个顶层的高吊顶房间，饰带上的希腊人物用白色石膏雕成，爬满四面墙壁。墙纸花花绿绿，背景是黄绿色的，惹人反感，博尔赫斯看不到这些真是福气。至少，我们各自有一张单人床，两张床中间隔着一张破木桌和一盏落满灰的灯。墙上挂着装在镀金画框里的褪色版画，画中人物是苏格兰的诸位传奇国王：亚历山大一世、邓肯二世、肯尼斯二世、唐纳德三世、卢拉赫和罗伯特一世。我给博尔赫斯背出这些名字，他眼皮颤抖，仿佛要穿过失明的纱布，亲眼看看那些瞪视着历史的高贵面孔。

“旅馆里有电话吗？”博尔赫斯问。

“我想有的。”

“啊，妙啊。妙不可言！”博尔赫斯从上衣口袋里拿出纸条递给我。“该给辛格尔顿先生打个电话了。我已经耐心等待好些年了。邀请他明天共进早餐吧。他过来时，你得允许我们单独相处一下，因为我们要钻研谜语。”

让我得以暂时从博尔赫斯这里解脱一下的早餐，这想法听起来不错。我拿着纸条到大厅里去找电话。我告诉经理这是一个本地号码，他便邀请我到他的办公室去打电话。“我很高兴能提供帮助。”他说。

我拨了号码，但毫无反应。甚至没有铃声，只是死寂无声。我又拨了一次，还是不行。

我把号码给经理看，他说：“这不是苏格兰的电话号码，先生。让我看看怎么回事。”他给接线员打去电话，接线员告诉他，这是新西兰的电话号码。显然，在新西兰南岛有一个地方，也叫因弗内斯。

我也间接地感到失望，回到了房间，把这不幸的消息告诉博尔赫斯，他一声叹息。“我的母亲从来搞不清这些事。我永远也去不了新西兰了。我相信你不会开车送我去的。这场相识就此了无意义，朱塞佩。但无论如何，我觉得我认识这个人。他的缺席显露出一种存在，一种意味更为深长的存在。”

“也许是的。”

那天晚上，博尔赫斯和我在旅馆阴暗的餐厅里吃了晚饭，餐厅里的墙纸看起来就像溅开的泥巴。我们是仅有的食客，除了一个穿紫色裙子的大个子老妇人，她全程都盯着我们看。我们是成了什么值得一直盯着看的奇观吗？在这餐不伦不类的晚饭中，博尔赫斯一言不发，几乎没碰三文鱼，也几乎没碰萝卜和土豆。他瘫坐在座位上，我从没见过他那样疲惫，重力把他额头和脸颊上的线条向下拽。这是受到他头部伤势的影响，还是因为他见不到辛格尔顿先生的失望？

“我头有点儿晕。”他说，而我正准备说，他见见乔治·麦凯·布朗可能会很有趣。

我把他领回房间，先确认他能够在外面的走廊上找到厕所，再把他扶到床上。

“你会成为一个非常好的护士。”他说。

我讲到，沃尔特·惠特曼在内战期间做过护士，负责照顾伤兵，特别是他的兄弟——所以，护士和诗人的职业并不相斥。这激起了博尔赫斯的兴趣，他又恢复活力了。

“惠特曼！我多么爱他，你们的沃尔特，我翻译过他。是的，他是个护士。他的兄弟在弗里德里克斯堡附近受伤了。他全身心投入，照顾那些垂死的年轻人。他为他们读母亲和亲人的来信。他帮他们写家信。他为他们清洗伤口，更换绷带。他们中的一些人死在了他的怀里。”他边说边擦拭眼角的泪水。

“我最佩服惠特曼的地方，”博尔赫斯说，“是他创造了沃尔特·惠特曼，一个理想的投影，不是他自己，而是像他一样的人，一个每个读者都能在自己心中找到并付之钦佩的人物。”

说着说着，他陷入了酣眠，那状态甚至像是死去了。躺在他旁边的另一张床上，听着他微弱而持续的鼾声时，我想，我自己一生的工作，是不是都为了召唤出一个虚构的杰伊·帕里尼，一个并非我的人？或者说，我应该努力召唤的，其实是真正的我，是最真实的自我？而我是否应该学会如何站在这个自我、这个角色、这个透过面具发出的声音的背后？

我感到一种诚实言说的召唤。说出感受。宣告自我。对贝拉，也要诚实言说。

我溜进走廊，坐在一间凹室中的一张桌子前，从这里俯瞰到的河水，在月光下闪闪发光。我写了一封信：

我亲爱的贝拉，

我希望你不要介意这个深情的称呼。在你身上，我确实感到了足够的温暖，这是一种性吸引，我知道。

一种纯粹的动物性的东西。我几乎不了解你，你也不了解我。我们交谈过几次？除了表面上的交流，我们是否真正交谈过？我爱你，以我自己都难以言明的方式。我也许不该说这“我爱你”，因为我或许并没有完全明白这三个字的意义。尽管，我认为我明白。

从第一次在诗歌协会见到你，我就对你有了好感，我感受到一种吸引力（不仅是因为你那双可爱的红色运动鞋！）。甚至在那之前，在市场街的抗议活动中，当我瞥见你的时候我就感受到了。你表现出的矜持吸引了我。还有你信念中的坚定和激情。人能凭借矜持给人留下好印象吗？我认为可以。激情就是激情。

我无意打扰，也绝不想显得愚蠢。我知道我有时会表现得很荒唐。这封信里有一种愚蠢，还有一种虚张声势。坦率地说，我不清楚你与安格斯现在怎么样了。我知道你对他有好感，你也许爱他，而爱任何人都是一件美好的事。我不想干涉这个。

我想和你谈谈这个问题，也的确尝试从山上的电话亭给你打电话，但没有多尝试几次。你一定认为我是一个令人失望的、不甚可靠的朋友。我答应你，我们会在香港明珠酒店一起吃晚餐。而现在，我却身处因弗内斯的皇宫酒店！

我和博尔赫斯待在一起。阿拉斯泰尔突然要去伦敦，就让我负责照料这个盲眼老人家，他现在正在卧室里打鼾。我要护送他穿过高地，走完一趟奇怪的巡游。此行我攒下不少故事可讲。他过得不容易。然而，博尔赫斯脑袋里和心里的故事比任何活人的都多。他喋喋不休，但讲的东西绝少无聊，我有时甚至会迷失在他的滔滔话语中。这就像要穿过一条奔涌的溪流从一边河岸到另一边，在水中很难找到立足点。我掉进冰冷的水下，但又爬出水面，继续走，到了对岸。每一天都是一次涉水穿越，每一天我都会跌跌撞撞，摔倒在地。但我认为我从他那里获益匪浅。他为一个原本死气沉沉的宇宙赋予生机，在他的盲眼中，一切都生气盎然，这本身就是一种视觉。

老天，我正在像他一样喋喋不休。影响我的，不仅是几品脱的出口酒，还有博尔赫斯。

你请放心，过几天回去后，我会去找你。

我在信末签上“爱你的杰伊”，把它折好，放进我在书桌里找到的一只信封。我志得意满，因为我已然开始用自己的方式和语言讲述一个故事了。我把信拿到楼下的前台处，请他们明早帮我寄出。该死的，豁出去了！

1　原文为西班牙语：felicidades。

2　原文为拉丁语：Si quaesieritis eum, invenietur a vobis; si autem dereliqueritis eum, derelinquet vos。

19

早餐后，我们回到房间，博尔赫斯穿戴整齐，躺在窄窄的床上，呻吟着。

“你很难受吗？”

“我的头很不舒服，”他说，“我感觉自己就像纳尔逊上将临终的时候。”

“特拉法尔加战役？”

“啊，特拉法尔加，是的。想想亲爱的老纳尔逊，他被躲在附近船只索具里的一个卑鄙的法国神枪手射中了。他对副官说：‘哈迪，我被射穿了。我的脊柱被打碎了，我要死了。’不到一小时，他就死了，临终前说：‘至少我已恪尽职责。’”

“但你没有被射穿。”我说。

“你是在挑战我吗?”

“所以,要决斗吗?如果你愿意。大厅里有剑。为什么不呢?”

他揉着太阳穴,皱着眉——我明白,他还没完全从阿维摩尔路边沟渠中摔的一跤里恢复过来。我很不情愿地递给他一颗布罗迪医生开的强效蓝色药丸。然后,又给了他一颗,依稀记起了医生的警告。当然,我自己也吃过这类药片,但它们只是让我的情况变得更糟,会出现更多噩梦,让我只能在夜晚的圣安德鲁斯街道上痛苦地徘徊。这就是为什么我把它们冲进了下水道。

“我闭眼小憩几分钟,然后咱们上路。”他说。我看着他一如往常,坠入深长的、孩子般的睡眠中。

我回到大厅,给麦凯·布朗打电话,这次还是通过酒店经理——鉴于之前辛格尔顿先生的坏消息让我们大大失望,他很乐意地再次答应了我的请求。是时候安排一趟去奥克尼的行程了,在那里,我可以了解到这个地方的真实情况,见到布朗本人,真正听到文字背后的人声。我甚至有可能接触到一些原始手稿,这会让福尔克纳教授开心吧。

第二声铃响时，作家接起了电话。“喂——？请问是哪位？”他的声音听起来是戒备的、狭促的、恐惧的，电话线里沙沙作响。

“布朗先生，我是杰伊·帕里尼。来自圣安德鲁斯大学。我们有过信件来往，你给了我你的电话号码。我正在写一篇关于你作品的论文。”

“我才安了电话没多久。”他说。长久的停顿，电话里传来一阵风声。“你听得到我吗？”

“是的，电话没问题。我听得到。”

“好啊，很好。”

“我想知道我是否可以顺便拜访，布朗先生。我和一个朋友在因弗内斯，一位阿根廷的老作家，一位诗人，一位短篇小说作家。就像你那样。他是个盲人。”

“我不是盲人。”

“不，我的朋友是盲人。”

“哦，亲爱的。这真是个不幸的消息。”

“我在护送他进行高原之旅。”

“啊，好小伙。那你在哪里？”

“因弗内斯。”

“不算太远！那就坐渡轮吧。”

“后天怎么样?”

“好，很好。下午有一班从德斯托湾开出的渡轮。五点见。”

“在哪儿见?”

“斯特罗姆内斯，码头前端。我怎么认出你呢？有时还会有其他乘客，人通常没法真的看到他们。”

这就像梦中的渡船，有时会搭载着鬼魂，或飘动的空袖管。

“我一头棕发，偏长。戴眼镜。我的朋友是一位拿着手杖的盲人。”我不想对麦凯·布朗说，我肯定会认出他来——我在照片上见过那张皱巴巴的、日头暴晒的脸，那乱糟糟的棕色长鬈发，还有向前伸出的下颚，犹如一只彻底拉出来的梳妆台的底层抽屉。

“上帝在他的心中给盲人留有一个特殊的位置。”他说。

“我们能在斯特罗姆内斯找到住处吗?”

“当然！我会向斯特罗姆酒吧的哈米什要几个房间。他是个慷慨的家伙，尤其是倒酒的时候。酒吧楼上有房间。无须预订。”

我担心的却是无须预订这件事。这种房间住起来可不会舒服，但是，这就是做学术。我可能会有收获！

“星期四见！”他说。才不过几秒，他就又喊道：“你听得到我吗，先生？”

“是的，我听得到！后天见！”

小睡后，博尔赫斯精神抖擞。“我重获新生了。”深夜，我们回到车里时，他说，“重新骑上洛西南特，我们非得去尼斯湖参观一趟不可了，这个可怕又悲伤的怪物的家。格伦德尔！”

“是尼西。”我说。

我注意到，博尔赫斯已经大体恢复元气。他的皮肤看起来很洁净，皱纹也变少了。他高昂的情绪让汽车都变大了似的，让我略感疲惫。

“这两个名字指的是同一只野兽，我向你保证。尼西就是格伦德尔。”

我抓住时机，向博尔赫斯提出拜访奥克尼岛的计划，他并未反对。

“真是好主意，”他说，“我想见见你的人，这位北方世界的杰出诗人！”

他是在嘲笑我吗？我一边开车，一边紧握住方向盘，思绪却飘向贝拉。我在那封信里的表达太过分了吗？她可能认为我失去了理智——她这么想也可能是对的。

我们将在尼斯湖待一天，以满足博尔赫斯的要求。第二天早上，我们会前往奥克尼岛，在湖边林林总总的旅馆中找到一个房间；旅游指南中列出了其中的几家旅馆。此时，我期待的只是和麦凯·布朗的初次会面；如果情况顺利，一个月后我会再回来，做一次全面采访。

“去过奥克尼岛之后，”博尔赫斯说，“我们可得在卡洛登停一下，发生那场悲壮战斗的战场。这将成为我们可爱旅程的高潮，我敢肯定。”

这处古战场遗址一直在召唤他，我知道我们必须在回圣安德鲁斯的路上停下来看看，哪怕一小会儿。我会保证游览速战速决——飞掠式地看看这块光秃秃的土地，这曾被鲜血浸透的地方。我读过一些关于此地的资料，它对我来说没什么吸引力。战斗和血腥多到让人麻木。幸运的是，博尔赫斯是个盲人，他很容易分心，我能够以让他满意的方式来详细阐述所见。“一片被风拂过的荒野，看得到死去士兵的幽灵。”在这次游览之前，我的脑子里就已存了一些句子。与此同时，我想要回到贝拉身边的急切心情也逐渐升温。我必须把那一头的事情处理妥当。

停车加油时，我紧张地看着加油站里的人，尤其是那个穿马甲的高个子男人。苏格兰场？我甩不掉这种幻想：随时都可能过来一个警察，拍拍我的肩膀，逮捕我，把我运回宾夕法尼亚州去参军或入狱。（这两种选择，可都比待在我父母在南瑞贝卡大道上的房子里的小卧室要好，那里放着我童年时的鼠脸毛绒玩具猴，它依旧蹲在床头板上，等着朝我扑来。）

“我时常会想到怪物，”车继续往前开，博尔赫斯说，“它们反映的是我内心最深处的自我，通常是晚上，它们在冰冷的极深处游动。”

我一边开车，一边侧头看他。除了自己的梦，他对一切似乎都漠不关心。我没有说话；就在我觉得我自己的野兽也需要被屠戮一番的时候，他却召唤出了这些怪物。我想象得到那下巴，那细小的尖牙，那长长的、油腻的滑入鲸鱼黑暗腹中的过程。然而，我不会像约拿一样，在三天后被吐出到旱地上。

正如我早餐时读到的，尼斯湖有约二十英里长，就像博尔赫斯想象的那样，又深又冷。地质学家推测，在远古时期，湖水很可能就已可通过地下水道汇入大西洋了。在这黑暗的深渊中，尼斯湖的传说诞生了。

“这个怪物确实存在，我非常肯定，”博尔赫斯并非对我，而是对自己漫不经心地说，“她的存在是由圣·阿德曼在七世纪宣布的。她袭击了与他同行的一位僧侣。这个可怜的人从船上掉了下去，她把他的胳膊从身上撕了下来，整条吞进嘴里。我相信，她还吃了他的耳朵——耳朵是相当美味的。食人族把耳朵看作美味。”

他直截了当、不加修饰的语气以及明显缺乏讽刺意味的态度，让我想向他发起挑战。

“尼西只是一个神话。”我说。

“神话，在希腊语里，”博尔赫斯说，“并非一个虚假的故事，而是一个比真实更真实的故事。神话是现实结构上的裂隙，巨大的能量通过这些神圣的裂隙涌入。我们的故事，我们的诗，也是这结构中的裂隙，无论多么微小。想想《贝奥武夫》。尼西的原型就在其中，在格伦德尔这个堕落天使的形象中。他羡慕光明，和他难缠的母亲同住在一个山洞里。你和我也曾在这个山洞里生活过，和我们难缠的、苛刻的母亲一起。我们身上有遭囚禁的痕迹，但我们活了下来。”

“我几乎没觉得我还活着。”我说。

虽然我努力抵抗，但我母亲的声音还是响起在我脑海中，发出内容不详的警告。我现在都想象出她的神态了。

“想都别想去那个湖。尼斯湖！它很深，很冷。还有一只怪物？内洛都不会去那里游泳。”内洛是我父亲的长兄，五兄弟中的害群之马。我没怎么见过他，但即便是他在我童年时对我的一瞥，也会给我的神经系统造成冲击：那张脸就像一把斧头。我想到了他，叹了口气。

“哦，桑丘！你叹气了，反反复复地！这种悲伤！不要质疑活着，我的或你的。你握有的力量比你意识到的要多。”东边的光笼罩他身周，他脑袋周边散发出一种微弱但安详的光芒。“我想起了《贝奥武夫》中的台词，格伦德尔从沼泽里走出来。天空怒目而视，与光芒闪耀的蜂蜜酒酒馆形成对比，那里灯火通明，音乐声震耳欲聋。这就是永恒的城市，蜂蜜酒酒馆。一个歌唱之地——这就是我们所拥有的，你和我。歌唱吧！”

我发现他这种轻率的热情有些恼人。

“格伦德尔是个怪物。”我说。

“我是个怪物。你也是个怪物。没有人心里没有尼西或格伦德尔。我们在黑暗的水中游泳，尤其到了夜里。醒来时，我浑身发抖。你不也是吗？”

我是。但现在，我不愿再在这种问题上多费心思。博尔赫斯戳到了我的痛处，但我也抵挡住了他的入侵。我什么都不想思考，也许除了去奥克尼。那是我的目标。如果真的能从麦凯·布朗那里得到一些原始手稿，我就有可能化解福尔克纳那怀疑成性的做派。我现在做的就是“研究”，没人能说不是。如果这些手稿是有趣且有用的，揭示了关于诗人的有价值的信息，那就更好了。

然而，博尔赫斯可不会轻易罢休。他的嘴唇无声嚅动着，预示着连珠妙语即将到来。“曾经，你是一个神，正如爱默生提醒我们的。然后，嫉妒来到了世上。你和我一样，认为别人拥有更多。更多的爱，更多的才华，更多身居宝座的父亲给予的关爱。”

确实如此。论天赋和潜力，别人都比我强。

“我只是还嫌无知。”我说。

“我也是。”博尔赫斯说，“但我们都是在知识不足的条件下行走世间的。”

我想，这说法不错。大有裨益，鼓舞人心。

如他所愿，博尔赫斯陷入了一出白日幻梦，我于是得以倾听他的想法。“我曾拥有过伊甸园，”他说，“还是年轻人时。那还是在巴勒莫，我会驻足诺拉和她家人居住的别墅前。她的母亲是堕落前的夏娃。贝塔·埃尔弗乔德·兰格夫人。她膝下有三个美丽的女儿：海迪、奇奇娜和诺拉。

每个人都继承了她的一头红发，但诺拉的头发本身就是火。火！我被火烧伤，从天堂被放逐。几十年来，我陷在自己激情全无的孤独主义中。我住在我称之为特隆的地方，一个理想而可怕的完美世界，那里没有爱。”他以一种我不熟悉的方式扭曲着嘴唇，显露出的不仅是畏缩。“没有爱，只有完美思想的冷酷对称。”

我试图承接这事实和幻想构成的暴风雪。跟上博尔赫斯的思路并不容易，但他的痛苦是明确可感的。我为他感到遗憾。他是个老人了，时间在他头顶飞逝。他凝视着死亡，一定在为他所错过的一切感到困惑，尤其是他在诺拉·兰格那儿失去的爱情。我想，这是我第一次体会到这种痛苦。

到达尼斯湖西南端的奥古斯都堡村后，我们把车停在了路边，一起坐在维京兵器酒店前方，酒店有厚重的都铎风格窗子和橡木门。背倚平平无奇的风景，酒店俯瞰靛蓝色的水面。在我们上方，海鸥划破天际，叫声像是警告。

“我们也许能找到一间房过夜，”我说，“或者两间。”

“在哪儿？”

“维京兵器酒店。就在我们后方。”

“我想投入维京人的怀抱，”博尔赫斯说，“他们的女人十分美丽，高个子，皮肤如透明的瓷器。他们有着勇敢的心。”

我一边听任博尔赫斯沉浸在他的北欧幻想中，一边踏进了旅店。一个身高到我肘部的女人在店里，自我介绍说，她是艾莉丝·麦克塔格特。她身躯强壮，金发碧眼，外表严厉，眼睛呈矢车菊色。她的下巴显露出坚定、平滑的线条，浑身萦绕着一种吸引到我的能量。她通体闪烁着勇敢的精魄。

“你们是要住宿吗?”

“是的。”

“那么，”她说，“我们有一间房。”

“只有一间?”

“是的，但房间里有两张床。我从窗户里看到你了，还有你爷爷。”

“他是一位朋友，一位阿根廷诗人。”

“原来如此。”

我猜她和我同龄，尽管她的稳重和坚定让她看起来年长了十岁。

“美国人?”

“是的，宾夕法尼亚，但我现在生活在圣安德鲁斯。”

我跟她讲了过去几个月里我逐渐勾勒出的简要自传。我在“研究一位苏格兰诗人”，希望“有一天能教书”。我带着某种程度的炫耀补充说，我也希望能把作家作为职业。

“作家！我爸爸写了一本小册子，”她说，“你们可以聊聊。小册子写的是尼西，我们湖里的怪物。在酒吧里可以买到，标价一镑。”她在桌子抽屉里翻了翻，找出了一本，“你拿着吧。小礼物。”

她谈兴渐浓，跟我讲起了她在爱丁堡赫瑞瓦特大学读书时的事，她（理由充分地）认为我会对这些感兴趣。她解释说，她在大学里读了一年，但后来，母亲意外去世，她就搬回尼斯湖来了，帮父亲打理旅馆。

“你学什么专业？”

“地球科学。我会回大学去的，很快。奥克尼岛有一个赫瑞瓦特的研究分部。”

这也太巧了吧。但有博尔赫斯做伴，我开始觉得不可思议的情况是理所当然的了。“我们明天去奥克尼岛。”我说。

听到这个，她笑了笑，显出一丝羡慕。“那儿离这儿这么近，但我从没去过。我父亲说，艾莉丝，我带你去。但是，谁来照看旅店呢？”我喜欢她谈论这些人生选项的坦率方式。显然，她的父亲对她来说意义重大。

“住在这里的这段时间，如果可能，我们想坐坐船。”我说，“我的朋友很想去湖上。”

“你可走运了。我们有一艘摩托艇和一艘划艇。”

“划艇更好。”我说。我知道博尔赫斯会更喜欢划艇。

稍后，艾莉丝带着我们俩走到湖边，她父亲跟在我们身后。麦克塔格特先生不到六十岁，脸颊和前额的皮肤已经开裂、分叉，手背看起来像老龟的壳。胡须下面，一道疤痕呈之字形划过脸颊——我想知道，他是否也有一段不可示人的过去。

“给你。”艾莉丝说，从一处破旧的码头上解下一条船，似乎为我们的湖上冒险稍感不安，“我猜，你以前划过船吧？”

我向她保证，我在宾夕法尼亚州积累了不少划船经验。无论如何，没什么可叮嘱我的，我并不担心自己的划船水平。我把博尔赫斯扶到码头上，紧握住他没握手杖的手，把他安顿在摇晃的船尾。我们脚边积了约一英寸深的水，是从龙骨漏进来的，而且时间不久。博尔赫斯卷起袖口，但他的鞋子要晾一整晚才能干了。

艾莉丝把我们的船推了出去，面带忧虑。她父亲面无表情地在她身后徘徊，双臂抱在胸前。

“你是个魔法师，”在我们滑入湖中时，博尔赫斯对我说，“竟找到了这条船。”

“稳住，”艾莉丝在码头上叫道，“缓慢、平稳地划，这样最好！”

当我们滑入水面之下一股近似溪流般的水流中时，博尔赫斯仰起脸，沐浴在上午稍晚时分的阳光中，嘴唇嚅动，流露出为自己的想法感到兴奋时的惯常反应，仿佛是在阅读他脑海中的某张书页。很快，他哼唱起来，发出一种低沉、不着调的声音，与船桨的滴水声以及船闸的咔嗒声相和。水在船头不断翻涌。

“跟我说说你看到了什么。说说吧！我看到的只有模糊一片的光。”

“咱们离湖岸不远。艾莉丝的父亲抱着胳膊站着。艾莉丝也在仔细盯着我们看。”

“艾莉丝（Ailith）是一个古英语人名。她是个战士。她看起来好战吗？”

“不。她苗条、结实。流露出一股自信。”

“个头很高？”

“对，挺高的。瘦高。”

“雌雄同体?”

“有一点儿男性气质。”

“和许多美丽的女人一样。”他把一只手垂在水中。“告诉我,”他说,“她和你的贝拉一样美吗?”

“一样美,我想。”我说。事实上,我发现他的话语缺乏现实性,这很奇怪。博尔赫斯并未活在他的骨肉里,也并未有意识地经历皮肤的四季变化。脑海中庞大的图书馆占据了他的大部分心神。对他来说,女人是神话中的生物,他奉行的是宫廷爱情的准则:作为骑士,男人爱上一个难以触及(且往往已婚)的女人,这类激情很少会有结果。他经常提到贝阿特丽丝,但丁笔下的女性名角,引导男人走向光明的人。

“不要再闭口不语,朱塞佩!谈一谈今天的环境吧,”博尔赫斯说,“你是我的眼睛,请记住。你让我失望了!”

“环境?”

我环顾四周,抓取图像。“山丘一直延伸到湖边,”我告诉他,“山势很陡。没看到有房子。山上生长着植物。蕨类?近水的地方长着树,高大的松树,树皮红色。海岸线上散布着白色石头。”

“碎石滩的灿烂笑容。”博尔赫斯说,“我听到了海浪的拍击声。‘厄运黑暗，比任何海沟更深。’奥登的美妙诗行。他喜欢盎格鲁-撒克逊诗篇。那押韵的声音，辅音押韵的把戏。妙啊！写《贝奥武夫》的诗人也是运用这种手法的大师。很难在西班牙语中照搬。不可能照搬，真的。”

“我没怎么读过奥登。”

“你会喜欢他的，朱塞佩。他是一个非常聪明的诗人，语言轻快、诙谐，高低错落。”

我划了几分钟，缓慢地，小心翼翼地，看到我们柔和的滑水前行让我的乘客感到愉悦。湖水在我们身边打着漩儿，博尔赫斯用湿漉漉的手指摸着额头，好像在准备做弥撒，为自己祈福。

仿佛受到了召唤，一条鱼在附近的水中溅起水花来。

“尼西要来了。”博尔赫斯说。

“是鳟鱼，我想。它们跳出水面来捉虫子吃。”我从船桨上望过去，看到约八英尺下就是湖底。我们划了没多远。

“让我们顺水漂流吧，亲爱的孩子。我的耳朵很灵，能听到你听不到的。”

我把桨搁在船桨架上。此刻，水面平静得令人惊奇，海鸥像小小的风筝般高悬在天空。艾莉丝站在码头上，离我们不到二十码远，盯着我们看。她的父亲站在她身后。

骤然间，博尔赫斯笔直站了起来，搞得船体剧烈晃动。

“小心啊，博尔赫斯！”

他左右调整重心，以保持平衡，然后将手杖举向天空。他用洪亮的声音吼了几句听起来像盎格鲁-撒克逊语的诗句，这些诗句与它们的回声呼应而交响。

“坐下，小心啊！”我尽力稳住船体。

“这是《创造之歌》，”博尔赫斯说，“它颂扬了我们内心的音乐，颂扬了我们在黑暗时刻的歌唱！这首歌触发了格伦德尔如此巨大的愤怒，他为人能够这样歌唱，能够抚慰、激励自我和他人而疯狂。这首歌关于起源，关于全能的上帝如何用他的双手塑造大地，铺设田野，以水为界，把太阳和月亮悬在天空，为他可怜的生物点起明灯。他立起树木，让它们的枝干和叶子伸展开来，还把生命吹入每一只乌龟、青蛙、蜥蜴、鸟儿和野兽体内！世界上的男人和女人们，无不高兴得浑身战栗。”

“请坐吧！”

“然后，格伦德尔来了，这个来自地狱的恶魔。尼西来了，亲爱的孩子！就是现在，是的，尼西来了！”

他两手并用，挥舞着手杖，就像挥舞着一把双刃大宽剑。

“博尔赫斯，不！”我喊道，但为时已晚。他身体猛然前倾，膝盖颤抖，嘴唇噘起，倒在了我的怀里。我闻得到他腋下的汗臭，感到皮肤被他粗糙的脸颊拂过。我试着把他推开，同时尽力不让船晃得太厉害，但在疯狂又模糊的一刹那间，船翻了。

我没时间理解发生的事，也没时间感受恐惧。水令人眩晕，我只想冲向岸边。但博尔赫斯呢？我在水下睁开眼睛，疯狂地寻找他。虽然身处水下，但他的脸抬出了水面，神秘地微笑着——就像一个手指被卡在饼干罐里的孩子。我接受过救生员训练，就伸手去抓他，在水下几英尺的地方抓住了他的衣领。我用另一只手把我们从冰冷的水中拉扯出来。

不知为何，博尔赫斯一只手依旧紧抓着手杖，另一只手则抓着我。

“试着仰面漂浮。”我说，把一只手放在他的湿外套下。我看得出，他的皮鞋让他使不上劲。

划艇在附近晃荡着，船身倒扣，尽管湖水不深，我的脚也能碰到湖底，但要拖着博尔赫斯游过去，我还是得找到东西抓握。很快，我看到艾莉丝和她父亲开着摩托艇，驾浪朝我们开来；不一会儿，他们就在我们身边绕起了圈子。艾莉丝蹲在舵柄处，她的大胡子父亲则皱着眉，不住摇头。我们的小把戏可并不称他心意。

我觉得自己像个白痴，我知道自己不该带这样一个帮不上忙的盲眼老人去划船，尤其这个人还像是孩子，脾气暴躁，不可预测。我那该死的理智去哪儿了？

事实证明，博尔赫斯的灵活令人惊奇，他成功把一只脚踏在了他们的绳梯上。然后，我帮忙把他的身体抬——用抬这个词更好——到在旁等待的船头上。麦克塔格特用他肌肉发达的前臂帮了一把；很快，艾莉丝就用一条羊毛毯包裹住浑身湿透的博尔赫斯，还在他头上扣上了一顶布帽。“你会好起来的，先生，”她说，“我们会在旅馆里帮你弄干身子。”

博尔赫斯喃喃自语，嘴唇发青。他脸颊的惨白表明，他正处于受惊状态，呼吸也很艰难。他抓着手杖，茫然的双眼在脑袋上翻动。我把他看作悲哀本身，一个在《创造之歌》中冒险的人，至少这一次，这冒险让他一败涂地。

那天晚上，我们四个人坐在酒吧的火炉旁。因为博尔赫斯和我都没带换洗衣物，我穿上了一双运动鞋和一件之前的客人留下的衬衫，而博尔赫斯则被迫穿起麦克塔格特不要的衣服——一条斜纹长裤和一件宽松的毛衣。他看起来都不像是博尔赫斯了。

艾莉丝向他保证，不出几小时，他们就会把他的西装和衬衫，甚至领带烘干、熨平；她解释说，旅馆的一个女人会乐意接下这项艰巨的任务。她自己则负责把皮鞋弄干、擦亮。“我们会让你焕然一新。”她说。

“老的博尔赫斯就挺好。”他说。

看着他安全而舒适地坐在火堆旁，我突然发现，现实中的物质部分很少影响到他的日常生活。甚至他走路的方式也是如此，脚步轻盈，仿佛赤脚踩在炽热的炭火上，这表明他对这片土地的依恋是犹豫不决的。对他来说，尼斯湖是一个念头，而不是轻易就能淹死人的一潭冰水。

“外面怎么回事？”麦克塔格特问道。他点燃了一支烟斗，在船长席上坐下身来。

“格伦德尔。”博尔赫斯说。

这几乎没能引起麦克塔格特的丝毫兴趣，他的眼睛看向房间的一个角落，他的女儿却眼前一亮。“我上学时读过《贝奥武夫》。”她说。

“创世之歌，这是我最喜欢的部分。”博尔赫斯说，“怪物逼近并掀翻我们的船时，我正在背诵这个段落。你还喜欢诗歌吗？”

“哦，我喜欢。”她说，“我自己偶尔也会写一点儿。”

我看得出，在这位美丽的北欧女人面前，他开始振作起来——她就是年轻的诺拉·兰格的余音。而且，她还写诗！

“我知道《创世之歌》中的一首曲子。”艾莉丝说，“周日晚上，我们这儿有民俗俱乐部聚会。”

“哦，唱吧！我会是你的歌迷。”

她似乎早料到会收到这样的请求，于是从旁边的柜子里拿出一把吉他，唱起了《创世之歌》的抒情民谣版，旋律借自一段我依稀记得的凯尔特人歌谣。她的父亲喝着品脱杯里的啤酒，张嘴听着，似乎在品味他女儿唱出来的歌词。

她唱完时，博尔赫斯孩子气地鼓起掌来。

“她盼着能有听众呢。”麦克塔格特说。

“她这就找到了一个。”我说。

“你还会唱别的歌吗，我亲爱的？”博尔赫斯问，“我很高兴。我可以跳舞！”此刻他站着，毯子裹着身体，侧身跳了两下曳步舞。

他满不在乎的完全复原让我震惊了。这可能吗？上午，他不还差点儿淹死在尼斯湖里？难道他只是习惯了跌倒和弓步的动作？多么奇怪，当他在时间和空间中驾车行驶或展翅翱翔时，这难道是常有的事吗？这是否是他诗意生活的一部分，而他又是如何不顾对他不利的一切阴谋，包括他的失明，凭借自己的渴望来创造世界的？

这一天过得可不容易，我们必须在下午早些时候赶到彭特兰湾，再坐渡轮去斯特罗姆内斯。所以，我向艾莉丝道了晚安，并感谢她为我们做的一切。

“我一直想去奥克尼。”她说。

“那么，你将成为我的客人，”博尔赫斯告诉她，“我将支付你的船票、膳食和住宿费用。但我不会陪着你和朱塞佩。”

“你不去奥克尼了？”

“不去了，朱塞佩！经过这次湖上的冒险，我希望不要再和你同乘一条船。实话说，我确实疲惫了。我脑壳里的抽痛又发作了。”

我感到一丝失望，甚至恼怒——我真的格外期待看到博尔赫斯遇到乔治·麦凯·布朗时会发生什么——但这种感觉被一种更强烈的感觉抵消了：解脱。

“谢谢你，先生。我会和你的朋友一起去，”艾莉丝说，“爸会照顾你。他是个可爱的人。”

这句话逼得她的“爸”走出了房间，尽管博尔赫斯依旧丝毫不觉得尴尬。他的失明使他能够生活在自己的小世界里，摒除不利的因素。从某种意义上说，这是一种天赋。对我来说，我唯有怀着一种轻浮的期待颤抖着。艾莉丝和我会去奥克尼岛，就我们两人。

博尔赫斯上床睡觉后，我坐到了楼下的客厅里，先发制人地给贝拉写了一封信，为我和艾莉丝即将到来的冒险而对贝拉心怀几分愧疚，且不论事情会如何发展。我夸张地对她讲述了我们在高地的霉运之旅，又接着上一封令人尴尬的信，试图再多说几句，问:“这可以在目前的‘现实生活’中发生吗？还是我已误入了一处不可思议之地?”

那天晚上，我依旧心怀疑虑，把信封塞进了维京兵器酒店外的一只邮筒里。也许我应该闲话少说，让我和贝拉的关系按部就班地发展——或者更可能是不发展。寄出上一封信后，我不是一直受困于自我怀疑吗？但话又说回来，我需要给她写信。我为什么不能讲讲我的故事，找到我自己的言说方式呢?

20

我把博尔赫斯的早餐放在一只托盘上：盛在盘子里的烧焦的熏肉、煮熟的鸡蛋、烤面包，还有一杯茶以及几颗蓝色药丸——我警告他，药丸要注意分次服用。

他一下就吞下了两颗药丸，就着一大口茶把它们喝了下去。“我不需要分次吃。你昨天差点让我淹死，”他说，“我觉得我好像漂浮了一整夜。今早醒来时，我就像一条搁浅的鲸鱼。”

“你看起来很好，”我伸手摸到他的手腕，感受着他的脉搏，“脉搏嘀嗒作响。”

“这就是大本钟。咣，咣，咣。”

“你一个人留在这里可以吗？”

“我喜欢无人打扰的安静夜晚。”他说，“你应该意识到，我太老了，已经没法搭乘危险的船只，面对格伦德尔这样的怪物了！”

我看着窗外的湖水，试图保持耐心。“我已经陪你走了这么多路，博尔赫斯。整整一个星期，我把自己的研究放在一边。当你在山上从路边摔下去时，你可能会受重伤；你还差点儿淹死自己，或者淹死我。”我说，“那场小事故发生在岸边，算是幸运了。”

“我必须道歉——你说得很对。在湖里，你很英勇，钻进深水把我捞了起来，虽然你也差点儿把我勒死。”他用一只手摸了摸脖子，“有没有你指头留下的痕迹？”

我意识到，我拿他没有办法，只好叹了口气。这一刻，他让我想起的不是别人，正是我的母亲。

“我担心你，朱塞佩，”他说，把那双空洞而灼热的眼睛转向我，“你遇上什么麻烦了？我眼睛看不到你，但你‘看’起来可不怎么好。”

事实上，我前一晚过得很煎熬——无缘无故地为贝拉感到内疚，也没有因为将与艾莉丝一起旅行或要与麦凯·布朗会面而感到兴奋，反而在我的笔记本上翻找起一些可怜的旧诗来，这些诗大部分是写单恋的。“我的生活一团糟。”[1] 我说。

“在西班牙语中，没什么表达能很好地传达这个美国短语的味道，传达出这种十足的感觉。”

“有时候，我很迷茫。我不知道……”

“黑暗的丛林。”[2]

“什么？”我是不是永远得问出这个词？

“我说的是《神曲》的开头几句。一次又一次，我们发现自己身处但丁的黑暗丛林里。一个接一个，我们每个人都必须经过层层黑暗下到地狱里去。当然，我承认我很羡慕保罗和弗朗西斯卡这对旋转着的恋人。他们尽情享受心爱之人的身体。我承认，我从未体验过这般乐趣。诸神的盛宴从未得享。我的婚姻，一直是个骗局。”

哦，博尔赫斯，请停下来！我想说。

“我在这次结合中没有获得任何身体快感。”

“我很遗憾。这挺悲哀的。”

“悲哀，是的。而且我相信，你也是个处男。”

“是的。”我说，因为太过羞耻而没再多说，（正如阿拉斯泰尔挖苦我的那样）我就是水瓶时代[3] 最后一位二十二岁的处男。

“这就是纯洁，”博尔赫斯说，“我感动了。我的贞操和你的贞操，主要是你的。”

我拨了拨裤子上的绒毛，这是不久前在维京兵器酒店的烘干机里转了一通弄出来的。“我讨厌纯洁。”

“要不了多久，你就会成为堕落之人，我向你保证。洛小姐是你的启示，你的道路，”博尔赫斯说，“遵从柏拉图的建议，爬上她的梯子去天堂吧。”他稍歇一下，咬了一口烧焦的熏肉。“但我要承认，亲爱的孩子，要是没有贝拉，很可能你的生活就可以变得……没这么一团糟——这个短语可以这么用吗？”

我还没来得及回应，门外就传来了敲门声。是艾莉丝。她戴着一顶颜色缤纷的苏格兰式便帽，帽子下金色的鬈发披散下来，身上则穿着厚厚的阿伦岛图案毛衣，配一条黑色牛仔裤。她的工装靴需要擦一擦了。我并不是特别喜欢这种粗犷的假小子风格，但还是很欣赏她的从容不迫，她的不苟言笑。

“你们必享有美好的白日和甜美的夜晚。”博尔赫斯说，像主教一样举起手来赐予祝福。

“他和爸一起待着完全没问题，”当我们站在旅馆外面时，艾莉丝说，“爸很负责任。多少是吧。”

“我不担心。”

“你看起来很担心。”

“我没有。”

但我担心。我的看护本能活跃起来，我不想让博尔赫斯感到被人抛下。我讨厌抛下任何人，就像第一次在纽约离开母亲时，我把她抛在困惑和悲痛中。那时我就感到内疚。现在，我也对博尔赫斯感到内疚（“如果你是犹太人，”杰夫不久前才说过，“那每一天都是赎罪日。”）

“你对他太好了，”艾莉丝说，“我嫁人就要嫁你这样的男人。”

“我单身。”我说。

这引来一抹狡猾的微笑，我感到一阵轻松。我们的相处想必会愉快的。

“顺便说一句，我认识你要见的人，”她说，“乔治·麦凯·布朗。我去年读了一本他的小说集。”

“真的？”

“我识字哦，哈哈。”她把一只手放在我的胳膊上，让我别担心，“和他见面是好事。能看一看奥克尼就更好了。”

· · ·

我们一起开车出发时，我心里生出一种自由的感觉，外加对和艾莉丝单独相处的美好期待。和一个有魅力的女人以如此亲密的方式待在一处封闭空间里，这是我从来没试过的。奥克尼岛在向我招手，我可能要见到一个我远远欣赏了好些年的男人。在写麦凯·布朗的论文这件事上投入得越深，我对于他在一座光秃秃的美丽小岛上的生活的想象就越理想化。对于他成功地将自己与更广阔的世界及其干扰隔绝开来的方式，我越发羡慕了。想到再过几小时，我就会站在这个男人身边，这让我很振奋——直到现在，他似乎还只是我在论文中一页一页构筑起来的一个角色，而不是一个有血有肉的人。

“要见到布朗先生了，你觉得紧张？”艾莉丝问。

“我想是有点儿。”

“你怕他。看得出来。记住，他也是个普通人。”

“紧张不安，胆小怕事。这就是我。”我说。

她把手探过前排座位，抓住了我放在变速杆上的手，我感觉到一阵神秘的刺激。她只是出于好意？只是想安慰我？她收回手，但在前往德斯托湾——奥克尼岛的渡轮将从那里开出——的全程中，她在我身边看起来非常开心。如果能知道她的真实想法，花大价钱我也愿意，但我不想在我们向北行车时，打扰如阳光般充斥在车里的甜蜜而快乐的沉默。对于我们之间的微妙平衡，我绝不希望稍有扰乱。

刚进入下午，我们就已经抵达一个风景如邮票图案般的港口，渡船四周一片繁忙景象。我们把洛西南特留在码头上的停车场里，和其他六七个人一起上了船。然而，我可喜欢不了天空的模样——紫黑色的云正从东北方涌来。一阵低声呼啸的强风吹乱了我们的头发，渡船上的旗帜啪啪作响。

“盼一下这道海湾能有个好天气吧。”艾莉丝说。

在这艘名为“圣奥拉”的锈迹斑斑的渡海船上，我们将要度过约两小时的旅程，这艘船已在各种天气条件下无数次往返于这趟航线了。站在高高的船尾甲板上，我们可以向下面码头上的人群挥手——如果有人群的话。这天下午，只有一个头戴鸭舌帽的老年男子正向着一个身穿长雨衣的矮胖女人挥手示意，她在我身旁哭了。

“恋人分手？”艾莉丝低声说。

“他可不年轻了。”

“所以就没有欲望了？我不觉得。”

她这句话坦率、毫不掩饰，我觉得惊讶。她的直率开朗很有吸引力，营造出一种无所顾忌的亲和氛围。她选择住在维京兵器酒店，照顾她的父亲，这在某种程度上令人钦佩，说明了她的性格。我认为，作为女人，她有着坚定、公平、不可侵犯的边界。

在船尾甲板上的渡轮酒吧里，艾莉丝似乎为我们即将展开的小小冒险颇感兴奋。“我一直盼着看到斯卡帕湾，”她说，“几个世纪以来，舰队一直在那里停泊。一战期间，德国人宁愿破坏他们的船，也不愿让英国人俘获它们。二战中，德国人击沉了‘皇家橡树’号——英国海军的一次滑铁卢。”

“你熟知你们的历史。”我说。

“可别小瞧我啊。”她说。

“我不是故意的。”

“**不是故意的**可说不过去。”

海面突然变暗，头顶上一只黑色的翅翼铺展开来，海浪也开始翻涌起来。酒保把酒杯和茶杯收到一只篮子里放妥，听他说，我们将面临“一趟颠簸之旅”。他估计，海浪已涨到六英尺至十英尺高。

一瞬间，我感觉到一种强烈的不适。

“我去栏杆旁走走。”我对艾莉丝说，脸上闪过一丝忧虑。

在后甲板上，我又靠在栏杆上，朝着海里呕吐起来。一些呕吐物溅到了我的鞋子和裤子上——恶臭熏天。艾莉丝站在我身旁，用手扶着我的背。

“要帮忙吗?”

“我想我应该到下面去，”我说，“船下面可能更稳。”

“你确定?”

我确定极了，便摇摇晃晃顺着一架金属梯下到一间大的公共舱室，里面有两三个肝肠寸断的乘客瘫坐在木桌边。我加入他们，把头埋在手中，试图减缓渡轮侧翻的冲击力，这种冲击力越来越猛。茶或咖啡不停洒在地板上，邻桌的一个年轻女人吐在一只棕色的手提包里。空气中弥漫着一股馊味，一个大块头女人在旁边的椅子上高声哭泣。“我想死。”她说。

看来，这趟旅程可有的受的。

靠近奥克尼岛时，天色依旧十分暗沉，地平线上笼着阴霾，渡轮开过石头防波堤，进入斯特罗姆内斯这个防护良好的港口。此处停泊有许多船只。看到平静的水面，我深感舒慰。当渡轮减速并砰的一下靠岸时，我感觉到了螺旋桨的反冲力。十几个穿着蓝色工作服和靴子的人迅速动作起来，绳子被抛来抛去，牢牢绑定。锚链响了起来，踏板已放了下去。

一上码头，我的晕船症状就消失了——我不会吐在乔治·麦凯·布朗面前的栏杆上了。我的牛仔裤上散发出呕吐物的臭味，鞋子也沾到了。我没法掩盖我新遭受的苦难的痕迹，但至少，我回到了活人的世界。也许，我这是在扮演约拿，如此重获新生？但是，我到底要被吞下去又吐出来多少次？

“你确定你没事吗？”当我们走下船，踏上坚实的码头地面时，艾莉丝问道。

“有谁能确定自己‘没事’呢？”

我努力擦掉鞋子上最明显的那摊呕吐物，但怎么都抹不掉那股气味。

1 “一团糟”，原文为英语：fucked up。博尔赫斯下文所说的话即针对这个短语。

2 原文为西班牙语：Una selva oscura。

3 水瓶时代（Age of Aquarius），占星学名词，春分点落入天文学上的水瓶座的时代。

21

我尴尬地站在码头上，夹在艾莉丝和乔治·麦凯·布朗之间，他如约和我们碰了头，仿佛突然出现在我的世界里：在我面前，精神变成了肉体。

“好嘛，你来了，”麦凯·布朗说，“他们就不怎么来了。话说了许多，人却不来。”

我很高兴不用把自己归入“他们”这些可耻的同伴中，尽管我不确定“他们”是谁。

他银色的双眼探究着我，似乎想要看出点儿什么。他身上散发出一股淡淡的陈年蜂蜡味。他穿的皮靴看起来大了两个码，裤子也不太合身。

这实在奇怪：和我论文的主题人物交谈，看到我在照片上研究过的脸和那狂野的长鬈发。我伸出一只手，他有些不情愿地把我的手握在他的两只大手里，那是农民或渔民而非作家的手，手背上生着硬硬的白色毛发。他的指甲呈深棕色，可能是抽烟熏的，还有被咬过的痕迹，参差不齐。

“那位盲人呢？”他说，“你的阿根廷作家在哪儿？”

“他不舒服，”我说，“我们让他在旅馆休息。”

“真可惜。那么，他是博尔赫斯了？”

“是的，你怎么知道？”

“我只是猜想，因为他来自阿根廷，我想。而且阿拉斯泰尔翻译了他的作品。他是我们这个时代最优秀的作家之一，有一副冒险的头脑，那些迷宫般的风格。”

这让我不安。全世界的人似乎都比我更了解博尔赫斯。

他伸出一只手和艾莉丝握手。“你的名字，亲爱的？”

“艾莉丝，来自尼斯湖。你的朋友把我从湖里钓了上来。”

“那可得用一条结实的渔线，是不是？”他自己也为这玩笑话笑了起来。“你带来了欢乐，我们这里欢迎欢乐。游客们通常会带来疾病。夏天感冒可糟透了——尽管从某种程度上说，我喜欢那种好疾病——那种可以待在家里喝热甜酒的借口。”

“但你大部分时间都待在家里，不是吗？”我说。

“你觉得你了解我，因为你是我的编年史家，我的忠实评论家，是吗？我的鲍斯威尔。[1]我说话会更小心的，因为你会为后人记录下这些话。重复别人的话非常危险。这是我母亲教给我的第一课和最后一课。这个老姑娘，多么热衷于八卦啊！”

伴随着不可闻的嗖嗖声，云层在我们头顶散开来，太阳冲出来，照亮了海面，它的粗糙边缘在午后的光线下像玻璃一般。海滨染上一抹玫瑰金。

“过一会儿我带你们俩去向哈米什要房间，不过现在，你们先来喝茶。”麦凯·布朗说。

一阵冷风掠过码头，吹倒了一只垃圾桶，麦凯·布朗急忙把它立起来。

“我为北风感到抱歉，”他说，“在这些地方，风是插在喉咙上的刀子。”

“这里比本土冷。”艾莉丝说。

“比尼斯湖都冷，我肯定。你们有西风，海湾的气息。”这时，他凭记忆背诵起一首诗：

西风啊，你何时吹起，

叫小雨落下？

基督啊，我的爱在我臂弯里

我又回到了我的床上！

这首著名的抒情诗在半空中烧出一个洞来，就像他希望的那样；我却只希望博尔赫斯能和我们在一起。他一定很愿意听麦凯·布朗用可爱、标准的凯尔特嗓音朗诵这首诗，他还会加上自己的内容，可能是用盎格鲁-撒克逊语或古北欧语。

“相当完美，这首小诗，你同意吗?”麦凯·布朗说，“但奥克尼岛很少下小雨，我的床也是空空如也。”

这首抒情诗深沉孤独、出自欲求的呼喊，不知何故，我以前读过这么多次，却直到现在才感受到。那呼喊既美丽又痛苦。

我们沿着港湾路走着，麦凯·布朗以一种不可思议的能量和自然的抒情方式侃侃而谈，让我逐渐兴奋起来。我希望我可以把他说的每一句话都原样记在我的日记里，但那可能会让他不知所措。想到多少会错失他的一些言辞，我就感到些许忧虑。当我在圣安德鲁斯坐下来继续写作时，这一切都将成为最珍贵的素材。福尔克纳教授最终会信任我的研究。我已经找到了一切的源头。

梅博恩宫的议会住宅离这里不远，是一大片粉刷过的小屋的一部分，这些小屋挤在一起，是战后常见的荒凉建筑，已成为苏格兰的污点。麦凯·布朗没有费心锁门，毕竟这是在奥克尼。我们直接走进厨房，里面很拥挤。果酱罐和黄油以及吃剩的吐司碎渣散落在桌面上，桌子中央摆着一本古旧的《圣经》。（我想起了父亲在斯克兰顿的钦定版《圣经》，书上有密密麻麻的旁注和画线，我想知道麦凯·布朗是否喜欢手拿笔头在《圣经》的纸页上游动。）黄油盘边放着一本打开的笔记本，上面很容易认出作者用天蓝色粗体墨水潦草写下的字迹。

“一首诗？”我问。

他脸红了，合上笔记本。“我一如往常地忙点儿什么，或什么都没忙，”他说，“用一个音符接一个音符，用一种相互竞争的音乐，回应世界的音乐或不做回应。即便只是尝试，那也有些无礼，是不是？”

说话时，他发出的是一种安静的咕噜声，一种轻柔的声音，一种语法上的旋律。人们可以为他的言辞谱上曲子。

“请坐，你们俩都坐，”他说，“在奥克尼我们不必拘礼。我去把水壶烧上。”

我看着正盯着他看的艾莉丝，看得出他迫使她投以注意。她听着他说话，嘴唇微张，有时还咧嘴笑。

作家在厨房里走来走去，显然是待在家里，待在他自我封闭的世界里。我又想起了我的父亲，想起他如何从天亮一直占用厨房，直到他去上班。他霸占了炉子，炒着鸡蛋。他拿出无数片吐司，还会把苹果和香蕉切进我的麦片碗里，好像我需要别人帮助似的。

我喜欢这么想：就在这里，在这张真实的桌子上，麦凯·布朗可能写下了他的许多杰出作品（我包里背着几本他的近作，《绿玉米咒语》和一册《新诗选》，希望他能给我题词）。他的一本早期诗集《面包和鱼》就放在面包箱旁的柜台上。那本诗集是故意放在那里的吗？如果我有幸处于他的位置，我想象得到自己会做出这种姿态；不过，我认为他不会，因为他看起来是一位谦谦君子，并未心怀获得他人肯定的强烈愿望。

“在我之前，这儿是我母亲的地盘，”麦凯·布朗告诉我们，“她去世不久，可怜的小东西。支气管炎把她卷入了大海。”

“你一直离家很近。”我说。

“是啊，在家真好。你们美国人弗罗斯特怎么说的？‘家是他们必须接纳你的地方。’”[2]

我意识到，对过去的我来说，在家真好，于是又想起了我在宾夕法尼亚的家人。大体来看，那是一个叫人安心的世界。我父亲的善良和谦虚在他是天然的，对周围的人来说则是礼物。即便我母亲的疯狂，也带着一种自我嘲弄式的令人眩晕的尖刻语调，讲起故事来津津有味。我喜欢周末时坐在我那位意大利人祖母的餐桌边，吃她做的手切扁意面配肉酱。早前，我看到她在大张蜡纸上用刀片一丝不苟地切面条，十分佩服她的耐心和技巧。“要是我不切面，谁来切?”她会问。

“我喜欢流连于房子和港口之间，”麦凯·布朗继续说，“在尼斯路和码头之间。”

我想到了梭罗，他“足迹遍布康科德”。

很快，茶和烤面包就端上来了，还有大份橘子酱以及一盘他邻居烤的骨节分明的手指饼干，他称邻居为“达夫家的寡妇”。为了烘托气氛，麦凯·布朗拆开一袋消化饼干，把它们和一包洋葱薯片放在桌子上。“请别客气，”他说，挥了挥手，一副慷慨的姿态，“里面还有。”

艾莉丝抓起一把饼干，咧嘴笑了，就像我妹妹以前在我父亲递来无花果饼干时那样笑了。我父亲总是不无讽刺地说:“无花果会让你变得规矩。”全斯克兰顿人心里的终极恐惧，就是对“不规矩”的惧怕。

麦凯·布朗与无可阻挡的博尔赫斯有着天壤之别；博尔赫斯随时都会说起他想到的任何事，追踪着猜测的蛛丝马迹，以一种标志性的强迫风格一路走远。一切感觉都很快被诉说出来。一切思绪都以相应的言辞被表达出来。非要说是什么，那博尔赫斯就是语言本身。“你在想什么，朱塞佩？”他说，几乎在对我喊叫，“告诉我下方是什么景色！说吧！”

艾莉丝打破了令人不适的长长的沉默，说起她在爱丁堡做学生的时光。“我喜欢那座城市，”她想起麦凯·布朗也在那里读过书，就说，“城堡的景色，美极了。”

“是的，美极了。你知道我学生时候的事？”他问。

“我在报纸上读到了报道你的文章。”

“啊呀，我乐意自己不为人知。我不应该在书上署名。匿名就好了。他或她，有史以来最伟大的作家，无名氏。”

“不过，你喜欢爱丁堡？”

“还有什么地方比那里更美吗？王子街和司各特纪念碑，还有，如你所说，山上的城堡！我是一位年轻的闯入者，在玫瑰街，在诗人们聚会饮酒和争论的酒馆里。”

“你见过休·麦克迪尔米德[3]吗？”我问。

“见过，”他说，“一个难相处的小人物。有天赋，不过是以他的方式。不是我的方式。”

实际上，我也在爱丁堡的一家酒吧里见到过麦克迪尔米德，那是在一次文学聚会之后，此前他刚朗读了《醉汉看蓟》。我们以一种令人失望的、语无伦次的方式交谈了一小会儿。他可能是在酒精的迷雾中迷失了心神。许多美丽的年轻女子环绕在他身旁，渴望能接触一下这位伟大人物，我确信，如果我真能相信他的眼神，他也必定会非常乐意和我多“接触”。

最后一块手指饼干被吃掉后，我们每个人也都喝下了第二杯茶，麦凯·布朗宣布，到“斯特罗姆时间”了。我看得出，和阿拉斯泰尔不同，他不喜欢闲聊文学。在这间厨房里，没人会谈起诗人或小说家的位次，或随口说出什么名字。

在去斯特罗姆内斯酒吧的路上，我忍不住好奇我们的住宿安排。麦凯·布朗，一个如此偏好节俭的人，真的会要两间房吗？

我看着走在前面的艾莉丝，麦凯·布朗的《维京人的遗嘱》中那个诱人的英吉比奥格浮现在我脑海中。她是“个头最高的女人”，他写道。我想把他拉到一边，就这个问题开个仅限我们两人知道的玩笑，但我忍住了。在如此朴素的他面前，摆出阿谀逢迎的姿态是绝不可取的——不管怎么说，这都毫无必要，因为他对我的忠诚必定早有认知。在英国，还有其他学生把他选作博士论文的研究对象吗？尽管福尔克纳心怀忧虑，但我的这项研究会取得突破的。

面对麦凯·布朗，我兴奋但也不安。他是一个不可思议的存在，五官扭曲，性情内向，冷静自持的态度近乎对外界的蔑视，还有那生硬直率、无所不在的善良。即使我们互动有限，我也能看出，他天生的严厉中也存在一种行事慷慨的冲动，而这种冲动是没有界限的，正如消化饼干和手指饼以及他满溢的茶壶所体现的那样。我想象得到他灵魂中的善意，还发现自己很喜欢他的这种品质。我最喜欢他短篇小说的地方，也是其叙事魅力的秘诀所在，就是他总是给予他笔下的人物以温暖和毫无保留的爱，即使那是些放荡不羁的人，深陷绝望的人——也许尤其是这些人。

我们转过一处街角，几个脸色病弱、女巫似的人正坐在一条长椅上。其中一个痛斥麦凯·布朗，好像他在奥克尼是不受欢迎的人一样，叫他“小混蛋”和“胆小鬼”。他挥手甩开这些侮辱，如此风雨他应该见惯了，我不禁想起

《老女人》，他那首无与伦比的十四行诗，开头是这样的：

去悲伤，去甜蜜，去狂欢滥饮，
从喋喋不休的老妇身旁走过。
她们会从每一处角落盯住你，
刻薄的眼神让你的血管酸腐。

他以好奇的眼光和慷慨的耳朵审视和聆听风土人情，从这丰富的材料中提炼出大量的诗句和故事。若有人觉得他好奇过头，我可不会惊讶。他毕竟是一位独行侠，一个在自己的小圈子里都身处边缘的人。他也是这个小圈子的法官、精神分析师和牧师。意识到这一点时，我论文构思的火花开始闪现，我知道自己晚餐后一定要做一做笔记。在旅行的喧嚷中，很容易忘记这些灵感，因为旅行中人会不断位移，很难舒服地待着。只能和麦凯·布朗一起待一晚，这让我觉得沮丧；我考虑下次来就待一个月，潜心研究麦凯·布朗的世界。我必须耐心而熟练地切好这些扁意大利面条！

从黄昏弥漫的雾气中，我们走进一间点着灯火的温暖酒吧，酒店老板笑脸相迎。他一直在盼着我们到来。

“这是哈米什。”麦凯·布朗边打手势边说。

哈米什是一个北极来的超大块头精灵。他走上前来，留着扇形胡须，鼻子上长着斑点；此外，似乎为了营造效果而额外添加的，是虬结的肉块和红蓝色的血管。他穿着一件破破烂烂的射猎马甲，一边肩膀上打着一块皮革补丁，低垂的口袋可以装猎枪弹。为了彰显这种气质，他夸耀式地穿了一条灯笼短裤，现在很少看到这种裤子了，除非是在老式的高尔夫球场或狩猎场上：粗花呢长裤在大腿处隆起，在刚过膝盖处收紧。豌豆绿的袜子拉到了小腿处，脚上则蹬着一双栗色布鞋。他用胳膊揽住我的腰。

“叫我哈米什。”他说。

“他们还能叫你什么？”麦凯·布朗问。

“我可不要听你废话。”他说。

“别在意哈米什，”麦凯·布朗说，“他本意是好的，但嘴毒，在自己的鼻涕上都能打滚儿。”

“对诗人来说，这比喻可真是精彩，”哈米什说，“我只在乔治生日时读他的诗。”

“文学评论的话可以打住啦。你这里有房间给这个女孩住吗？”麦凯·布朗问。

“在我的房子里，总会有给女孩住的房间。”哈米什说。

“我是艾莉丝。”艾莉丝宣布，被人称为“女孩”似乎让她不满。她丝毫不想听到这类父权制废话，尽管在苏格兰，女权主义只在小规模抵抗组织中蓬勃发展，那些反叛的炽热小火焰。

“威士忌还是啤酒？”麦凯·布朗问。

“啤酒，哪种都行，谢谢。”我说。

艾莉丝要了一品脱黑啤，我们三个端着饮品在火炉旁的椅子上安坐下来。室外气温骤降，我不寒而栗地想象，此地死寂的冬日会是何等光景。圣安德鲁斯已经糟透了：从挪威吹来的阴冷潮湿的风横扫过水面。

“在这里待着真好，”我说，“就像走进了你小说和诗歌里的世界。”

“杰伊是我作品的一位忠实读者，”麦凯·布朗对艾莉丝说，“不过这种人也没几个。”

“我读过你的作品。”艾莉丝说。

我都忘了这回事了。她喜欢《留住的时光》这本书，她在车上说过，而我也想顺着她的话谈谈书里的小说，但没聊下去。她为什么如此喜爱这些小说？我几乎不了解她的内心世界，不了解她对自己的期望和她的憧憬。一个苏格兰北方的写诗的年轻女子了解乔治·麦凯·布朗，或欣赏他的作品，我不该为此感到惊讶。

“你真是抬举我了，小姑娘，”麦凯·布朗说，“我总会忘了自己写的东西可能是有读者的。但或许，历史才是唯一重要的读者。”

“你说的历史是什么意思?”艾莉丝问，“那不是一个笼统、抽象的概念吗?”

她真是好样的，我想。她拒绝成为故事背景。事实上，她现在是帮我做起了采访工作!

“我以为，历史就是我们基督徒所称的上帝。”麦凯·布朗说，“他把我们容纳在他的浩瀚思想中，容纳在展开在那里的总体性时间中——这说的并非塞在抽屉里的旧日历。你知道给希伯来人的信中写到的那句话吗？‘今天、昨天以至永远，基督恒常不变。’我喜欢这说法。”

“我想你是天主教徒。”她说。她会知道或察觉到这一点，我为此惊讶。难道这之前，我都大大低估了她?

“后来皈依的。”他说。

“参与募捐的总是那些皈依之人。”她说。

“但我更喜欢安静地坐在后排。灵魂只对上帝可见。但我也不知道上帝能否看到我。或许他就是我体内的沉默。”他转而对我说，“杰伊，先生。作为意大利人，你也是天主教徒吧?”

“是的，我是意大利裔。我的祖父母是天主教徒。我父亲已经堕入加尔文的怀抱。但我很欣赏圣餐礼，”我说，“我和祖母一起拜访过宾夕法尼亚州的圣心教堂。我现在经常参加圣安德鲁斯的盎格鲁-天主教弥撒。祭坛上有一些非常感人的东西。”说到这里，我自己都感到惊讶。我不怎么谈论自己的宗教倾向，不在公共场合谈。我认为这是私密之事。但大声说出这些话感觉很好，我表明了态度。我希望隐藏的是什么呢?

“这叫圣体实在[4]。”麦凯·布朗说。

“什么意思?”艾莉丝问。

“我们相信……我们的确相信，在我的教会里，上帝——耶稣本人，作为上帝的一部分——存在于圣饼中。这并非象征性的。圣饼是化为肉体的精神。圣杯里则盛着他的血。而我们这些来到祭坛前的人，这每一个卑微的小生命，都是支离破碎的。却又得以复原。我们破碎；我们复原。轮回不休。”

“这是个象征。”艾莉丝说。

“是的，是象征没错，但当圣饼在场时我们也在场，所有的永恒都在这一刻向我们靠近。这是被放逐到可悲之境的我们进入天堂的方式。”

艾莉丝靠向他。“可悲之境，是啊。你知道，对于基督徒，我有一处不解——他们对女人的憎恨。”

“我们敬仰圣母，”他说，“而我爱女人，我当然爱了，尽管我在生命的这一部分一直不走运。一直无可爱恋。”

“女人不是妓女就是处女。”艾莉丝说。

“老天，”麦凯·布朗说，“我感到羞耻，我确实羞耻。这就是为什么走出去，进入公共空间是件好事。在梅博恩宫，我沉浸在自我的世界里太久了。我需要听到其他的声音。”

“你有自己的阅读选择，”我说，“我想知道，谁对你意义重大？哪些作家是重要的？”

麦凯·布朗面色无比纠结。“你知道，随着我年龄渐长，对我来说有魅力的作家就越来越少。真是悲哀。”

我不禁想到博尔赫斯会如何作答——给出百科全书式的答案，引用蒂奇伯恩或卢贡内斯的文字，使得我们眼花缭乱。

我进一步追问他：“你为什么要以文学为职业？”

“我已经做到这一步了吗？看来我不适合做别的事，”他说，“我从不觉得我能够长期远离奥克尼，因为我的健康状况，可能还有我的性情。”

“你爱奥克尼。”艾莉丝说。

“正如一段婚姻。”

“你结婚了？”

“没，没结。从前有一个女孩，在爱丁堡。我迷恋她，是的，我想她也有所回应，但时光流逝，正如我们所知，而且……”在他的话里，他从一块木板上掉到了下方冰冷的海里。

我们等他往下说，但他不出声了。他眉眼低垂，我很后悔把他带到这个话题里。

“我写一点儿诗。”艾莉丝说，打破了僵局。这就是我觉得自己该问的问题，她又是怎么知道的？“我格外想知道，先生，什么是诗？我是说，你如何定义它？”

“诗是仅次于沉默的东西。”他说。

“那为什么不干脆保持沉默？”艾莉丝问。

“大多数日子里，我感受到一阵喜悦，转瞬即逝。正如人们在海湾水面上看到的光和暗。我的工作就是这样：用纸页上的记号重造出幸福的局部。我希望，这种喜悦可以被人感知到，这四处零落的喜悦。”

“还有悲伤。”我说。

他的额头和下巴突出的奇形怪状的脑袋，朝着我这边晃动，我看到他眼睛湿润，如牡蛎般发出反光。“我妈妈，她为我忧心。”他说，“她会说，你悲伤过头了，乔治——上帝保佑她的灵魂。一个了不起的女人！我们确实爱我们可怜的母亲，不是吗？”

艾莉丝又要了一杯麦芽酒，麦凯·布朗手指一抬，酒杯就端到了她桌上。她两只手握住酒杯，像握圣杯一样，很猛地灌下酒去，双眼溢出泪水。她是不是在想自己可怜的母亲，前一年去世了的母亲？

麦凯·布朗又喝干一杯威士忌，用啤酒送了下去。我们也都吞下了哈米什用盘子端给我们的热香肠卷。丝毫没有要你买单的气息，完全没有。这里没有商业世界常见的喧嚣，取而代之的是一种无声而亲切的物物交换。

一个拿着吉他的年轻人在角落里坐下来，唱了几首奥克尼的老歌。

“这是年轻的道格拉斯，”麦凯·布朗说，“赫利霍尔路鞋匠家的儿子。他前途无量，以后会走得很远。”

“也许就是去爱丁堡。”艾莉丝说，开了一下他的玩笑。

麦凯·布朗以分外明显、令人尴尬的方式看了看手表。“恐怕我得走了，”他说，“明天是个工作日，每天如此——除了星期天，我坐车去柯克沃尔。”

“参加弥撒。”我说。

“是的。”他格外满意地喝干最后一杯酒的杯底残余。“我记得我第一次喝酒的时候，很多年了。让人彻悟！它们凭借欢快、振奋的歌声，冲刷了我的灵魂，也洗去了悲伤。我记得，当时我想，如果每天下午能喝上两品脱啤酒，我的生活就会无比幸福。”

“这可不是好法子。”艾莉丝说。作为旅馆老板的女儿，她在这里说话可颇具权威。

“我很确定你是对的，”麦凯·布朗说，“我在喝酒这事上可没尝过甜头。一开始逐渐抬头的幸福最终从未到来。”他轻触我的手，低声说：“你的女孩是个可爱的小姑娘。像春天的第一缕阳光一样可爱。祝你们俩好运。”他的眨眼并没有减弱我和艾莉丝之间关系的不确定性，情况丝毫未变。她也绝不是我的女孩，但现在不是纠正这一点的时候。明天早上，如果时机合适，我也许会向他解释一下。

离开之前，麦凯·布朗吻了艾莉丝的额头，又看着我的眼睛。“你写我的文字，我全都会读，”他说，“而且永远不会表示反对，只要你诚实。只说看起来真实的东西。”

“我很诚实。”我说。

“所以，我有了好的归宿！既然我们是朋友了，你会再来吗?”

“我会的。”

“啊，这就好。祝你们俩晚安。”麦凯·布朗说，“这一天过得很开心。还有，亲爱的杰伊，很开心终于见面了。我们将在明天的码头说再见。我很期待。”

“明天见。”我说，感觉自己像伊丽莎白时代的人。

我把他送到斯特罗姆内斯酒吧的门口。截至目前，一切顺利，我想。我们见面了，而且气氛良好。但我没有尽我所能做到更多，没有深入聊天。对我来说，他仍然成谜。下一次在奥克尼岛，我会和他坐在一处，无论花多长时间，都要让他的真相涌现。他最终会让我理解他的恐惧、快乐和心碎之所在。他会和我聊他的创作过程，聊他创造他的诗歌和小说的过程，聊他写作时的感受。我想更多地了解他，而这样的短暂拜访只能是不尽如人意又吊人胃口的。

艾莉丝的房间就在走廊对面，这也许也是好事，我断定。如果和她共住一间房，即便是两张床，气氛也会很尴尬。我略带犹豫地向她道了晚安，在她房门处停下来，又靠近一些，但没有过分靠近。我们一直感受到对方的吸引，我很确定，我们饱含感情地盯视对方，这就是信号，是在黑暗遥远的水面上闪亮的灯光。但现在我们站着，退回到自我封闭的孤独中——对我来说最熟悉的所在。

她专注地看着我，仿佛想要衡量我的感受。

“今天真愉快。”我说，觉得自己像个傻瓜。我难道就没法鼓起力量说出我要说的吗？我就不能把她拉到我的卧室去吗？

艾莉丝不置可否地点点头，又羞涩地挥挥手，走回房间去了。我想，她喝下的几杯酒很快会让她沉入梦乡——我看到她在酒吧里打哈欠了。我错过了机会。这也许是最好的结果，我告诉自己。我会把处子身留给贝拉。和艾莉丝睡一觉毫无意义。调调情就很好。我们几乎不了解对方，这一点并未改变。通往天堂的道路入口处，立着一个“道路封闭”的标牌。

我靠在床板上，回头读起了麦凯·布朗，《绿玉米咒语》。我已经读过很多遍了，这个用咒语式的散文写成的雄辩的剧本，受布莱希特影响，背景设定在十七世纪的奥克尼。剧中有六个场景，讲述了年轻的奥克尼女孩西格丽德·汤姆森爱上了一个放荡不羁的小提琴手斯托姆·科尔森的故事。科尔森鼓起勇气，带着疯狂的灵感，向她扑去。

只是自说自话，我知道自己想要什么。

我穿着拳击短裤和T恤，在她的门外徘徊，倾听着。她是在哼唱小曲？

我轻轻敲了敲门，听到喉咙里脉搏的鼓动。没人应门，于是我更大声地敲了敲，环顾昏暗的走廊。还有人会听到吗？

艾莉丝开了门。她穿着一件棉质睡衣，白底粉花，站在那里。

“你好。”我说。

“你忘东西了？”她问。

“你。”我说。

我推门而入，用一只手把她领到床上。然后，我吻了她，纯洁地。她身上有风信子的气味，我想。这股淡淡的花香可能完全是我的想象，尽管我看到桌上的花瓶里插着不少干花。

“你可以做得更好。”她说。

我被她鼓动，把她的脸放在我手中，渴望端详她的容貌，怀着深沉的、全然的爱慕凝视着她的眼睛。她虹膜中明亮的金色斑点引我注意。再次吻她时，这一吻更加热情，我们的牙齿像冰块一样碰撞。我把舌头探入她的嘴里，手落在她的屁股上，把她拉近。

当我感到她把手伸进我的内裤时，我知道她并非新手。而且，她和我一样都是要来真的。

“恐怕我没什么经验。”我说。

“是啊，”她耳语道，“我的观察力比你以为的要强。”

1 即詹姆斯·鲍斯威尔（James Boswell，1740—1795），苏格兰作家，现代传记文学的开创者。

2 这句话出自美国诗人罗伯特·弗罗斯特（Robert Frost，1874—1963）的代表作《雇工之死》（*The Death of the Hired Man*）：“家是当你不得不去那儿时，他们必须接纳你的地方。”——编注

3 休·麦克迪尔米德（Hugh MacDiarmid，1892—1978），原名C. M. 格里夫，以其笔名闻名，被认为促成了一场苏格兰文学革命，恢复建立了苏格兰本土文学，也被公认为自罗伯特·彭斯以来最伟大的苏格兰诗人。

4 圣体实在，认为基督之体实际存在于圣餐内的教义。

22

与艾莉丝在斯特罗姆内斯的激情之夜尚需时间消化，尤其当我的思绪回到——就像早上一样——贝拉身上的时候。艾莉丝在床上的自信令我惊讶。她以超乎我想象的方式引导我完成了古老的性爱之舞。然而，我生出一种难以言喻的感觉。这是爱吗？我认为不是，因为我对贝拉的感觉更清晰，更有力，更微妙。凭良心说，我几乎不了解艾莉丝，而且爱情肯定比一夜同床更复杂。那么这是情欲吗？这个概念并没能让我兴奋：我是个浪漫主义者，心怀更美好的梦想。不过，作为七宗罪的第一宗罪，情欲可不会轻易消弭。

我想知道我能否再见到艾莉丝。第二天早上，我建议如果愿意，她可以去圣安德鲁斯看我，但她的回答并不明确。

“维京兵器现在是旺季。”她说。

我想知道“旺季”何时结束，告诉她我会在圣安德鲁斯写信给她。

她甜甜地笑了。“我没打算离开维京兵器，信都可以寄到那里。时间允许的话，我会回信。但没法承诺一定回。”

没法承诺？不管有多暧昧，我们在斯特罗姆内斯共度的一夜不也意味着某种承诺吗？我想，这至少应该意味着一张邮票，而且，无论多么简略，都应该给出一个答复。话说回来，我可能高估了我们之间发生的事。这事我可没法轻易抛在脑后。

早餐时，当她把黄油刮到吐司上并抱怨流油的鸡蛋时，我想知道她是否略感忧伤。“在维京兵器，我们的鸡蛋做得更好。”她说，想要确保我们的谈话不触及实质。我们情感上的距离像无形的气球一样膨胀起来，不断充气；她似乎想确保我不会把前一晚发生在她房间里的事看得太重。也许，她和我已经一起走了很远，无论身体上还是情感上，都比她希望的要远。

“我们要赶十点的渡船，”艾莉丝说，“我父亲盼着我回家呢。还有你的阿根廷人，他肯定会咬牙切齿的。他爱你。”

“我怀疑你用错了词。”我说。

亏她能想到！在过去的十二个小时或更长的时间里，博尔赫斯一直待在我意识的边缘。然而，他继续和我同行。在我脑袋后部，我遥遥听到了他的声音。他在那里喋喋不休，要求我像他那样融入世界，对自我心怀信任。现在，我明白他说的了。博尔赫斯希望我像他找到博尔赫斯那样找到自己，这个名为“博尔赫斯”的奇特面具此刻已及时地化作他的面容。

麦凯·布朗如约在码头现身，和我们作别。在晨光中，他穿着棕色的雨披和软皮靴，看起来愈发苍老和瘦小。一顶大防水帽遮住了他的眉毛。

“这次来访可真是匆促，孩子，”他说，“你必须回奥克尼来，这样我们就能好好聊上几天。旅店里总有房间，不像在伯利恒。”

“你不会告诉希律王我要来吧？”

“啊，我们是小宝宝耶稣，是不是？”他用拇指在我额前画了一个十字。“下次我会带你一起去参加柯克沃尔的弥撒。”

“我真的很想去。”

“好孩子。”他说，一边眨眼，一边微笑。他从他那件破旧雨披的口袋里掏出一本博尔赫斯的平装本《迷宫》。“我想你有这本书吧？”

“我没有。”我把书拿在手里，这是一本可爱的、被翻旧了的企鹅版书，书脊上有一小点显眼的黏稠果酱。它在梅博恩宫的厨房桌子上待了一段时间，就在《圣经》旁边。

“我有两本。”他说。

“你很欣赏他？”

“读一读我在目录里标了×的那些文章。”

我翻到目录页，看到几乎每个标题旁都标了一个×。

“他是豪尔赫（Jorge），我是乔治（George）。但我们大为不同。他在天上旅行。游走于大部分时间之外。但我在此地，极少真正离开我们所在的此地，即便几英里。在我的壁炉上，时钟嘀嗒作响。太响了，哎。”他靠在我肩膀上，抱了我一下，就像我父亲常做的那样。“你可以代我问候你的朋友博尔赫斯先生吗？”

我向他保证，我会转达问候，同时也感到困惑。万事万物，最终都会回溯到博尔赫斯那里？

“尤其记得，”麦凯·布朗说，就在我们分开之前，“读读《博尔赫斯和我》。[1] 这篇文章对我们来说很重要。”

“我在渡轮上就读。”

“如果船晃得不太厉害，”他说，“要我说，现在海面平静，你走运啦。”

我都忘了我之前在渡轮上呕吐的模样，便低头看了看鞋子。呕吐物的痕迹依旧可见。但我更乐意想想别的。我本人闻起来肯定也带着呕吐物的气味。但这并不重要。

“对你的艾莉丝小姐好一些，是啊，她那里有阳光。她照亮了大海。”他低声说。

说这话时，他流露出惆怅之情。过了一会儿，当他吻别她时，我察觉到他深深的遗憾。

“我很快就会回来的。”我说。

“你会的。”他说，“还有，你在栏杆旁吐口水要小心风向。谁都说不准。你闻起来有点儿臭，真的。我们不都有点儿臭吗？”

我决定还是不要多想他说的这些。现在，我感觉生活中有太多事情难以理解。或者说，不值得心怀自觉地多加思虑。

站在船尾的甲板上，看着码头在海平线上逐渐退去，我想起了背包里麦凯·布朗的书，我忘记找他要签名了。我告诉自己，下次访问更有必要了。在奥克尼岛，我还有许多未竟的工作。事实上，四处都有我未竟的工作。

在渡轮的休息室里，我坐在靠窗的椅子上读《博尔赫斯和我》，一篇关于现实之人和作家其人彼此间差异的小文章。作家不断闯入，占据人的生活。“博尔赫斯”显然有这种“顽固的习惯，喜欢伪造和夸大”。最后，内部声音和公共声音融合为一，相互浸染。而故事作者也没法真正分辨出写了某页书的是哪个博尔赫斯了，因为博尔赫斯和“博尔赫斯”已然重合。

此刻，我在窗户中看见自己的映像，想知道我是不是真可以搞懂杰伊·帕里尼，在他身上找到一个既是又不是我的人，一个从我脑子里庞然而沉寂的杂音中分离出来的离经叛道的声音。我想说点儿什么，深入这无言之境，想找到一个地方，在那里诗歌近似于自我复归，如莎士比亚所言，给“空无一物”一处“本地居所和一个名字”。我知道我必须说出我所看到的一切，观察周围，观察我的内心。描述即揭示。

我感受到想要写点儿什么的压力，什么都行。我打开日记本，潦草地写下几行关于奥克尼岛的文字：“这岛彻夜燃烧，/ 岩石和水之火焰，/ 在地球边缘向太阳飘近。”

是的，就是这样。某种开端。开辟出一种我永久追随的风格。

船靠近陆地时，我看到艾莉丝站在船尾栏杆处。我搂住她的腰，拉她近身，她反射性地把头靠向我的肩膀。她这样或许是想表达——**是的，我们之前做的事很美好。我们爱着彼此，就像找到对方的那一刻我们该做的那样。而我们也没有必要重复之前所做的了**。

无论如何，当我们驶入德斯托湾时，我是这样理解我们之间的沉默的，这种近乎沉默的状态一直持续到我们驱车前往维京兵器酒店吃午饭时。

我还没说话，博尔赫斯就感觉到我人在大厅里了。“朱塞佩！这家酒店帮我把衣服洗了。干净，甜美！我现在闻着就像一朵雏菊，亲爱的孩子！但是你——当你走进房间的时候，我可是吓了一跳。你在粪堆里打滚儿了吗？”

“我在船上生病了。”

“我鼻子最灵了，”博尔赫斯说，意识到艾莉丝和麦克塔格特也在，“就像猎狗的鼻子！鼻子总能派上用场，但也会叫人分心。那这一整天，朱塞佩闻起来都会是这种排泄物，这种呕吐物的味儿。但没关系。凡事皆可原谅。”

我以为，他原谅的是我抛下了他，或是原谅我在渡轮上吐了，又或是原谅我弄得他跌到凯恩戈姆的山沟里去，再或是从划艇上掉进了尼斯湖里。

“向前看，无罪一身轻！我被赦免了，”我说，“这感觉我喜欢！”

艾莉丝咧开嘴笑了，但麦克塔格特没出声。我把他女儿拐走一夜，他可不傻。他很容易就猜得到我们的短暂旅程中发生了什么。

“你要担心担心下面湖里的这怪物啊，”博尔赫斯对麦克塔格特说，“想想他或她必须承受的孤独。”

“她是个怪物，是的，”他说，“但我们对她心怀善意。她带来了世界各地的访客。日本和俄亥俄来的！廷巴克图来的！”

“我同情那些怪物，”博尔赫斯说，“读者们都把它们当作谩骂的对象。我并不蔑视野兽，你得明白。麦克塔格特，你身上难道没有野兽吗？”

“野兽？”

“就是怪物。”

麦克塔格特不悦地看着女儿，想知道还要忍受我们多久。

“洛西南特在拨拉泥土了，”博尔赫斯说，我心怀感激，准备发动起车子继续前进，“前方有一个战场在等着我们！”

临出门前，我向艾莉丝要了一块浸过水的旧抹布，好擦拭我鞋子上的呕吐物。她答应了，还在我耳边轻声说：“你是很棒的床伴。”

走出门时，我转过头挥手告别，最后看了她一眼。她散发出一种罕见的、难以置信的美，一种令我惊愕的美，这不仅仅或主要是一种肉体之美。我告诉自己，这是人格之美。

我对自己说，**是的**，**你也是很棒的床伴**。

1　《博尔赫斯和我》（*Borges y Yo*），博尔赫斯创作的短篇小说，收录于1960年首次出版的短篇小说集《制造者》中。小说讲述了博尔赫斯如何不把自己视为作家的故事，显示了角色与作家自我之间的差异。

23

“你有些悲伤。”当我们驶向卡洛登时，博尔赫斯说。卡洛登是臭名远扬的古战场，也是我们高地之行的最后一站。

“我不知道，博尔赫斯。我想问问自己，我这是要去哪里。”

“我们要去卡洛登!”

“我是说在我的人生中，在我的心灵里。”

“Confide tibimet。”他说。

我的拉丁语不算灵光，但这句话我可以翻译出来：要对自己有信心。

“我对你有信心，”博尔赫斯又说，“我们已历经战斗的考验，环境的试炼。挺过了火灾和洪水！”

这或许略显夸张，但我早已习惯了这些过头的说辞，甚至姿态。我甚至学会欣赏这种表述了。我意识到，正在说话和打手势的并非博尔赫斯，而是“博尔赫斯”。

在早春柔和的绿色空气中，车行过两边开着成片水仙花的公路。开了不到一小时，我们就把车停在了卡洛登的停车场。一七四六年，邦尼王子查理的詹姆斯二世党人军队在此处溃败，数千人死伤。在我看来，查理本人是一个自我中心的卑鄙之徒，而非英雄，尽管有人悬赏他的脑袋，他还是逃过追捕，从斯凯岛乘一艘法国船溜出了国境。根据旅游指南，卡洛登战役是英国土地上的最后一场激战，它标志着一种高地生活方式的终结，粉碎了斯图亚特王朝治下的苏格兰独立之梦。

出现了一座棚子，铁棚顶上架着一块手绘标牌，上书“卡洛登游客中心”。一位头戴帽子的老人坐在藤椅上，正在抽烟斗。当我们走近时，他用怀疑的目光看过来。

“来参观？”他问道，眯起了眼。

“我们来看看战场。”我说。

博尔赫斯挽着我的胳膊，忽然快活起来，咧嘴傻傻地笑了。“你知道，好先生，我同情詹姆斯二世党人。”

“五十便士，”我们这位守门人说，“每人。总共一镑。”

挤挤挨挨的停车场让我困惑，因为我没看到有其他游客——我们没怎么留意这一怪象，尽管博尔赫斯紧挽着我的手肘，我们一路向前步行，穿过风吹日晒的德鲁莫西荒原，战斗发生的地方。我尽力描述沿途的风景，为自己说出的话而感到开心。我现在已熟谙此道。“我看到了马兰花和蓟，玫瑰色的野草开始复苏，白色的苔藓如斗笠般覆在石块上。鹰高悬在我们头顶的天穹中，仿佛准备好接着享用一餐尸骨的盛宴，我能感觉到被屠戮的高地人在吵嚷着要复仇。”

“哦，好极了！鲜活的画面！就像私人影院！”

当我想到比利正在非军事区附近的丛林里，想起他的最后一封信，想起信中那些躺在担架上的重伤甚至死亡的士兵，眼前这片战场只是让我感到悲伤。我想到了医护人员无望的、疯狂的劳作，还有比利通过无线电呼救的努力。还有比这更愚蠢、更残酷的战争吗？所有死去的年轻人，无论是哪一方的，都让我深感沮丧。这有什么意义呢？

幼时，战场就出现在我的梦中。在我年纪尚小，还不到十二岁的时候，我就和父亲一起去葛底斯堡旅行了。那次经历在我的记忆中留下了一个刺眼的洞，总让我想起那些浸透鲜血的尸体，其中一些男孩只比我大五六岁。人们会猜想，美国人现在已对战争的徒劳无益有所了解，也知道战争绝少会促进人类的进步。奴隶制不是在几年之内就逐渐消亡了吗？几十年的所谓“重建”[1]不是和奴隶制本身一样糟糕，在种族之间制造出迄今仍未消散的战线吗？我们最近为乔治·华莱士[2]痛苦的甜言蜜语和难以抑制的谎言而备受煎熬。华莱士是一个反社会的傻瓜，他凭借民粹主义的怨恨碎片建立起自己的政治生涯，而这种怨恨在内战后的一个多世纪里持续困扰着美国人。

我向博尔赫斯说了这些想法，在话语到来之前，他的嘴唇就开始动作（经常如此），仿佛他的声音必须跃上一条已经运行起来的传送带。“美国内战，一场可怕的悲剧，我亲爱的，”他喘着气说，“从童年起，它就在我的脑海中上演了。葛底斯堡战役打了好些天，有多少人伤亡？”

“也许有五万。”我说。

“恐怖的数字。而在战役中负伤的人，感染的人，都没能活太久。这就是一九三八年我差点儿死掉的原因，当时我撞到了头，而细菌在我的血液中流窜了几个月。那时候青霉素还没有投入药用。一定是上帝庇佑了我。”

“你向上天祈求帮助了？”

“一生中的每一天，我都在祈求帮助，但谁会听呢？这是问题所在，不过我仍会祈祷。”

我也会祈祷，几乎每晚入睡前，我都会向一个似乎生活在我内心而不是在我之上或之外的上帝说话。我跟阿拉斯泰尔也说到过这个，但他把我的“宗教妄想”当作“诸多胡言乱语”而抛到一边。就像他那一代人中的大多数一样，他的观点已在某处僵化为一种在我看来过分简化的立场，一种字面意义上的无神论，而这对我来说并不比字面意义上的基督教更有吸引力。这两种观点都不会保有解开存在之奥秘的可能性。它们不过是同一枚硬币的两面。

此刻，风从东北方吹来，在地面上发出刺耳的刮擦声，博尔赫斯竖起外衣领子——尽管这并没什么用。

“一阵恶风吹来。此地的遗憾显而易见。”他说，“风击垮了博尔赫斯。”他抽泣着，拄着手杖。“那药丸你还有吗？我的头！”

“我们还是小心点儿。那药效很猛。”

“这些不安生的土著人，他们在我的头骨底端敲着一只无形的大鼓。”

我从灯芯绒外套的口袋里拿出两颗药丸递给他。它们不可能这么快就生效，但吞下这些药后（没有水），他脸上即刻涌出解脱的表情。他抬头看了看太阳，阳光浸透了他的脸，一种液体般的光芒从脸颊上滴落到他的衣领和外套上。他领带上的鱼也开始游动了？他的眼睛闭合，眼睑快速颤动。我意识到，就他的风格而言，他自有英俊之处，有一种阳刚之美，五官仿如凿刻在大理石上。正如他受人尊敬的祖先那样，他或许也曾带领众人杀进战场。

“他们带了九千人来，指挥官是一位英国公爵，”博尔赫斯说，“‘坎伯兰屠夫’，可怕的家伙，但也极度虚荣。英国士兵在阿伯丁进行了徒手格斗训练，为高地冲锋备战。到四月中旬，我相信，这支部队已经抵达奈恩。坎伯兰给手下们放了一天假，就为了庆祝他的生日。不，他不会在自己的生日当天发动一场血腥的战斗！而这份虚荣心骗过了詹姆斯二世党人军队和他们的王子，他们为此放松了警惕。在我们站立的这片荒原上，约五千人遭遇埋伏。想想看，朱塞佩：公爵的军队在马背上，挥舞着剑和火枪。各苏格兰部族有专属的风笛，它们发出可怕的声音，就像痛苦化作了音乐。但这音乐挡不住一支凶恶的军队。”

他举起手杖，像举起一根长矛，发出一声叫人震耳欲聋的哀号。一位平素说话柔声细语的老人，怎会发出这样的尖叫？

“趴下，小伙子!”他一边喊道，一边蜷缩在了地上。

我在他身边躺着，闻着泥炭土的气味，闻着坚韧的石楠树地被的气味。他为什么关心苏格兰的独立？我又想起了越南，尤其想起了那些人，他们抵挡着美国人的地面冲锋、高空轰炸以及有毒凝固汽油弹的扫荡——这使得森林成片消失。所有这些，都只是为了一种解放的幻想，好像越南人需要从他们大多数人都想要的事物中解放出来似的：一个统一的（和社会主义的）国家。他们以某种方式抵挡住了我们资金充足的猛攻，抵挡住了我们强大的技术力量。胡志明更像博尔赫斯笔下的英雄查理，而不是现实中的查理王子。

“看他们是不是来了！你是我的眼睛，朱塞佩！是什么情况?”

如果我没弄错的话，战场的另一头有几十个战士，是身穿格子呢的高山部族。风笛声和鼓声越来越近。

“我们必须小心前进，”博格斯低声说，“这场梦会过去的。”

鼓声越趋激烈，马匹猛踏过桥面，马蹄声如惊雷，我们躺着的地方有一支军乐队正在用力吹奏。我感觉自己就像吞下了几颗蓝色药丸。

“他们不会打败查理的！今天不会！”博尔赫斯喊道，站起身来，再次把手杖举向空中，升起他宣告蔑视的旗帜。他站起身来，向前冲去，在坑洼的地面上迈着灵巧的步伐，绕过一丛蓟草。我看到远处有一片沼泽地，就如风景中的一处水泡。我得拦住他！

“博尔赫斯！”我唤道，去追这个逃窜的老小孩。一队士兵看着我来的方向，有人挥起了旗子。今天早上，我是不是看到了什么古怪东西，因此被卷入了这样一场愚蠢的双人戏码？当那位由我照料的人消失在山脊上时，我跟了上去；不一会儿，我发现他仰面躺在几丛灌木中，一块苔藓密布的石头离他的头不到三英尺。几只长着黑玉般翅膀的乌鸦落在附近，仿佛在检查此处是否有食物可饱餐一番。

“我想，这场战斗我们已经输了，亲爱的同志。我的族人，他们正在四散奔逃。”风笛声越来越近。“英国人再次击溃了我们。”

一小队身穿苏格兰黑红格子呢短裙的高地人向我们走来，众人中走出来一位。他站到我们身边，双臂高举。

“这是你祖父？”他问。

“是我父亲。”我说——这是今天唯一有点儿意义的回答。

这个年约五十的男人，留着棉絮一般的胡子，站得离我们很近。在方格呢裙下面，他穿着高筒袜，上端用一条橙色丝带系着。他的蓝色背心下端敞开，盖不住那只大肚子。

“你是鬼。”博尔赫斯说，把手杖指向那人，好像他真的能看到他。

“不是鬼，我！”

“你是谁，先生？”

“罗比·马克吉尔，拉布·马克吉尔之子。”

“你是战士吗，先生？”

“我是好人。别担心。”

“我不会让你用火枪子弹打我！”博尔赫斯喊道。

“我不会向任何人开枪。”

“你看出来我是盲人了吗，罗比？”

“看出来了。”

“我看不到你。我可以摸摸你的脸吗？”

马克吉尔四顾茫然，向我眨了眨眼，显然有些尴尬。但他抵挡不住博尔赫斯的力量，还是走上前去。他跪在博尔赫斯身边，将他的双手握住，拉到他蓬松的胡须上。博尔赫斯摸着这张饱经风霜的脸，摸着硬而糙的胡须，摸着那顶苏格兰无檐毛料帽。

“他是真的。”我对博尔赫斯说。

“我赞扬你，罗比。”博尔赫斯说，“你做得很好，我想说，你是个睿智[3]的小伙子！”

“睿智？你会说我们的语言？”他似乎对这个古怪的外国人心生敬畏。

“是的，抵抗的语言。在我的舌头上，这种语言美味极了。”

马克吉尔的十几位战友在一旁茫然地看着。

“我们是弗雷泽的龙骑兵，”马克吉尔解释说，“我们在重演场景。”

我开始回过神来。历史爱好者。我听说过这些爱好者，他们把大量的时间、心思和金钱投入到对著名战场情景的再现中，模仿部队的真实行动。比如葛底斯堡和其他内战战役，有很多人——大多是男人——会在周末时重演早年激烈交战的地狱场景。显然，战败方的军队反而有最狂热的重演爱好者，仿佛他们希望在场景重现的海市蜃楼中最终获得胜利。

博尔赫斯想要搞明白。“你说的是，重演？”

“是的，我们重演过去。”

“那是为了什么呢？”

“快乐。”

“多妙的回答。你反映了现实！而这正是我的职业所为。我拿着小镜子对着世界，但镜子并不可信。像所有镜子一样，它们太容易扭曲失真。”他顿了一下，也许意识到对方没在听他讲话。

“你父亲，他还好吗?”马克吉尔问道，看着我，但没看博尔赫斯。

“好极了。”我说。

他不相信我的回答，但我们的命运已与他无涉。他的朋友们已准备好向中等距离外的坎伯兰军发起冲锋，为此他必须返回队伍了。

“这到底是什么?”博尔赫斯坐着问我，“我不太明白这个小伙子的意思。”

“重演者，”我说，“重演历史战役场景的团体。”

“我已经为自己想好了一个名字。重演者博尔赫斯！问题是，人永远没法赢得发生了的战役。损失只会不断累加。”

博尔赫斯伸手握住我的手，我帮他站了起来。我们慢慢地走回车里去。

“我们的英雄们，”当我们开车离开时，他说，“让我们失望又沮丧。查理王子真让人受不了，他又傲慢，又过分自恋。他让那么多人死去，为了虚荣心而战斗，毁了他的军队和他自己。詹姆斯二世党人的事业败给了他的疯狂。无论如何，这很可能就是一种妄想。大多数战争都是因妄想而发动。这么说来，我同意你的观点。”

我没说什么，但他读懂了我的想法。

“但你不能放弃，不能抛下理想主义。”他说。

“不可能抛下，博尔赫斯。这件事我决心已定。我认为，美国人天生就是理想主义的。想想我们的《独立宣言》。”

“你在宣布你个人的独立！”

想起刚到圣安德鲁斯时，我在日记中抄下了《瓦尔登湖》中的一句话。一八四五年七月四日，亨利·梭罗搬到了他的森林小屋里，“从容不迫地生活”。抄下这句话时，我还没完全读懂它的含义。但我以后会的。

博尔赫斯继续思考詹姆斯二世党人的事业。“卡洛登战役全面溃败。损失惨重。”

“而参与了战争的普通人，他们的损失最为惨重。”

博尔赫斯似乎就这个问题进行了深入思考。“你希望写作，我知道，”他最后说，“记住，善与恶之间的斗争永续存在，作家的工作就是不断地重述论点，这样读者才好做出正确的选择。永远不要把虚荣心作为出发点，像我们的邦尼王子那样做事。或者像‘坎伯兰屠夫’，就这一点来说。艾略特是怎么说的？‘谦逊是无止境的’……我们失败了，我们再次失败。我们重新站起身。我重新站起身一千次了，朱塞佩。”

一如往常，他在自己的脑海中盘桓，在那里，他发现或创造了一处现实，对他来说，这处现实着魔般地存在着。但在世界坚硬的线条中也存在着现实，想象力于此发端。我想起了华莱士·史蒂文斯的一句话：“士兵，思想和天空之间有一场战争。”

博尔赫斯喜欢这句话。“是的，思想和天空之间的战争。你们的诗人，令人惊叹！我们打我们自己的仗，一场又一场。对我们来说，这是表达现实的努力。这是一场战斗。我有时会感到悲伤，觉得脱离了现实而身陷孤独。但天空彻底制服了我，尽管我是盲人。太阳亮极了，晃瞎了一个盲人的双眼！这就是我们遇到并奋力用语言表达的现实。这种奋力的过程就是我们的生活。但要赢是不可能的。完全的胜利并不存在。完全的胜利，那意味着死亡。活着的人们的胜利，充其量是部分胜利。我们吐在了自己身上，但我们洗净鞋子。我们重新开始。”

尽管自己并未意识到，但此刻对我来说是一个开始。

从这里出发，我就能明白往何处去了。Confide tibimet，真是这样！

我迫不及待地想跟比利讲讲卡洛登和重演者的故事了。我可能会试着聊聊我随之产生的见解，尽管我并不确定他能否听明白。比利真正投入了实打实的战争。而我对这任意环节的理论化谈论，可能都是于事无补，甚至惹人气恼的。我一聊起哲学，他总会嘲笑我说："不要用你的屁股说话，朋友。这又吵又难闻，每个人都想离开房间了。"

不可思议的是，博尔赫斯继续读着我的心。"战争总是不幸的，甚至是邪恶的，是的。这是人会得出的结论。但孩子，你还没被征召。这很幸运。欢庆吧，就此将息。"

"这是一场不道德的战争。"我说。

"在某种程度上，这是一种论争？每一场战争，就最基本的意义来说，不都是一种毫无意义的行为，一种残酷虚无且很少会发展向好的行为吗？"

"我的叔叔们一九四三年在萨勒诺的海滩上登陆。那场战争是有意义的。"我感觉得到我的托尼叔叔就在我身后，他心情愉快。我，他的猪头侄子，突然理解了他？

"希特勒的臭味必须被抹去，是的。这半点不假。"

这些想法，可能需要几年时间来理清，甚至根本无从整理。战争，始终是任何国家的下下之选，选了就意味着承认失败。投入战斗时，人永远不该带着胜利的感觉，带着丝毫的欢欣。战争是一场巨大的葬礼，人应该悲哀地进入战场，谦卑地低下头，充分意识到自己可能永远不会获得原谅。我知道，自己从未有哪怕一刻赞同过任何有关战争的近乎狂喜的言辞。战争中绝无荣耀，唯有耻辱——我想象力匮乏，无法阻止人们堕入深渊的行为，我为此感到耻辱。

博尔赫斯再次问起我征兵委员会来信的事，似乎要把这个伤口再推开一点儿，让里面流出血来。他是不是太残忍了？要么他就是出于某个出乎我意料的善意动机？我决定还是往好的方面想。

“和我说的差不多，博尔赫斯。我不知道他们是否想要征召我。但我也不想知道。”

“那么你应当烧掉它们！”他说，“如果你不烧，这些信会一直困扰着你。我销毁了自己年轻时收到的诺拉·兰格的信，虽然我等了太久才这么做。那时，唉，我已经完全盲了，所以毫无意义了。”

这想法不错。就他妈的烧了它们。如果我不去打仗，而我也的确没去，我就该大胆表明自己的立场——至少对我自己。我应该参军的愚蠢想法在我的大脑中掠过，就像远处山丘上的热闪电。我也想过，我是不是该像比利一样，做些英雄点儿的事。有人代替我在越南作战，因此我对战争的回避就有了道德后果，是否果真如此？出乎意料地，卡洛登迫使我面对如此事实：战争总是具有破坏性的，而且在大多数情况下，人不应该为他人的宏大妄想而投入战斗。山姆大叔可能想要我，但在这个历史时刻，我并不想要他。他不值得我这么做。

1　原文为Reconstruction，指1865年至1877年，美国内战后，南方重组并再度融入合众国。

2　即小乔治·科利·华莱士（George Corley Wallace Jr.，1919—1998），出身美国亚拉巴马州的律师、政治家，美国民主党成员，曾三次出任亚拉巴马州州长。华莱士曾四次参选美国总统。在20世纪60年代的非裔美国人民权运动期间，华莱士作为民主党保守派的代表名声鹊起，代表民主党的南方白人保守势力及种族主义，曾为阻挡亚拉巴马大学开放黑人入学而挡住了校门。

3　原文为auld-farrant，苏格兰方言。

24

车行向南，眼前的景色无比惊人，我尽力向博尔赫斯描述我眼目所见。

“这里的天空无限延伸，伸向西边，在看不见的岛屿之上跳跃。”我说道，把诗情画意升格为无稽之谈。

“是我喜欢的岛屿，朱塞佩。凡是不可见的，与我都格外投契。”

“作为盲人……”

“诗意的视觉比单纯的视觉要好。你瞥一眼，看看大海是什么颜色？”

“葡萄酒色？”

“一个不幸的词语，所以我喜欢这种提问方式。荷马把几代水手都变成了醉鬼。”

“这是个约定俗成的表达，”我说，“荷马想找出一句容易被人记住的话。一句陈词滥调，可能是。阿拉斯泰尔会画掉这句话的。”

“但我很喜欢陈词滥调。你想让你呼吸的空气总是带着玫瑰花的气味吗？我认为你不想吧。你会为干净的、缺少人味的空气而感到绝望的。我喜欢读的，是那些不会一直抓着我的衣领，晃到我的牙齿都松动的小说。玫瑰花越稀少，空气就越芬芳。”

“你应该和贾斯珀谈谈。他反对陈词滥调。”

“他还是个孩子。长大后，他会感激陈词滥调的。当他遇到第一个女朋友时，他会把手探进陈词滥调的巨大宝库中寻找语言，这会让他真正长大成人。莎士比亚，我相信，他自大狂式的说话风格没能打动任何女人。”

“我看见一道蓝色的山谷，山坡上是形状模糊的白色羊群。”

“是幸福的蓝，还是悲伤的蓝？”

“最幸福的蓝。就像你结婚那天的六月天空。”

“也许是你结婚那天。我的天空是紫蓝色的。更像是瘀伤。即便玫瑰花也有臭味，死亡的气味，插在长桌上的花瓶里。我母亲在仪式上哭了，但并不是出于喜悦。她明白我在自己和诗歌之间设下了一个障碍。”

我们到了巴尔马哈，一个手印形状的小村庄，坐落于泥泞的、苔藓遍生的洛蒙德湖畔。我们停下车来，一边吃大篷车上卖的香肠卷，一边俯瞰港口，小船于此停泊，数英里长的靛蓝水域通向远方的岛屿。天空的蓝令人惊异，几乎接近蓝宝石色，寥寥几朵云飘浮在不远处。

“这座湖又长又细，非常长，非常细。”我对博尔赫斯说。

“而且很深！”

“我看不出水深。”我说。

“你没读过马克·吐温写密西西比河的书吗？他是一名河船驾驶员——他的第一份职业。他学会了如何解读河流的表面，还能从波纹中看出水深。可以说，那就是一个文本。水的表面总是一个文本。一双训练有素的眼睛会看懂下面隐藏着什么障碍，明白如何在水流中航行。年轻时，我学会了如何怀着特殊的警觉来读书，学会了去关注那些看不见的存在，在空白处，在字行间，甚至在单词或音节之间！”

“我看到了岛屿，许多岛屿。”

“继续说！丰富我的视野！”

“蔓生植物，人工栽种。我相信，是缠结的绿色珠宝。想象中的岛屿！”

“好啊，亲爱的。美妙的点睛之笔——蔓生植物。”

我们在路边静静地听着，耳朵中传来各种声音。一只蛎鹬叫唤着，在水边的沙地上昂首阔步地走着，海鸥则在头顶上方啼鸣。

“很多年了，我都没听过如此可爱的鸟鸣。恐怕是在图书馆待的时间太长。我错过了大自然的音乐。”

“但你拥有一个美妙的职位。国家图书馆馆员！”

“一个美妙的头衔。但我被我们的流氓总统庇隆降职了。我被任命为家禽检查员。”

“诗歌？”[1]

“小鸡，亲爱的孩子。家禽！”他发出咯咯的声音，像鸡翅膀那样抽动胳膊肘。“我也获准检查兔子。但作为盲人，我并不擅长这项工作，于是便辞职了。”

“《家禽的艺术》，”我说，“这标题不错。”

“我刚忽然想到，朱塞佩，我从没读过你写的东西。你为什么不读点儿呢？我洗耳恭听。”

“我的日记本里记了些东西。”我说。面对这种邀请，我既渴望又畏惧。

我在背包里的几首诗中翻来找去，博尔赫斯则闭上眼等着听，嘴唇微张。

我用缓慢的声音读道：

你额头上丝滑的V形发尖，此刻
　　令我心醉。
我愿躺在你身旁，
抚摸那眉，亲吻你椭圆的杏眼。
我要读懂你的神秘，我的爱人，
将你拥在怀中，彻夜不眠。
黑夜永远不会真正了解我们，
我们不是两个而是一个，传说中的生物。
在黎明时分，我看到你——就像上帝此时
看到你那般，他完整的造物，
超越时间，远离一切
存在于我们的自我和我们各自的皮肤下
束缚我们、折磨我们、让我们身陷孤独的事物。

“‘我们各自的皮肤下’，”博尔赫斯说，“这一句里有一种孤独，一种渴望。人们经常读到这样的话，这样的情绪。

这很常见，但并不因这种痛苦常见而丝毫减损其分量。”

“你的意思是，这是陈词滥调。”

“不！这是诗，但这诗是原地打转的。我的诺拉也有这个V形发尖！是巧合？渴望对诗人来说是有用的情感，我们知道。但我可以告诉你一件事吗？”

“我想你可以。”我说，为他把我的诗变成另一个关于他自己的故事而感到恼火。实际上，我比恼火更甚。愤怒从我的脚后跟升起，通过脊柱一路向上，在头顶破土而出——无声飞溅的愤怒。

“亲爱的孩子，我不得不谈一些格外出人意料的事。请相信我。我也写过这首诗。同一首诗，我得说。标题是《爱的期待》。”

“我给你读的那首，我没取标题。”

“那就用我的吧！诗句一样，标题也一样。”

“我认为并不一样。”读自己的诗时，我已敏锐地感受到了自己的原创性，也能感觉到自己的声音正在形成，尽管还并不完美。我不需要他的标题，也不需要他的诗。

“这诗句是一样的，我很确定，”他说，“当然，语言不一样。”

“我从没读过你的诗，博尔赫斯，”我说，“我以后也应该不要读，不然你会指责我抄袭。”

他并没放在心上，而是以另一种方式回应我。“你可得读一读我的故事《皮埃尔·梅纳德》。我坚决要求你得读读这故事，讲一个男人重写了堂吉诃德，一字不差地。”

“他抄袭了？”

“不，他就是写了出来，首次。这样一来，他把原创性这个概念从浪漫主义的牢笼中解放了出来。在嘴巴里，在被说出的全新语境中，在它自己的时间和空间中，每个词都是原创的。”

“我听不明白了。”

“你的诗和我的诗，正如我们对爱情的期待一样，在同一个领域里运动。这是一首我从别处抄来的诗，毫无疑问。我成了这首伟大情诗的读者，没人能找到原作，因为被重新塑造和创作的时候，它才存在。你完全拥有这首诗，就像我完全拥有它一样。区别只在于语境。你可爱的洛小姐，她启发了你，就像兰格小姐启发我一样。她们很可能是同一个女人，活在不同的时代，不同的国家。我们并不了解生活是如何展开的。”

“我说了，我从没读过你的诗，博尔赫斯。”

“这没关系。你想想，莱布尼茨和艾萨克·牛顿在同一个世纪各自发现了微积分，但他们素昧平生。”

“什么意思？”

“各种想法各自独立地产生自同一个神秘的源头。”

我有点懂博尔赫斯的话了，尽管还需时间来搞懂全部的含义。当然，我当时可没法承认这些。我想紧紧守住我写的文字。我想相信自己说出的是一些新鲜的东西，相信自己为英语诗歌做出了点儿贡献，无论多么微小。

发动机毫无热情地发动了起来。这辆可怜的车曾有过好日子，而博尔赫斯用意想不到的方式激怒了我。我告诉自己，我不会再给他读我写的诗了，即便他肯定会要求我读。

“我很快要写《李尔王》了，你知道吗？”开车离开时，他说，“我觉得我就要开始了。”

四十分钟后，我注意到路上有一家造纸厂，它粗暴地侵入了原本幸福的田园风光。当我们开近时，它腐臭的气味，像臭鸡蛋一样，几乎把车吹离道路，我那衰弱的发动机发出了低沉刺耳的声响。工厂隐约出现在道路左侧，烟囱冒着蒸汽，巨大的卡车停在装卸码头上。这个由无色混凝土块组成的令人不快的建筑，几乎没有窗户，只有几扇门。它向上升到惊人的高处，屋顶平坦。我放慢速度，缓缓爬行，然后灵感一闪，在离工厂不到一百英尺的铁丝围栏前停了下来。

“怎么了？”博尔赫斯问，鼻孔张大了。眉毛则流露出困惑的意味。

“真是美妙的场景，”我说，“华兹华斯会觉得这无比动人。”

“是吗，一首完美的田园诗？让我们走到车外去，请。我需要伸展双腿，深呼吸一下。”

我们一起站到了磨坊阴影下的路边。

“说吧，朱塞佩。让你的眼睛为我打开。唤出你胸中的诗人。”

“山丘上的草地如天鹅绒般，低矮而起伏。一条小溪就在附近，就像唰唰作响的水带，水草沿着它往乡村深处蔓延。有树，柳树，把长长的辫子探进了小溪里。”

“别的树呢？只有柳树？”

“我想说桤树。我相信桤树喜欢沾湿树梢。但在小溪边垂下枝头的绝对是柳树。”

“看到牛或羊了吗？”

“牛羊都有！长着鬃毛的牛。牛嘴里流出一串串涎水。

绵羊显然该剪毛了。蓬头垢面，臃肿不堪。”

“好一派田园风光！不愧是忒奥克里托斯，他以这种风格写出了第一首令人难忘的诗。我还记得彼翁、莫斯霍斯和兰格斯的诗。[2]维吉尔把这个丰富的传统带到了罗马。但一首田园诗并不是关于牛羊、田野、花朵和潺潺溪水的。它是关于对比的。粗鲁无礼、令人悲哀的政治的世界就在附近徘徊，尽管肉眼不可见。美与丑记录在同一页书上。不可能只有一者存在。”

“这些花的气味很好闻，我觉得。我不知道它们叫什么名字。”

“我称它们为腐臭恶心的鸡蛋花，”他说，“没什么比硫黄更让人呼吸困难的了。”

他此时往前走了两步，大笑着，我想他可能会笑伤自己。他简直要流眼泪了。

“我希望你能看到这景色。”我说。

“哦，亲爱的，我真的希望。我多么希望看到这样的工厂啊。”

我们心情愉快，顺着一条狭窄的公路继续往前开，穿过起伏的乡野，尽管我的车开动得越来越吃力。我都开始怀疑今天下午我们能否顺利回程了。

“到圣安德鲁斯还要开多久?”博尔赫斯问。

“两个小时，或者用不了，除非我们中途停车。”

他要小便，这肯定，而我想找电话亭。是时候了解一下阿拉斯泰尔是不是从伦敦回来了。

“洛西南特听起来情况不太好。”博尔赫斯说。

事实上，汽车朦胧的响声整个上午都在逐渐升高，中午时就变成了令人难受的噪声；更叫人担心的是，车轮反复向右拐，有一两回差点害我翻到沟里。会不会是轴承和马达都出了问题?我应该在离开圣安德鲁斯前让机械师检查一下这辆车的，但当时时间仓促，我这回要为天真地信赖发动机而吃苦头了。我父亲开的车比较新，最近开的一辆是大黄蜂色的福特LTD，黑乙烯树脂材质的车顶，如果每三千英里换一次机油，车就不大会出毛病。至少他是这么教我的。

博尔赫斯用手杖柄敲了敲仪表盘，仿佛在挑衅。

“它需要修一下了。”我说。

“你对粗鲁的机械装置很在行，我看得出来。”

“发动机对我来说可是个谜。”

“内燃机！请记住，我可是在马和马车的世界里长大的。还是小孩时，我父亲就驾着他祖父的马车在布宜诺斯艾利斯的大街上穿行。现在，我在几千几万英里的云层之上飞行，来到了遥远之地，比如，在冰岛和以色列做讲座，在那里我和人们交谈，可爱的人们，而如果我留在家里，我永远也不可能见到他们。但我不应该离开我的城市。我是个害羞的人，你看，我缺乏勇气。”他停了一下，用手帕擦擦额头，又把手帕放回胸前的口袋，“也没有什么信念。虽然我很欣赏别人的勇敢。你提到我们将经过斯特林。[3]”

“马上就到了。”

他期待地吸了一口气。“斯特林桥！这个名字在我心里唱响。由威廉·华莱士领导的苏格兰独立的一场关键胜利。盲诗人哈里把这场伟大的战斗传神地记述下来。如此传统，盲诗人。荷马、弥尔顿、哈里……”

“还有博尔赫斯。”我说。

他抚摸着我的小臂：“谢谢你，亲爱的孩子。”

二十分钟后，我停下车观赏斯特林城堡，我尽力描述它的样子。附近有一家咖啡馆，我们在那里坐了半小时：博尔赫斯需要吃一份奶酪卷，喝杯茶。透过窗户，我看到路边有一个火红色的电话亭，于是我推说自己要给皮尔莫尔小屋打电话。

阿拉斯泰尔马上接起了电话，问我去了哪里。

“我带着博尔赫斯在高地小小逛了一下。”

“愿主宽恕你。”

“我们在路上已经好几天了。”

“我很想搞清楚你说的‘在高地小小逛了一下’是什么意思。这句话就是一道坎，我怀疑我的马跳不过去。”

“他希望能去因弗内斯见见辛格尔顿先生，一位编集盎格鲁-撒克逊谜语的人。出了些状况。”

“你在说的是《巨蟒剧团》[4]的新剧集吧。请不要扫兴啊！”

“我很快就带他回去见你。今天晚饭前。”

“好！我今早大肆采购了一番。我已备好牧羊人馅饼和一瓶葡萄酒，若有必要，还有威士忌——高地产的单一麦芽威士忌。我们要庆祝你的‘小小逛了一下’。”

不过短短几天，我都快忘了阿拉斯泰尔的声音，他的世界观，还有他的讽刺和异想天开了。他住在望远镜的另一头，而我现在相当肯定，那难以分开的兄弟俩[5]也会和我们一起吃晚餐了。

1 上文“家禽”的英文为poultry，与“诗歌”的英文poetry发音相近。

2 忒奥克里托斯（Theocritos，约前300—约前250），古希腊著名诗人、学者，生于西西里岛，西方牧歌（田园诗）的创始人。彼翁（Bion），生活于约公元前100年，古希腊田园诗人，生平鲜为人知，作品现仅存十几个残篇。莫斯霍斯（Moschus），生活于约公元前200年，叙拉古诗人，现存五首六音步短诗。兰格斯（Longus），古希腊小说作者，生活于约公元2世纪的莱斯博斯岛，生平不详，据传创作了《达夫尼斯和克洛伊》，这部爱情小说可能是世界上最早写成的长篇小说之一。

3 斯特林（Stirling），苏格兰中部城市，中央区首府。

4 《巨蟒剧团》，首播于1969年的英国剧集，后来成为英国现代文化的一个标志，开创了一种被全世界（尤其是好莱坞）广泛效仿和套用的喜剧类型。

5 指安格斯和他弟弟杰克。

25

“阿拉斯泰尔回来了。”开车离开斯特林时，我说。

“管事儿的[1]回来了！我们的冒险，朱塞佩，这就结束了。各种结局都有一种忧郁的感觉，你同意吗？我不喜欢每一本好书的最后几页，因为我预见到失去和空虚即将到来。”

一声响雷惊到了我们，暴雨瞬间席卷路面，密度就像是热带雨，水流成片。田野里看得到人字形的闪电，偶尔有阳光掠过。我的老旧雨刷难以抵挡雨势，我努力看清前路，不理会博尔赫斯，他还在喋喋不休地谈论对威廉·华莱士灭亡的思考。当然，湿滑的路面对他来说全无意义，因为他从不开车。

有一回，我没能得体地回应他对苏格兰历史的长篇大论，我说："你知道，你说的很难看明白！"

"你就对一个盲人说这种话？"

在旅程的末尾，我本想好好描述一番乡村风光，但现在我只想着如何避免车祸。即便如此，我们四周风景的壮丽侧影仍飞速闪过，道路两侧分布着甜菜根田和柔软的草地。我看到一辆亮黄色的拖拉机沿着泥泞的车辙，在大雨中隆隆作响地翻耕着土地。即使闪电瞬息万变，也没能迫使这位勇敢的农民去谷仓里避一避，我为这不顾恶劣甚至危险的天气而继续耕作的人感到鼓舞。手头的工作让他全神贯注。

接近卫兵桥[2]时，我已经感受得到几英里外飘动的薄雾后现在仍不可见的圣安德鲁斯的存在，想象着小教堂的塔楼和大教堂断裂的肋拱。我想象着城堡下方被推入海中的石墩。我知道用不了多久，圣安德鲁斯就会把我纳入它迷宫般的小巷和鹅卵石街道，它的灌木树篱和隐蔽的花园。我和博尔赫斯在高地的旅行将在记忆中逐渐褪色。我的论文工作几天后会再次成为重担，我将继续和福尔克纳教授柔声争论乔治·麦凯·布朗的价值。我可能会去贝拉的宿舍找她，或是在街头和她擦肩而过，尴尬地点头致意。我们甚至可能如约在香港明珠酒店一起用餐！时间会咬住自己的尾巴。

我们到了一处熟悉的转角，就在伊甸园河口平原上方，这里离圣安德鲁斯只有几英里远了。发动机里原本只是哗啦啦的痛苦声响，现在变成了彻底的呼救，伴着金属摩擦声和骨头撞击声。然后，我听到一下低沉的呼啸，伴着一股恶臭从车内地板上升起。

“吉诃德把他的失败归咎于自己高估了马儿的力量和韧性，”博尔赫斯说，“我不会犯这个错误。”

他是对的。我开着这辆锈蚀的莫里斯，不可能在危及车子生命也危及我们生命的情况下再往前哪怕一英里了。别无选择，只能停车。我把车停在了路边，就在通往公共汽车站的碎石小路上。

“我们到了？”

我用咕哝声回答了他。“我要找人把车拖到我在圣安德鲁斯的车库去了。我不知道这得花多长时间。”

“有多远，圣安德鲁斯？”

“几英里。我想我们可以步行。”

“你要知道，桑丘，我太老了，没法这样漫步了。”他的声音里流露出一种新的倦意，“这个念头让我的脚没了力气——它有时会不听我的指令。重要的是，不要苛求它们。”

我站在雨中，掀开发动机盖，盯着缠结成一团的软管、皮带和陌生的机械部件。它们的结构布局对我来说就像天书，不过我拉了拉一条黑色的软管，它似乎松动了。传来一阵轻微的呼哧声。从散热器中逸出的蒸汽散发着强烈的化学气味，我清楚地知道，这只可怜的野兽迫切需要修车技师来照料了。

这事我可以处理，但博尔赫斯怎么办呢？

就像听到了钟声的召唤，一辆出租车停在了我们身边，司机是个六十多岁、留着八字胡的红脸男人，他愿意帮忙。我解释了情况，他很快就同意把博尔赫斯送回圣安德鲁斯，留下我和洛西南特。“我知道皮尔莫尔小屋。”他说。我会叫一辆拖车，留下来看车。

“船长与船一同沉没。”博尔赫斯说。

他向我走来，将一只手伸向我的脸。他的手指轻抚着我的额头和脸颊，又把我的两只耳朵握在手掌里。他眼皮颤抖，他微笑，他的呼吸有种奇特的甜味。

“你会安全到达的，博尔赫斯。”我说。

“哦，我确信。我们在皮尔莫尔见。但要放下一切烦忧。回到洛小姐身边去吧。不要漠视你的感情，也不要‘失去行动的名义’。”

“我认为我自己就是行动的名义。”我说，很高兴自己听出这句话来自《哈姆雷特》，还想起在奥克尼，我在自己身上发现了一种行动的能力。

“‘在你的祈祷中，要铭记我所有的罪过。’”

《哈姆雷特》，又是《哈姆雷特》。当然，对丹麦王子来说，事情并不顺利。

“你的罪过，博尔赫斯，停驻在我的记忆中。我不会轻易忘记它们。”

“啊，我的罪过……亲爱的孩子，你不会知道。”

他松开了我的耳朵，我把他扶到出租车后座上，出租车很快消失在雾气里。

我用附近的电话联系了修车厂，修车技师同意来救援我的车。但我本该猜到的——一个多小时后，拖车到了，但我坐不进驾驶室了，因为来了两位修车技师。

我告诉他们不用费心，我会步行去圣安德鲁斯。

“在雨中走这一段可够受的。”他们中的一个说，口音很重，我误以为他是让我用三叶草遮一下屁股。[3]

走路感觉不错，此时甚至很有必要。低矮的平原沿着河口一直延伸到海边，让人感到平静，雨已经变得稀疏，呈半透明的水雾状，几乎感觉不到了，雨后跳动着清晨的太阳。在远处，我看到粉红色的西沙滩和小镇，塔楼群在缥缈如纱的薄雾中显现。快到圣安德鲁斯时，我对这座城市的城墙心怀感激，几个世纪以来的喧嚣就这样聚在一圈古老的石头上。我想起斯康宫的迷宫，想起那段我的手表也无法记录的神秘而迷惑的时刻过去之后，我又找回了博尔赫斯，找回了我自己，感觉自己到了什么地方，而且从那一刻起，一切都不一样了。

站在希望街我的公寓外，我听到圣萨尔瓦多教堂的钟声响起。

沿着几级湿漉漉的台阶走到公寓前，开门锁前我感到犹豫，甚至害怕。这是怎么了？打开门时，一股难闻的霉味扑面而来。我或许已经离开了几个月，而不是几天。房间另一头的桌子上放着一本麦凯·布朗的诗集处女作——我有好几本——旁边放着一本潦草的笔记。见到作者之后，我对文字背后的声音有了更好的感觉，尽管我并不相信奥克尼岛之行已然大大改变了我对文字的理解。至少，几个地理位置不再是地图上的抽象名字了。我可以想象港口、码头和斯特罗姆内斯的石板大街——麦凯·布朗神妙地将大街描述为“像水手的绳子般从北向南延伸”。我现在可以带着一种生动的地方感来完成我的工作。

然而，我知道自己必须回去一趟，我要更全面地了解那座岛和那位作家。那个让我想起父亲的小个子男人，举止单纯，直率又乐观，安静而精明，从不做作，他是谁？我才刚开始理解他作品的神秘核心，还有我不知为何忽略了的他和罗马天主教之间的联系。我会照他的建议，在柯克沃尔和他一起参加一回弥撒。我大声叹了口气，在寂静的房间里，叹气的声音格外响亮。这么多工作摆在面前，我不知道自己是不是真能在四五年里完成这篇论文。如果不能，我又该怎么办？

一叠信从缝隙里被推到门廊处的瓷砖地板上，我瞥了一眼，不敢细看。一封征兵委员会新寄来的信就在最上面，仿佛在挑衅似的欢迎我回家。他们会给我在斯克兰顿的家里寄多少信？母亲总是不厌其烦地转寄给我，而且总是贴多了邮票？我以为这次还是同样的信；我一封都没拆过，所以没法真的确定。我的无知当然不是什么好事。

我把这包信拿进卧室，背靠在木制床架上，先读母亲写的。她的信里还是同样的抱怨。“苏格兰太远了，你的艾琳姨妈一直跟我这么说。你为什么要去那里？每个人都问我。没什么正当理由。你是不是像你父亲建议的那样，考虑过上法学院？他想知道。征兵委员会的信到了吗？信不停地寄来，你可能也注意到了。难道他们不知道你不在家吗？我难道不该给委员会的人打个电话？我觉得这些事你都不怎么谈。你的信里从来没有观点。你总在谈天气。雨，雨，雾，雨。我关心的是什么？我了解那边的天气。我看过电影了！你和你妹妹都不在家，我现在就看电影。我每周都一个人去看一场电影。《肮脏的哈里》，又有新电影上映了！”

该死的《肮脏的哈里》。我为她感到难过，她被困在一个幻想织成的小圈子里。父亲有他自己忙碌的商业和宗教的世界，而这些世界里并没有她。我的离开更是让她孤立无援。在信里，对疾病和事件拉拉杂杂的记述占了大量篇幅：安姨妈得了胆囊炎，“她总这样”。一个表弟得了肝炎，是因为“在匹兹顿的一家餐馆里吃了坏掉的海鲜，而他都不爱吃海鲜”。一位外叔祖父——实际上是我外祖父的表弟——进了阿尔托纳的一家疗养院，患有“带状疱疹和痛风，治两种病只要花一种的钱”。像往常一样，她的血压“不尽如人意”，她说：“但我又有什么资格抱怨呢？”她的姐姐海伦很少来看她，尽管从她家开车过来只要半小时。

海伦为什么不来，我当然明白，大家也都清楚。我母亲从不听别人说话；而若只是听她不停絮叨，那也太无趣了。她讲的故事没有开头，没有结尾，只有永无终结、令人疲沓的中段。

我把她的信放在一边，盯着半暗的房间——在我头上的希望街上，几辆汽车匆匆驶过。我听得到人行道上一帮醉酒学生的说话声。

邮包里的最后一封信是比利的母亲乔尔达诺夫人写的。她以前也寄过几次信——独子在地球另一端的战争地带，她长期陷于孤独和恐惧。她会写写比利和我的同学们的八卦消息。我认得出信封上圈状的元音和双交叉的t，收信人是“杰伊·帕里尼先生”。但不知何故，这一回，我一看就知道——颤抖的笔迹让我担忧——她这封信可不是另一封满纸闲谈的信了。

我读起信来，屏住了呼吸，快速跳读，想找到我猜想中的语句。“几乎没什么详细消息。军队方面知道的不多，这我没法理解。他们的工作不就是了解事件吗？可悲的是，比利是在巡逻时被狙击手杀死的。他们说，是遭遇了伏击。警官们上门通知我们（我为那些不得不来送信的男孩感到难过)。”他排里的其他人安全撤退了。比利被一架直升机送到了附近基地的医疗站，“但鉴于伤情严重，已无力回天了”。在信的末尾，她如此写道，全部加了下划线：“请为我们写点儿什么，可以在给比利举办的弥撒上读。我会非常感激的，乔也是，他问你好。”落款是“安妮·玛丽·乔尔达诺，怀着爱和悲伤”。

悲伤，的确。她在信中所展现出的克制的尊严、简洁和清晰令我震惊。光照渐渐转为彻底的黑暗，我坐在床上，一动不动，觉得自己再也不会动了。我的心已经变成了石头。

我最后还是走进厨房，两条腿仿佛不属于自己。在水槽下面的柜子里，我找出一瓶威士忌。我通常不会依赖酒精，但我看今晚别无选择了。这是真的吗？比利真的就这样被猛地带走了，从我身边，从他的家人身边被带走了？我是不是再也没机会写悲惨的诉苦信，跟他抱怨我的论文、我的忧虑以及我对贝拉的单相思了？脑海中，我已经在跟他讲博尔赫斯和我驾着洛西南特在高地冲锋的故事了，我打算尽快给他写一封长长的信。他一定会喜欢这个故事的。

我倒了一杯苏格兰威士忌，同时拿着酒瓶走进隔壁昏暗的房间，坐在了桌前——我看到镜子里自己模糊的身影。

这面镜子让我害怕。它一直都在这里？我是否太过执迷于思考事情，甚至没有瞥一眼，想一想我在镜子里看到了什么？

我看起来比想象的要老，憔悴，不修边幅，好几天没刮胡子了。我浑身发臭，这也难怪。我的头发要洗，衣服也几天没换了；我的衬衫里有尼斯湖的残留物，还散发着一缕淡淡的呕吐物的气味，像披着一条隐形斗篷。尽管没有生火，房间里的温度已经很低了，但我现在正在出汗。我感觉得到额头上的汗水，胳膊下的汗水，身体发寒。

我不停地啜饮威士忌。喝完这杯，又倒了一杯。

我的脑子里涌现出和比利有关的记忆。我卧室梳妆台上有一张他的照片，我高三时拍的一张模糊的宝丽来照片，那时他已经不在学校读书了。照片上的他留着波浪形的齐肩长发，这惹得他的父母异常恼火。他穿着最喜欢的扎染T恤和剪短了的短裤。来看我时，他经常骑着摩托车在车道上徘徊，有时还猛踩几脚油门。我母亲会走到户外，坚持要他把车停好，进屋喝冰茶，吃香蕉面包。她会骂他开“那玩意儿”，并责备他留长发。“你可真是个嬉皮士。”她会说。

“我都不知道什么是嬉皮士。”他回答说。

他真的不知道。他更像詹姆斯·迪恩，而不是在伯克利公园里反战或吸毒的人。他是《在路上》里的迪安·莫里亚蒂，尽管他从不读这类书，也看不惯我讲到这些时的自命不凡。“小点儿声，苏格拉底，”他会说，“我不想知道这些狗屎。忘记本身就已经很难了。”

我陷入了昏睡，头埋在手中。门外传来轻轻的敲门声时，我想我可能正在做梦。我打开过道灯，走到入口处。是博尔赫斯。

“朱塞佩！我想你了！”

“博尔赫斯？”

“我是博尔赫斯。尽管有时我会质疑这一称谓的意义。哪一个才是真正的博尔赫斯？是写作的那个人，还是出现在你门口的这个老人，他正痛苦地不断换支撑脚，等着获邀进入这黑暗而可怕的所在？”

阿拉斯泰尔正在上方的人行道上，在一盏路灯下徘徊。他为什么没陪博尔赫斯来我的公寓？也许，他的客人希望我俩之间的小故事能有个结局，并要求保有片刻隐私。他显然不喜欢我们在卫兵桥的突然分离，不会喜欢这种被打断的叙述，不会喜欢一个没有像样结局的故事。

我打开门廊的灯，把博尔赫斯领到我刚一直坐着的桌子前。

“你错过了皮尔莫尔的美味晚餐。”他说。

“我不饿。”

他用那双茫然的眼睛环顾四周，像是在辨认什么。他的头塞满整个房间，如此庞大，像一具古罗马半身像。“你的公寓就像一个山洞。”他说，用手杖敲敲桌子。

“我一个人住。”

“我从没独居过。”

“我表示同情。”

“你一直在喝酒？你知道，我的鼻子可灵了。”

“我收到了消息。”

“什么消息？”

“我的朋友比利。我跟你说过他，学生时就认识的朋友。我收到了他母亲的信。他死在越南了。”

长时间的停顿，接着是一声轻轻的、难过的喘息，震动中夹杂着一丝痛苦的气息。是我在叹气？还是博尔赫斯？诡异的是，我站在了自己身边，仿佛在旁观这一切，我看到也听到自己在哭泣。一种怪异的寂静扩散开来，压迫着房间墙壁，有节奏地跳动着。房间是在旋转吗？

“你还好吗，博尔赫斯？”我问道，尽管这么问毫无意义。

“亲爱的孩子，我对这类事情了解不多，否则我会用我的所知来安慰你。我不是神父。我的生活就像是一场奔往遗忘之境的逃亡。我们最终会失去一切，就像你的朋友比利一样，他过早地坠落了。”他伸手摸了摸我的眼睛，发现和他怀疑的一样，眼睛被泪水浸湿了。“斯宾诺莎，亲爱的睿智的斯宾诺莎，他说万物都渴望保持自己的状态。一块石头希望自己仍是一块石头。一只老虎想成为的还是一只老虎。我就想成为博尔赫斯，我情不自禁地想成为博尔赫斯，这里面有一些令人钦佩的东西，一些永恒的东西。而你，朱塞佩，你要坚持成为朱塞佩——即便肉体破碎，肉体坠落。我们或许探讨过这个问题了，探讨过一点儿。我们如何坚持成为自己。”顿了一下，他问，“你觉得好点儿了吗？”

“好点儿了，”我说，“谢谢你。”

我们一起在几近全黑的走廊里站了很久。不知为何，交谈已无必要。我们之前也有过不说话的时刻。但这次不一样了。

“阿拉斯泰尔让我邀请你一起吃晚餐，明天晚上，”他最后说，“我们要庆祝一下我的苏格兰冒险之旅。”明晚是他在圣安德鲁斯的最后一晚了，他解释说，因为他必须继续出发。他想去见见“在爱丁堡的一个人”，牛津大学也在等他过去。当然，还有他的情人，这个“可爱的女孩，玛丽亚·儿玉”，是他以前的学生，比他小几十岁。几周后，他将在牛津见到她。“我，”他说，“和你在希望街上，心怀如此美妙的希望。”

“你要和一个年轻美丽的女人私奔了。”我说。

“不要戏弄老人。你说的话像是真的，但这不意味着就是事实。”他叹了口气，抬头望着天花板，“阿拉斯泰尔在外面。”

我刚才不想见阿拉斯泰尔，因为我的状态不适合聊天，也没做好面对他的准备。这个男人迅速地在我的生活中占据了巨大的空间，尽管在过去的一周里他有些淡出，湮没在了博尔赫斯爆发式的亮光中。我感谢博尔赫斯来看我，同时为他打开前门。

上楼梯前，他靠近我，鼻子离我只有两三英寸。他把我拉近，用两只手拥抱我。他是不是吻了我的脸颊，甚至眼睛？

“朱塞佩，听着，”他严肃地说道，“明晚你来皮尔莫尔的时候，把军队寄给你的信也带来。我就要求你做这一件事。我坚持要求！”

1 原文为西班牙语：El magnífico。

2 卫兵桥（Guardbridge），位于苏格兰东海岸法夫郡东区的一个村庄。

3 “走这一段可够受的”（fair mass to cover），与“用三叶草遮一下屁股”（ass to clover）发音近似。

26

黎明时，我醒了，呻吟着在床上坐起身。我感觉太阳穴上像有两只青蛙的喉咙在跳动。我睡得很差，在噩梦的暗礁间滑行，在非军事区的莽莽丛林中惊恐地行走。我频繁从睡梦中惊醒，渴望着早晨让我暂时解脱，但比利死了的事实，在光天化日下原来更让人难受，因为到了白天，我就不能再骗自己说这是一场梦了。

我吞下几片阿司匹林，泡了一杯浓茶，但一想到食物，就觉得恶心。我无法想象之后几天我会吃东西。

大概九点时，我感觉稍好，就洗了个热水澡，穿上新牛仔裤和新毛衣，去汉密尔顿楼。到那里时，女孩们正在餐厅里吃早餐。偌大的窗户闪耀着光芒。

“你起得真早！”赖特小姐说，而此刻，她是我在这个世界上最不想见到的人。她笑容明媚，嘴唇涂着红宝石色的唇膏，对我来说难以承受，就像太阳黑子烧到了我的视网膜上。我两眼快速眨动。

“我起床已经有一会儿了。”我说。

“好样的！我想，你是个了不起的小伙子。我上周听福尔克纳教授说，你的工作很出色。麦肯兹·布朗？加油啊。”

“麦凯·布朗。前路漫长。”

她给了我一个淡淡的、迟疑的微笑。“前路漫长，是的。艺术漫长，但生命短暂。那么，阿拉斯泰尔怎么样了？你最近见过他吗？”

“哦，他很好。”我说，觉得自己不想聊这个。

“啊，好，那就好。很好！”

她像往常一样匆匆忙忙，这让我松了口气，也让我们之间流于表面的对话不那么尴尬。离开时，她向我飞吻了一下，祝我的研究一切顺利。“勇往直前！”她喊道，“麦克道格·布朗？”

“是他。”我说。

爬上宽敞的楼梯，来到贝拉住的楼层，正准备敲门时，我意识到她可能正和安格斯在床上。她可能会气喘吁吁地来到门口，在一团性爱的气味中；我想象着，在阳光洒落的床上，我会瞥见她爱人裸露的屁股。我是否有权利在这个时候，在没有事先通知的情况下，就这样打扰她？即使安格斯不在这里，她也可能已沉沉睡去，因为之前她熬夜备考了。我意识到我并不了解她，不了解她的习惯或深层的渴望。

然而，我听到博尔赫斯在我脑海中说话了，他敦促我采取行动。我想起自己毫不犹豫地踏入艾莉丝在斯特罗姆内斯的房间的情景。

我敲了敲门，但没人应，尽管我好像听到门后有沙沙声。

我等了一会儿，然后转身走开了。这一切都没有意义。我希望能告诉她比利的事，或者就不告诉她了吧。但我知道我这次来是为了比利，也是为了我对她的感情。

“怎么了？”

贝拉睡眼惺忪的脸从门里探了出来。

“嗨，”我说，“我是杰伊。”

“我看到你了。”

这五个字平淡无奇，毫无激情，让我想人间蒸发。我到底在想什么，就这样来到这里？

“你想喝杯咖啡吗？”

“想喝，是的，”我说，“谢谢你。”感觉到脸颊上有一滴泪，我擦掉了。她一定不知道我现在有多么脆弱。

“进来吧。”

就像她跟我说的，她“睡过头了”，穿着一件白色的棉质睡衣，下摆刚没过膝盖。她的头发乱糟糟的，但乱得很可爱。脸颊因为睡眠而有些浮肿，双眼噙着泪水。床上的被子翻了开来，床单（我忍不住想，要让自己充满诗意）几乎要因她的身体离开而叹息了。我想爬上床，把脸埋在她的枕头里。房间里弥漫着她的气味，太好闻了——如此鲜明，如此动人。

“你是不是觉得我状态很糟。”她说。

“完全没有。我很抱歉打扰你了。”

“不用抱歉。见到你我很高兴。坐吧。”

“真的吗？”

“我喜欢你的信——那些信！还有那首诗。我有几个建议。断句让我担心。有些……有些松弛。”

“松弛？”

“时不时有几句。别一副忧心忡忡的样子！”

她语气中带着一丝责备，仿佛我越过了某条无形的界线。

“我要改天再来找你吗?”

“不，你待着。”

这不是一个热情的欢迎姿态，但我坐在了她用来读书的破椅子上。一本博尔赫斯的《迷宫》躺在她床边的书架上。我的信激起了她的兴趣？她拉开窗帘，光倾泻而入。从这个极佳的位置可以看到西沙滩的壮丽景色，辽阔的海湾闪闪发光。空气中充斥着可能性。

“多么美好的一天啊。”她说。

“春天又在萌动了。”

“而且毫无征兆。”

“昨天下着暴风雨。我们从洛蒙德湖开车过来，博尔赫斯和我。我的车坏了，所以我冒雨从卫兵桥一路走了过来。”

“你可是经历了一番冒险……”

“这么说也可以。”

“我一直在读他写的故事。在这世上他是独一无二的。”她把平装版《迷宫》递给我。

“我有一本。”我说。

“这就是一条魔毯。我注意到，阿拉斯泰尔翻译了其中一部分，”她说，“我最喜欢这部分。”她把速溶咖啡放进杯子里。“那么，他是什么样的人，从近处来看？博尔赫斯？你认识他了。你很幸运。”

我不确定我要说些什么才能反映真实情况。但我还是勉强尝试了一下。“他是一个非常复杂的人，一个美丽的人。他读书，并记住一切。他的思想，是一个旋转的轮子。一个旋涡？这比喻不对。我说不上来了……”

“人们必须慢慢阅读这些作品，花时间读每篇故事或文章，”她说，“他拆解了各种文学体裁。”

我翻开这本书，翻到我在渡轮上读过的那篇叫《博尔赫斯和我》的小故事。其中一些语句是他不久前对我说的——关于斯宾诺莎，关于老虎想成为老虎——但这并没有让我失望。如果说有什么，这让我感到了一种荣耀。在我们一起行动的日子里，博尔赫斯一直在跟我讲述他对世界的感觉，把他的存在方式展示出来，供人思考。他以一种狡猾的、迂回的方式当面引导我认识他的故事。现在看来，这很有意义。

《博尔赫斯和我》的结尾，我觉得格外贴切。“于是，我的生活就是一次飞行，我失去了一切，一切都属于遗忘，或属于博尔赫斯。”

贝拉靠到我肩头，递给我一只杯子。“这小短篇不错，是不是?”

我叹息了一声，咬着嘴唇，用一根手指抵住一边太阳穴。

“你不喜欢我的咖啡?”

抛出我的疑难，告诉她比利的事，这是否公平？我一直不喜欢《奥赛罗》中摩尔人说“她因我经历的危险而爱我，/ 我因她给我的同情而爱她”。这样激起女人的同情或爱并不可取。怜悯并非爱。

“我收到了一个朋友的消息，”我说，努力让自己保持清醒，“他的母亲寄来一封信。几周前，他在越南遇害了。”

“天哪!”

她走近我，跪在我身边，用手臂环抱着我，什么也没说，却散发着同情的光芒，我眼睛湿润了。我知道我们已经到了一个新的关口，不管这是什么，一种“关系”，一种“友谊”。合适的词汇以后会出现的。但不知为何，对于这两种可能性，我都有所准备，其中任何一种我也都乐意接受。

带着一种狂热的新能量，我回到公寓，内心感到一种压力，一股写诗的冲动，这首诗我取名为《收获如此之多》。我很快写好，然后打了出来。我觉得这是我写过的最好的文字：

他们都在我们周围熄灭，
像灯一样突然熄灭——
教授们皱着眉趴在桌子上，
医生们耳朵上挂着肠子，
接线员们死在线路另一头。

他们都在熄灭，在没有
警告的情况下彻底熄灭——
学生在车流中从自行车上摔下，
孩子在摇篮里窒息，
修女在出了故障的地铁里。

而且没有人知道时间。
无论是现在还是以后，是
干脆利落地在夜里咔嚓一声，
还是更不小心地，被一辆
公共汽车拖行过繁忙的街角。

这是什么样的生意啊，在私人
或公共场所播种如此

之少而收获如此之多：

让我们祈祷，在某处

在情感完备、汗水淋漓的床榻上

恋人们

在热烈的黑暗中翻云覆雨。

我写完了一份令我满意的草稿，然后赶去参加中午在诸圣堂的弥撒，这是一座我喜欢的圣公会教堂，位于北堡街。我生出一种紧迫感，想要为比利祈祷，当然，也为自己祈祷。在简短的礼拜之后（只有三个会众），我独自坐在礼拜堂后部，头顶上的彩色玻璃窗流溢着金蓝相间的光。在那里，我感到自己离比利，甚至上帝——或者随便哪位我用这个词所指的——都很近。在我心里，我觉得——我知道——无论身在何方，比利都是安全的，而死亡是一个开口，一个跳板。灵魂的持久性是一个古老的柏拉图式的观念，我能够接受。当然，正如博尔赫斯说的，我们都是在“知识不足”的情况下往前走的，在这一点上，我和其他人并无不同。我的信仰，可能不过是一种发自内心的信任，相信宇宙的力量会在我们需要的时候把我们托起。

下午，我照博尔赫斯坚持要求的，把那捆征兵委员会的信装进背包，然后去接了贝拉，带着她一起去往阿拉斯泰尔家。我知道他会欢迎她的，而且她说自己很想在博尔赫斯离开前再见见他。如果能看到他们再次见面，我会很开心。事实上，我需要看到他们再见面——我理想人生的两个部分，相会在白昼的现实世界中。

光照强烈，太阳锋利的光刃穿过海面上空边缘镀金的云层。海面上刮起一阵风，那风在海面推进，挣扎着想要登陆。我闻得到脚下泥土的气味，那是前一天下的大雨打湿的。一首赞美诗名篇的片段在我的脑袋里打转："这是耶和华所定的日子。我们在其中要欢喜快乐。"

当我推开皮尔莫尔的铁门时，我们头顶上的白嘴鸦巢里响起振翅的声音，一阵躁动的鸟鸣声把天空都染黑了。

"兆头不太好啊。"贝拉说。

"但兆头并不总是不好的，是不是？"

"有好兆头，也有坏兆头，我想。"

"我认为这是一个好兆头。"

我轻轻敲了敲小屋的门，注意到小屋外墙石头上油漆剥落的模样。小屋看起来比我记忆中的要小许多。

"疲惫的旅行者。"阿拉斯泰尔边说，边打开了门。

"你去哪儿了？"贾斯珀问。

“你呢，去哪儿了？”

“去伦敦了，和爸爸一起。”

“伦敦怎么样？”

“一个男孩要是厌倦了伦敦，那他也就厌倦了生活。”他说。

这是地球上最聪明的孩子吧？他厚厚的黑发和漂亮的大眼睛，看起来洋溢着感染力。

“博尔赫斯在高地过得很愉快，”阿拉斯泰尔说，“我想他会时常怀念那里。”

“真的吗？”

“你过得倒是有点儿糟心……”

“这么说也对。”

“那你怎么样，洛小姐？”博尔赫斯问道，他正推门走进门廊，戴着一条迷幻风的领带，底色是电光蓝，印着黄色的鳄鱼和红色的瀑布。他知道贝拉对我来说意味着什么，他看起来也很想再见到她，也许这就像诺拉·兰格从他遥远的往昔里赶回来和他见面一样。“请告诉我你好不好！”

“我很好，先生。”贝拉说。

“我现在是乔治先生了？好，很好。我要跟你讲，我的母亲和父亲，他们就叫我乔吉。”[1]

“我没叫。”阿拉斯泰尔说。

“对有些人来说，我是博尔赫斯；对其他人来说，我是乔吉。我还是我。”

他说话的方式，一直有一些古怪的、难以捉摸的地方。是翻译的问题，还是他有意培养了这种不透明性？或者是半透明？有光透过博尔赫斯的面具：一种淡黄色光芒，带着神秘的光辉。在他面前，人会莫名其妙地感觉自己更聪明、更博学、更机智了。宇宙本身感觉更柔软、更顺从、更容易进入了。

贾斯珀把贝拉和博尔赫斯领到客厅，我则和阿拉斯泰尔溜进了厨房，他之前问我可不可以给他搭把手，一起煮汤。我知道，这是托词。他想找我单独聊聊。

“你的旅行怎么样？”我问道。

“我的伯祖父还好。轻微心脏病发作。但毕竟不是中风。都看不出来生病了。”他叹了口气，“谢谢你照顾博尔赫斯。”

“你给了我这个机会，”我说，“我知道。”

“难道不也是一种乐趣？”

“我不确定乐趣这个词对不对。”

“就像在亚马孙河上泛舟。你拥有了这个故事，是高兴的。在那里，嗯——太多叮人的蚊蝇，还有鳄鱼、水疱和食人族。”

“这些我们在高地都见识过了。”

他递给我一杯酒。

“你朋友的事，我很遗憾。”

“比利。”

“博尔赫斯告诉我了。”

“太难过了。但不知怎的，我早有预感。”

阿拉斯泰尔紧盯住我的目光，仿佛那是一只水晶高脚杯。“我也有预感，”他说，“我在太平洋战场上失去了一位好友。布鲁斯·唐纳森，我叫他‘布鲁斯的唐纳德’。我们是惠斯顿学校的同学，也在我父亲教堂里的唱诗班一起唱歌——不算是真正的唱诗班。我们翘了课，搭顺风车去格拉斯哥玩了一天，然后在城里过夜。我母亲气极了。但谁在乎呢？”他把一只手放在我的手腕上。“你还好吗？”

“不太好。”

“我这里你想来随时来。白天晚上都行。”

“我知道。谢谢你。”

“不要自闭。不要憋着。”

“有时，我的呼吸会中断。我感觉陌生，与外界断了联系。”

“极度的痛苦等于痛苦乘以抵抗。老话这么说，我相信老话。你必然要哀恸。”

哀恸，这个词让我困惑。我不知道这个过程会如何展开，但我猜想，到了某个时刻，我会接受比利的死亡。我有什么选择呢？

阿拉斯泰尔从阿加牌炉子上拿过来一盘他的招牌布朗尼蛋糕。

“喏！布朗尼蛋糕。”他说。

他从冰箱里拿出一只瓷碗，碗里盛满黑巧克力糖霜，他用铲子把糖霜涂在布朗尼蛋糕上。

“心灵的各部分，”阿拉斯泰尔说，“通常无法沟通彼此。我的布朗尼蛋糕就是我说的催化剂。一条通往幸福的捷径。而选择走直路而非迂回绕行来抵达目的地，这有什么错呢？在盎格鲁-撒克逊语中，‘直’路就是直达的道路。‘错’只意味着绕道而行，选择歪路。有时我觉得，整个世界都在迂回而行。说到这个，”他补充说，“你和贝拉之间已经建立起了联系，我看出来了。”

“我想是的，是啊。”

“任其自然发展吧。或者发展不了也罢。”

他涂好了糖霜，给布朗尼蛋糕点缀上了一圈小小的巧克力山峰。

“博尔赫斯喜欢你。”他说。

“真的吗？”听到这个直截了当的说法，我莫名惊讶。我当然也感到高兴，比我愿意承认的要高兴很多。

“真的，”他说，“他是一个魔术师，一个巫师，一个骗子，一个天才。”

“还是一个神父。”

“是的。读了他的书，你就会明白。”

“麦凯·布朗给了我一本《迷宫》。”

“乔治做得好。你要找的一切都在那本书里。”他把铲子舔了个干净。“剩下的是糖衣，但我们都喜欢糖衣，不是吗？博尔赫斯——书中的那个——需要用一生来理解。我已经没有那么多时间了。”

“我下午读了写帕斯卡尔的那篇。”

“那篇很好。博尔赫斯创造出这些完美的小文章，既是散文也是故事。它们也都是诗，是一种咒语。读过博尔赫斯后，假若有一天你错过了一列火车，这件事会让你感觉意义深远。”阿拉斯泰尔已经神游太虚，双目圆睁，鼻孔简直像冲刺的公牛那般洞开，我猜他下午早些时候已经尝过他的特制布朗尼了。“文学，在博尔赫斯之后，必将改变。”

博尔赫斯走进厨房。“我听到了我的名字，而且听到了好多次！”

“博尔赫斯。”阿拉斯泰尔说。

他的名字悬在空气中，与其说是方位，不如说是概念。博尔赫斯很享受这种感觉。

“你的朋友带我初次领略了高地风情，”他说，“他是朱塞佩，也是桑丘——家常智慧的伟大制定者。”

“像你说的，这里正好有一些家常风味。”阿拉斯泰尔说。

贝拉这时也走进厨房，充满感情地看着我这边。她身后是贾斯珀和杰夫。

“爸爸做了布朗尼蛋糕。”贾斯珀说。

“不是给你吃的，贾斯珀。”阿拉斯泰尔说，眯缝了一下眼睛。

“你要长到几岁才能吃布朗尼呢？”杰夫问。我之前不知道他旅行完回来了。今后的几周里，我们会有很多话要谈，我很确定；他将会显出他一贯的亲切和智慧，会愿意听我说话，给我建议。我想，我真是太幸运了。在很多方面都很幸运。

“你必须长到荷马那个年纪。”博尔赫斯说，“给我一块布朗尼，亚历杭德罗。”

阿拉斯泰尔说好，拿起一大块放到大师伸出的手掌里。他也给了杰夫一块，杰夫贪婪地接受了馈赠。

“洛小姐，你要来一块布朗尼吗？”阿拉斯泰尔问，“有些带劲儿，事先警告。”

“我喜欢带劲儿的！”她说着，拿起一块布朗尼，大口咬下。她用手背擦掉了嘴唇上的一点儿糖霜。“他们说，巧克力就是爱。”她补了一句。

“而且效果也许更可靠。”博尔赫斯说，“但丁要是能获得这种药物就好了。如你所知，贝阿特丽丝永远活在他的心中。但对贝阿特丽丝来说，但丁的存在并不重要。另一方面，两人在《炼狱》的结尾相遇时，她引导他走向天堂。她深深地关心着他的灵魂，却并不在意他的身体。”

“真是不幸，”阿拉斯泰尔说，“她是苏格兰人吗？”

听到这儿，贝拉笑了起来，在我看来，她从未如此美丽。她穿着一条轻薄的浅黄色连衣裙，裙子图案里的小矢车菊和她的红色运动鞋相映成趣——总是红色运动鞋，白色短袜在旁衬托。

我也吃掉一大块布朗尼，渴望加入这支欢喜的队伍。

窗口附近的大喇叭里，音乐振动着传来。阿拉斯泰尔偏爱巴赫，我知道我们听到的是《赋格的艺术》，皮尔莫尔常用的背景音乐。我认为，这是空气中各种元素的一种交织，单一的旋律吸收了全然相异的部分，使房间、场景和声音成为一个整体。

博尔赫斯随着音乐的节奏，迈着轻盈的舞步穿过房间。他显得格外兴奋，比平时兴奋多了，面色潮红。他朝我喊道：“朱塞佩！你把信带来了吗？”

“在我的帆布背包里。”

“多迷人的词，帆布背包。世界就藏在你的背包里。”

“我需要一只帆布包。”杰夫说。

听到这个，我走进前厅——我把传说中的帆布包丢在那里了——然后拿着一堆未拆封的信回来，总共七封，用橡皮筋捆在一起。

“信来了。”我说。

“我们必须烧掉这些信，”博尔赫斯说，“烧成灰烬，好不好？这是唯一的办法。我想到了《创世记》。一切故事的源头。”

博尔赫斯刚说出来，我就感觉他的建议是明智的，甚至必要的。我必须烧掉这些信，作为对比利的祝福，作为给年轻自我的挽歌。自我来到圣安德鲁斯，事情头一回显得无比明晰。

阿拉斯泰尔明白我们需要一个仪式，由他来组织。

他眼睛里闪着顽皮的光，领着我们走出房子，穿过草地，来到西沙滩。我们是一列感激的火车——博尔赫斯和贝拉，我，阿拉斯泰尔和杰夫，还有小贾斯珀——天空背景下的剪影。我们路过几位穿着灯笼裤的高尔夫球手，他们朝着我们的方向侧了侧帽子。我们穿过瘦长坚硬的灌木丛，穿过沙丘，来到宽阔平坦的海滩，一路上天色明亮依旧，海面上现出奇怪的乳白色和粉色相间的光晕。

“我可以生火。”贾斯珀说。

“你就是一团火。”阿拉斯泰尔说。

杰夫建议一起去找火种，阿拉斯泰尔跟着他们走进了灌木丛。

我和贝拉还有博尔赫斯站在宽广的沙滩上。在我们身后，云层像一盏巨大的青铜吊灯悬在海面上。一只燕鸥掠过云层边缘，我看着它俯冲翻飞，穿破海浪，然后嘴衔一条鱼飞走了，那是它的餐点。海滩本身浅白而柔软，甚至泛出了粉红色，四处散布着墨角藻[2]的油腻躯体和墨鱼骨头。螃蟹和角鲨的残骸，与浮木混在一处，裸露的白色四肢缠结在一起，那是落潮时留下的残迹。时候到了，一切都会暴露出来。

很快，贾斯珀、杰夫和阿拉斯泰尔带回了火种，在一个沙坑里建起一座小庙，用浮木和树枝堆起一座金字塔，把树枝和干叶放在上面。贾斯珀带着小孩的兴奋劲儿点燃了火堆，不停向它吹气。不久，我们就听到了火焰低沉的噼啪声。

“喏！”贾斯珀说，这说辞是学他父亲的。

“一堆小小的火焰。”[3]阿拉斯泰尔说。

博尔赫斯走过来。他看得见那些火焰，我确信。他引用了霍普金斯的诗句：“‘而那时从你身上迸出的火焰，无数/次地被叙说是更其可爱，更其危险！’”

“你的信。”阿拉斯泰尔说。是时候了。

我们围着火堆坐成一圈。此刻，我奇怪地，甚至狂热地感到兴奋、喜悦和战栗。我想继续往下进行吗？贝拉感觉到了我的犹豫，她摸摸我的手肘，捏了一下，以示安慰。我转向她，看到她的眼睛因赞同而显得宽广、深邃。她笑了。

大家看着我把信封一只接一只地扔进火焰里。共七只：神秘的数字。它们起初变成橙色，然后边缘卷曲，变成棕色和黑色，起泡，卷曲到极度。片片飘升，终于变为灰烬。

“尘归尘。”杰夫说。

“这些变化是受祝福的，”博尔赫斯对我们说，“它们无休止地进行着。人们阻止不了变化，这些荣耀的变化。我曾是一位如此年轻，如此温柔的男子。而现在，你看……”

“是一位温柔的老人家了。”杰夫说。

“而且，很快就会变得只剩尘土。但我们从头再来。你读过惠特曼吗？‘我把自己遗赠给泥土，再从我热爱的草叶中生长出来。’”

阿拉斯泰尔接口道：“‘如果你还想要我，在你的鞋底下找我。’”

令我惊讶的是，贝拉继续说道：“‘你不知道我是谁，也不知道我意味着什么 / 但我仍会带给你健康。’”

博尔赫斯补完了这句诗：“‘并过滤和纤维化你的血液。’”

空气中是否响起了音乐？我清晰地听到了音乐，感觉到它在我身上流淌——一种强烈的、可感的声音，带着肉桂的香味，在空气中震颤。还有鼓声，也许还有风笛，外加一把看不见的吉他，琴弦被有节奏地弹拨着，拨弦手法气势十足。我看到博尔赫斯身体摇摆起来，眼睛闭上，肩膀转动，整个人被曲调引导着。他小小迈步，跳步，又把一只手伸向身旁的阿拉斯泰尔，阿拉斯泰尔接住了那只手，杰夫则抓住了他的另一只手；他们摇摆起来，一边用西班牙语吟唱着，一边以侧身的复杂舞步移动起来。然后，贾斯珀拉住他父亲的另一只手，他们四个人在这奇异美妙的旋律中，围着火堆跳起舞来。

贝拉独自向大海走去，在海边脱下红色运动鞋和袜子，赤脚踏入海浪。她拉起衣裙，两条长腿散发光泽，那种美并不令人意外。海水冲刷着她的膝盖，泡沫四溅。风轻轻地刮起来，她的裙子披散开来，人像是消失不见了。随着海浪的起伏和撞击，海滩上到处响起雷鸣般的音乐。

我脱下鞋子，向她走去。光线明晰可感，柔软多汁。太阳在水中跳动、闪耀，我仿佛尝到了云团的粉橙色滋味。大海是一片无尽的钻石。

贝拉朝我微笑着，发出邀请。

我向她走去，走入正在颤动的水中。

1　乔吉（Georgie）是乔治（George）的昵称。

2　墨角藻（bladderwrack），一种常见的海藻，分布于岩石海岸的潮间带，有带气囊的棕色分枝叶片。常用于制作海带和肥料。

3　原文为西班牙语：Un pequeño fuego。这句话源自《圣经·雅各书》3∶5，“看哪，最小的火能点着最大的树林”。——编注

后记

这段叙述在我的记忆中盘桓了五十年，历经时间和多次重述，故事的轮廓以惯常的方式被渲染和扭曲。这些故事我讲过无数次——我妻子记得，二十世纪七十年代末，我俩第一次约会时，我详细讲述了博尔赫斯、阿拉斯泰尔、贾斯珀和杰夫的故事。她似乎特别喜欢“小便之夜”——我们住在基利克兰基的那晚。此后不久，她见到了阿拉斯泰尔，而阿拉斯泰尔丰富了我的故事，补上了一些我丢失的部分，这真是有趣。（阿拉斯泰尔一直是我们家受人喜爱的一员，直到二〇一四年他去世。要说我生命中每一天都会怀念有他相伴的日子，那并不夸张。）

我以前写过这个故事的几个片段，其中一些早在二十世纪七十年代中期就写了。但直到英国电影制片人罗斯·克拉克提议说，这个故事可是拍一部好电影的材料，我才在他的敦促下动笔写完了整本书。《博尔赫斯与我》开始时是一部小说，杰伊叫卢克（尽管他的生平细节在诸多方面都映照了我的情况）。我写完了这部长篇小说，但很快意识到，这其实是一个故事，其真实性可以得到记忆的佐证，所以我将它重新打造一番，使写作转向一种“小说式的回忆录”（novelistic memoir），一种“叙述”（narrative）或博尔赫斯式的“虚构”（Borgesian “fiction”）。这有点儿像重写本[1]，即一个文本写在另一个文本上，擦除的痕迹密密麻麻；底层文本几乎无法辨认，但仍然相当重要，就像骨头从皮肤里戳出来。这个故事被塑造成了小说，或者自传小说[2]，而这种塑造的残余，在转变为“一场邂逅”（An Encounter）这一文本时得以保留下来。

不用说，当我和阿拉斯泰尔坐在他的厨房桌前，或是和博尔赫斯一起驾车旅行，或是和乔治·麦凯·布朗一道走过奥克尼岛的街道时，我口袋里并没有藏着录音机。记忆是想象力的继子，而这本书中的对话是经过重构的，忠实于五十年来在我脑中回荡的声音。（在本书写到的这一年的日记里，我确实记了少量笔记，其中包含一些谈话的片段。）可以说，这里描述的许多事件和场景在我身上触发了一种神话般的共鸣，我想它们对阿拉斯泰尔也具有同样的影响。博尔赫斯去世那天，阿拉斯泰尔打来电话，以一贯的异想天开的风格说："他去别处寻找辛格尔顿先生了。"

显然，《博尔赫斯与我》这本书是对《博尔赫斯和我》这篇小故事的折射和再思考。我谨希望前者能呈现出一小部分后者多年来所带给我的乐趣就好。与博尔赫斯的旅行实际上分为两次，为了提升叙事效率，我在这里做了合并。故事中的角色都是真实存在的，他们中的大多数我都直接用了本名。阿拉斯泰尔、贾斯珀、博尔赫斯、杰夫、福尔克纳教授、安妮·赖特和乔治·麦凯·布朗。辛格尔顿先生也是真实存在的，虽然他现在可能已在新西兰入土为安了。穿红色运动鞋的女孩综合借鉴了几位与我亲近的女性的特质。"艾莉丝"和我此后再未相见，因为我们各自生活于其中的世界是如此不同。比利·乔尔达诺是我高中时三位参加过越南战争的朋友的结合体，其中一位（和我最为亲近）在我到圣安德鲁斯读研究生的第一年，就在那场不堪忍受的战争中死去了。他的死让我陷入一种忧郁的感觉，我花了很多年才走出来。

顺便提一下：在本书所述的这段故事结束后不久，我将博士论文主题从乔治·麦凯·布朗转向了西奥多·罗特克[3]，因为我找到了这位在那时去世不久的美国诗人的手稿库，这也会让福尔克纳教授更容易接纳我的项目。“我很高兴他已经死了。”当我照此提议时，福尔克纳对我说。

罗特克的《远方的田野》中有一句诗，我认为它很好地勾勒出了《博尔赫斯与我》这本书的特质：“一个男人的记忆那纯粹的宁静。”

1 重写本（palimpsest），尤指纸莎草纸或羊皮纸的底稿，其上的原始文字已被抹去，以便为后来的书写留出空间，但仍残存痕迹。

2 自传小说（auto fiction），一种文体，结合了两种相互矛盾的叙述形式，即自传和小说。

3 西奥多·罗特克（Theodore Roethke，1908—1963），美国诗人，被认为是同代人中最有成就和最具影响力的诗人之一，曾获普利策诗歌奖和美国国家图书奖诗歌奖。

致谢

读过这个故事并给出建议的朋友有许多位，包括安迪·帕特森、罗斯·克拉克、希瑟·尼尔森、帕特里克·弗拉纳里、尼克·斯宾格勒，还有杰夫·勒纳——故事中的“杰夫”——以及我的妻子德文·杰西尔德。我的朋友迈克尔·洛温塔尔为我提供了精彩而详尽的反馈意见。我向以上这些读者致以我最深切的感谢。一如往常，和我合作多年的道布尔戴出版社编辑杰拉尔德·霍华德一直给予我巨大的支持和帮助。能与他共事多年，是我的幸运。